EUROPA ERLESEN | HERAUSGEGEBEN VON LOJZE WIESER

EUROPA ERLESEN
BRÜSSEL

Herausgegeben
von
Leopold Decloedt, Florian Körner
und Thomas Mayer

Wieser *Verlag*

Wieser Verlag
A-9020 Klagenfurt/Celovec, Ebentaler Straße 34b
Telefon: +43(0)46337036 Fax: +43(0)46337635
e-mail: office@wieser-verlag.com
Homepage: http://www.wieser-verlag.com

•

Der Verlag dankt den Inhabern der Rechte für die Genehmigung zum Abdruck der Texte. Für einige Texte waren die Inhaber der Rechte leider nicht zu ermitteln; Rechteinhaber dieser Texte werden gebeten, sich an den Verlag zu wenden.

Die Titel wurden zum Teil vom Herausgeber gewählt.

Lektorat: Franz Marenits
ISBN 3 85129 317 7

Ante scriptum

Ein, vielleicht zwei Dutzend hätten es werden sollen, als wir vor vier Jahren die Reihe EUROPA ERLESEN in Angriff nahmen. Mittlerweile ist das vierte Dutzend voll und vom fünften auch schon die Hälfte.

Ich möchte Ihnen an dieser Stelle danken. Wir sind sehr stolz auf alle Leserinnen und Leser, Buchhändlerinnen und Buchhändler und auch auf Sie von den Medien, Funk und Fernsehen. Sie alle haben geholfen, dass wir gemeinsam den Weg des Erkundens eines Kontinentes weitergehen, von dem in letzter Zeit immer häufiger in allen unerdenklichen Tönen gesprochen wird. Ich muss Ihnen sagen, es macht mich nachdenklich. Es stimmt mich betrübt.

Gibt es da nicht Stimmen, die sich ein Kerneuropa, ein Europa der Nationalstaaten, ein strategisch starkes Europa gegenüber den Amerikanern und auch gegenüber den Russen wünschen? Gibt es nicht auch jene, die gleichzeitig Übergangsfristen für die Länder wünschen, ja immer lauter verlangen, die bisher Europa davor geschützt haben, mit diesen Krisenherden in direkten Kontakt zu geraten?

Aber wo bleibt der Mensch? Wo bleibt die Kultur?

Sind es nicht jene, die Kultur nur meinen, wenn es sich um die eigene handelt, und sind es nicht dieselben, die ihre Kultur über all die anderen stellen?

Muss man da nicht den Eindruck bekommen, dass es sich um zwei ganz verschiedene Europa handelt? Mir scheint, dass der Schriftsteller Miroslav Krleža vor

Jahrzehnten schon diesen heutigen Europabauern in ihre Seele geschaut und ihre geheimsten Wünsche und Ängste offengelegt hat:

Wenn wir heute von Europa sprechen und zu ergründen versuchen, worin die Sendung dieses ruhmreichen, großen und uns so teueren Kontinents besteht, dürfen wir nicht vergessen, dass es zwei Europa gibt. Neben dem klassischen westeuropäischen, museal-grandiosen, historisch-pathetischen Europa lebt noch ein zweites, das bescheidene, in die Ecke gedrängte, seit Jahrhunderten immer wieder unterworfene periphere Europa der östlichen und südöstlichen europäischen Völker. Dies sind jene Völker im Baltikum, im Donau- und Karpatenraum und auf dem Balkan, denen es bestimmt ist, nicht innerhalb der europäischen Mauern zu leben, sonder antemural, eine Art Glacis bildend gegen die osmanische und mongolische Gefahr und gegen alle anderen Bedrohungen militärischer und politischer Art.

Ist man nicht daran erinnert, wie wenig die heutigen Europabauer mit der immer wieder beschworenen Erkundung des gesamten Kontinents und der vielen Kulturen und Sprachen Europas zu tun haben, umso mehr aber mit der eigenen Positionierung im tobenden Konkurrenzkampf?

Müssen einen die vielen hektischen Töne, die sich immer mehr in den Vordergrund schieben, nicht nachdenklich machen, zumal man gerade jene Töne vermisst, die ein durch Achtung gekennzeichnetes Herantreten an den andern begleiten sollten? Gerade weil man jahrzehnte-, ja jahrhundertelang in Trennung lebte und sich nicht nur politisch und wirtschaftlich, sondern auch kulturell voneinander entfernt und entfremdet hat?

Umso mehr: Wann wird man endlich den einzelnen Menschen in seiner soziokulturellen und kulturpsychologischen Ganzheit, eingebettet in seine eigenen und fremden geschichtlichen Verstrickungen und über die eigenen Sollbruchstellen stolpernd, zu begreifen, wenn schon nicht zu verstehen beginnen?

Und wann wird man endlich begreifen, dass man dem einzelnen Menschen zuhören und ihm die Chance geben muss, er selbst und zugleich ein anderer zu sein?

Wird nicht Horaz der Satz zugeschrieben, dass die Bienen fremde Säfte suchen, um diese in eigenen Honig zu verwandeln? Könnte dieser Gedanke Anregung sein, damit zu beginnen, heutige Verwirrungen zu entwirren und Wege zu finden, wie man miteinander und dem beiderseitigen Reichtum umgeht, ohne sich dabei über den anderen stellen zu wollen?

Könnte nicht doch die Kultur zur Fortsetzung der Politik mit anderen Mitteln werden?

Ich bin davon überzeugt. Lesen wir also weiter. Europa kann nur erlesen werden: Buch für Buch, nicht Krieg um Krieg.

Lojze Wieser

Inhalt

VÁCLAV ŠAŠEK Z BÍŘKOVA

(1465)

Das Tagebuch über die Reise und das Wandern des Herrn Lev von Rozmital und Blatna aus Böhmen bis ans Ende der Welt

Da kamen wir nach Brüssel, eine Stadt, die von Mecheln vier Meilen entfernt war. Es war die Hauptstadt von Burgund, und wir trafen dort den Erzherzog von Burgund.

Anderntags nach der Ankunft führte man uns zum Rathaus, und wir sahen alle Räume. In einer Halle hingen schöne Bilder, dergleichen es nirgendwo gibt. Dann stiegen wir den Rathausturm hinauf und sahen die ganze Stadt. Denn dieser Turm, schön gebaut und in den Himmel ragend, steht mit dem Rathaus mitten in der Stadt. Die Stadt schmiegt sich auf der einen Seite an einen Hügel, auf der anderen Seite öffnet sie sich in ein Tal.

Der Sohn des Herzogs belagerte damals die Stadt Lüttich, und man erzählte sich, daß er unter seinen Fahnen eine Armee von hundertfünfzigtausend Mann befehle. Unser hoher Herr Lev schickte zu ihm einen Herold des Herzogs mit der Nachricht, daß Herr Lev die lange Reise unternehme, um die Adelsgeschlechter begrüßen und sich mit ihnen befreunden zu dürfen und sein Rittertum beweisen zu können. Und da er jetzt höre, daß der Herzogssohn ein tapferer, siegreicher Heerführer sei, ehrlichen Männern geneigt, der jetzt Krieg gegen seine Feinde führe, entsende er, Herr

Lev, aus diesem Grunde einen Herold: wird er nach ritterlichem Brauch eingeladen, ist er bereit, für sein eigenes Geld zu ihm zu reisen. Des Herzogs Sohn nahm die Botschaft sehr huldvoll entgegen, ließ aber ausrichten, daß der Kampf zu Ende wäre, und der besiegte Feind um Gnade bettle. Er, des Herzogs Sohn, würde sich aber freuen, wenn er nach seiner Ankunft Herrn Lev begrüßen dürfe. So wartete unser Herr in Brüssel, wo der Herzog wohnte, ganze achtzehn Tage.

Zum Herzog wurde er erst am achten Tag vorgelassen. Die Räte hießen ihn im Namen des Herzogs willkommen und führten unseren gnädigen Herrn zu einem großen Gelage, an dem auch der Herzog von Kleve, der Herzog von Gelderland, drei uneheliche Söhne des Herzogs von Burgund und einige Grafen teilnahmen. Unser Herr Lev aber war der Ehrengast, und auch sein Gefolge ward ehrerbietig behandelt.

Nach dem Mittagmahl wurde unser Gebieter zum Herzog von Burgund geführt. Der kam ihm bis ins dritte Gemach entgegen, nahm ihn dann an der Hand, führte ihn zu sich und sprach mit ihm. Er sagte auch: »Wenn unser Sohn zurückkommt, werden wir Turniere nach unserer Art veranstalten«. Dann äußerte er den Wunsch, die böhmische Art des Kampfes zu sehen.

Am dritten Tag nach diesem Gespräch schickte der Herzog einen Boten zu unserem Herrn ins Gasthaus mit der Frage, ob er seinem Sohn entgegenreiten wolle. Auf Befehl unseres Herrn nahm das Gefolge die schönste Rüstung, und wir ritten dem Herzogssohn zwei Meilen entgegen.

Dort sahen wir seinen Herrn mit Wagen, Waffen und anderem Kriegsgerät. Des Herzogs Sohn war soeben auf Falkenjagd und kam dann schnell. Als er schon in Sicht war, wollte mein Herr vom Pferd steigen, des Herzogs Sohn sah dies, gab dem Pferd die Sporen und ließ es nicht zu. Dann ritten wir alle in die Stadt.

Da es schon dunkel ward, kamen dem Herzogssohn Menschenmassen mit Fackeln entgegen, und der Weg zur Burg war mit einer ununterbrochenen Reihe von Lichtern beleuchtet. In der Stadt war vielerlei zu sehen und zu bewundern.

In der Burg angekommen, saßen des Herzogs Sohn und der gnädige Herr Lev ab, und der Herzogssohn führte meinen Herrn zu seinem Vater. Der saß im Prunksaal auf einem Stuhl, um den feine goldbestickte Tücher lagen, wie es einem Herzogshof ziemt. Wir knieten nieder, der Herzog aber wollte uns nicht bemerken. Erst als wir zum dritten Mal das Knie beugten, reichte der Herzog seinem Sohn die rechte Hand und dann auch unserem Herrn Lev. Danach, sie beide an den Händen haltend, führte er sie durch neun andere Gemächer, jedes von ihnen von hundert Knappen bewacht, in sein Gemach. Ob es sich immer so verhielt, wußte ich nicht. Als ich fragte, sagte man zu mir, daß allezeit so viele Männer die Wache hielten. Wenn dem so ist, so glaube ich, daß kein anderer christlicher König einen so prachtvollen Hof hält.

Am nächsten Tag veranstaltete der Herzog ein Turnier. Als wir dorthin kamen, sahen wir die hier übliche Kampfart. Eine Hürde zwischen sich, dem Pferd die Sporen gebend, kämpfen sie mit sehr dünnen Lanzen gegeneinander. Demjenigen, der die meisten Lanzen bricht, gebührt der Siegerruhm. Bevor sie den Turnierplatz verlassen, werden eines jeden gebrochene Lanzen gezählt. Der Name des Siegers wird dann von den Massen laut gerufen, und der Sieger wird mit großem Jubel nach Hause begleitet.

Nachdem dieser Kampf beendet war, schickte der Herzog um drei Uhr in der Nacht nach Jan Zehrovsky und anderen Älteren aus dem böhmischen Gefolge, die kämpfen würden. Die Gegner wurden persönlich von dem Herzog ausgesucht. Es kam also Herr Jan mit einigen Gefährten seiner Wahl in die Burg. Als wir dann in den Saal eintraten, wo der Herzog mit den Herzoginnen von Burgund, Kleve und Gelderland und mit anderen Edelfrauen und Edelfräulein saß, schritten des Herzogs Diener auf Jan Zehrovsky zu und sagten ihm, wir mögen uns auf den Kampf vorbereiten, da unsere Gegner bald kämen. Als Herr Jan dann fragte, ob man nackt oder in Steppjacken kämpfen würde, sagten diese, daß man bei ihnen in Jacken kämpfe und dem Gegner nicht unter die Gürtellinie und an die Beine greifen dürfe, damit die Gefühle der anwesenden Frauen und Fräulein nicht verletzt würden. Sonst sei aber jede Kampfart erlaubt, um den Gegner umzustoßen.

Als das Turnier begann, konnte der Gegner unserem Herrn Jan nicht standhalten. Dreimal hat ihn Herr Jan umgestoßen. Das verursachte unter den Zuschauern große Bewunderung, denn es ging die Sage in allen burgundischen Ländern, daß es einen Kraftmenschen seinesgleichen nicht gebe, und daß ihn bisher noch niemand besiegt habe, und darum bekomme er neben seinem Lohn noch fünfhundert Goldstücke. Jetzt aber, dreimal besiegt, werde er wahrscheinlich seinen Lohn verlieren. Nach diesem Turnier hieß der Herzog den Herr Jan zu sich rufen, dieser hatte nur eine Jacke an. Der Herzog tastete ihm alle Glieder, Beine, Hände ab, besah seinen ganzen Körper und wunderte sich sehr, daß des Herzogs Kämpfer besiegt worden war. Dann stellte der Herzog einen ausgezeichneten Kämpfer, einen Grafen, gegen einen weiteren unserer Männer, einen gewissen Kevard. Und auch der Graf wurde dreimal umgestoßen.

Da trat Šašek vor den Herzog hin und sprach: »Durchlautigster Herzog! Ich bitte Euch, mir einen Gegner auszusuchen, den Ihr für meinesgleichen haltet.«

Als der Herzog dies hörte, befahl er einem anderen Mann, mit Šašek zu kämpfen. Als wir zu ringen anfingen, stieß ich ihn das erste Mal um. Als dann aber der Herzog befahl weiterzukämpfen, fiel ich so heftig zu Boden, daß ich fast den Geist aushauchte.

Nach diesem Kampf hieß der Herzog Wein und Süßigkeiten auftragen. Davon lag später auf dem Boden soviel verschüttet, daß es mehrere Goldstücke wert gewesen wäre. Mir aber reichten die Herzoginnen soviel Wein, daß ich nur schwer nach Hause fand, da ich betrunken war.

Anderntags nach diesem Ringen kämpfte auf dem Herzogshof unser Herr Lev mit Jan Zehrovsky. Sie prallten gegeneinander mit solcher Wucht, daß unser hoher Herr Lev seine Lanze auf der Brust des Herrn Jan brach. Keiner aber stürzte vom Pferd. Da bat

Herr Jan unseren Gebieter, die Lanzen zu Ehren der anwesenden Frauen und Fräulein brechen zu dürfen. Er spornte das Pferd an, richtete die Lanze gegen eine Mauer, gerade unter dem Fenster, aus dem der Herzog mit seiner Gemahlin und anderen Herzoginnen heruntersah, und stieß gegen die Mauer so gewaltig, daß das Pferd sich mit den Hinterbeinen auf den Boden setzte. Einige der Hofleute kamen alsbald und wollten sich versichern, Herr Jan sei nicht am Sattel angebunden, da er nicht vom Pferde stürzte. Dann spornte Herr Jan das Pferd zum zweiten Mal an und brach die Lanze, ohne sich dabei eine Verletzung zuzufügen. Dies ward von allen als ein großes Wunder angesehen, denn dort ist es üblich, daß zwischen den Reitern eine kleine Hürde steht. In Scharen kamen dann die Menschen täglich zu diesem Ort und erzählten sich, daß Herr Jan kein Mensch sei, sondern ein Nachfahre von Riesen, die vor Zeiten auf der Erde gelebt hatten.

Nach diesem Kampf hegte der Herzog den Wunsch, die Equipierung zu sehen, in der wir gekämpft hatten, und fragte, ob bei uns zu Hause in allen Turnieren eine solche getragen werde. Dann meinte er: »Ihr tragt dieses Gewand im Turnier, was in uns großes Staunen erweckt hat. Auch für einen Vatermörder wäre es eine allzu große Strafe, in einem solchen Turnier zu siegen. Du spielst so mit dem Leben, als würdest du nicht länger leben wollen!«

Die böhmischen Recken kämpften nämlich nur in Steppjacken, was für die Menschen dort ganz neu war.

Nach dem Kampf unseres Herrn stießen auch unsere Höflinge Frodnar und Tetzl gegeneinander. Beide blieben ohne Bewegung im Sattel sitzen, und Prodnar stieg vom Pferd in voller Rüstung, keine Steigbügel verwendend, was großes Erstaunen verursachte.

Nach dieser Kurzweil schickte der Herzog zu unserem gnädigen Herrn Lev ins Gasthaus und ließ ihn in seine Schatzkammer geleiten, wo auf dem Tisch alle Edelsteine, nach Namen sortiert, und des Herzogs Gewand, mit Perlen und Edelsteinen bestickt, ausgestellt lagen. Und er wies seine Räte an, Herrn Lev beliebigen Schmuck als Geschenk anzubieten. Herr Lev aber wollte nichts annehmen, ließ dem Herzog seinen großen Dank ausrichten und sagte: »Gott behüte mich etwas anzunehmen. Denn ich reiste nicht hierher mit meinem Gefolge, um beschenkt zu werden, sondern um meine Ritterschaft zu beweisen, und mit Gottes Hilfe werde ich die Reise in diesem Sinne fortsetzen. Geld und Reichtum sind leicht zu bekommen, doch nur guter Ruf hält ewig. Diesen strebte ich in meinem Inneren immer an, und mit Gottes Willen werde ich ihn auch ins Grab mitnehmen.«

Am achtzehnten Tag nach unserer Einreise ging unser gottgeliebter Herr zum Herzog, um von ihm Abschied zu nehmen. Er dankte ihm für alle ihm erwiesene Ehre und bat um einen Herold, damit er fremde Länder ohne Gefahr durchreisen könne. Darauf antwortete der Herzog: »Einen kleinen Dienst verlangst du von mir, mein Freund. Verlange etwas Größeres, Prachtvolleres, und ich werde deinen Wunsch nicht ablehnen. Deinem ersten Wunsch komme ich selbstredend nach. Wir haben einen Herold, der bereits bei allen christlichen Königen weilte und siebzehn

Sprachen beherrscht. Den geben wir dir und befehlen ihm, dich in deine Heimat treu zu geleiten. Nachdem er dir treu gedient, kommt er zurück und wird die Gnade seines Herrn genießen.«

Der genannte Herold hörte dann vom Herzog dieselben Worte und dieselben Befehle. Er geleitete uns bis nach Böhmen. Doch an dem Tag, an dem Herr Lev sich vom Herzog verabschiedete, sahen wir ein merkwürdiges Theater.

Bei der Brüsseler Burg ist ein Tierpark mit einem Teich. Seine Oberfläche war mit Eis bedeckt. Der Herzog befahl einigen Hofleuten, in den Garten zu treten und auf dem eingefrorenen Eis um die Wette zu laufen. Sie waren achtundzwanzig und wetteiferten so schnell miteinander, wie ich es noch nie gesehen und auch nie davon gehört hatte. Einer von ihnen war so gewandt, daß er alleine zweiundzwanzig Gegner übertraf. Die Schnelligkeit im Lauf und die Geschicklichkeit in den Bewegungen waren so groß, daß kein Pferd es zustande gebracht hätte. Ich wollte wissen, was sie unter den Füßen hatten, daß sie sich so schnell auf dem Eis drehen konnten. Denn selbst auf der Erde könnten sie kaum so schnell sein. Ich hätte es leicht in Erfahrung bringen können, durfte aber meinen Gebieter nicht verlassen, der das von der Burg aus betrachtete. Wir sahen auch verschiedene Raubtiere in dem Garten.

Danach verabschiedete sich Herr Lev vom Herzog von Burgund und seinen Söhnen. Auch drei uneheliche Söhne des Herzogs, die man bei uns Bastarde nennt, waren beim Abschied. In diesem Land ist das keine Schande wie bei uns. Speise und Trank werden, bevor sie auf den Tisch kommen, auch für sie vorgekostet wie für einen rechtmäßigen Herzogssohn. Denn manche Könige und Fürsten haben Beischläferinnen auf ihrem Hof. Und ihre Kinder nehmen einen hohen Rang ein, den ihnen die rechtmäßigen Kinder nicht nehmen, selbst nach dem Tod des Vaters nicht. Und hätte ein Fürst einen Streit mit einem solchen unehelichen Kind, und sollte es zu einem Duell kommen, dann dürfte der Fürst nicht das Duell ablehnen nur unter dem Vorwand, er werde nicht mit einem Bastard kämpfen. Er kann den Streit nicht ablehnen und muß sich mit ihm schlagen. In diesem Lande beschimpfen sich die Menschen nicht und schelten auch nicht wie bei uns.

ALBRECHT DÜRER

(1471–1528)

Reise nach Mecheln und Brüssel

Item am Sonntag nach Bartholomaei (26. August) bin ich von Antwerpen mit Herrn Tomasin gen Mecheln gefahren. Da lagen wir über Nacht, da lud ich Meister Conrad und einen Maler mit ihm zum Nachtessen. Und dieser Meister Conrad ist der gute Schnitzer, den Frau Margareth hat. Von Mecheln fuhren wir durch das Städtlein Vilvoorde und kamen gen Brüssel am Montag zu Mittag. Dem Boten hab ich 3 Stüber geben. Ich hab mit meinen Herren zu Brüssel gegessen. Auch einmal gegessen mit Herrn Banisius und hab ihm eine *Passion in Kupfer* geschenkt. Item ich hab dem Markgrafen Hansen zu Brüssel meinen Förderbrief gegeben, den mein Herr von Bamberg (der Bischof) geschrieben hat, und hab ihm eine in *Kupfer gestochene Passion* geschenkt, meiner dabei zu gedenken. Mehr hab ich einmal mit meinen Herren von Nürnberg gegessen.

Ich hab gesehen zu Brüssel im Rathaus in der goldenen Kammer die 4 gemalten Materien, die der grosse Meister Rogier gemacht hat. Ich hab gesehen in des Königs Haus zu Brüssel hinten hinaus die Brunnen, (das) Labyrinth, (den) Tiergarten, dass ich lustigere Dinge, mir gefälliger, gleich einem Paradies, nie gesehen hab. Item Erasmus heisst das Männlein, das mir beim Herrn Jakob Banisius meine Supplikation gestellt hat. Item zu Brüssel ist ein fest köstlich Rathaus, gross und von schönem Masswerk gehauen, mit einem herrlichen durchsichtigen Turm. Ich hab Meister Conrad zu Brüssel bei Licht in der Nacht konterfeit, der meiner Herren Wirt gewesen ist. Auch hab ich Doktor Lamparters Sohn (Johannes) zu derselben Zeit mit der Kohle konterfeit und die Wirtin.

Auch hab ich gesehen die Dinge, die man dem König aus dem neuen goldenen Land gebracht hat: eine ganz goldene Sonne, einen ganzen Klafter breit, desgleichen einen ganz silbernen Mond, auch so gross, desgleichen zwei Kammern voller Rüstungen derselben, desgleichen allerlei ihrer Waffen, Harnische, Geschütze, wunderbare Schilde, seltsame Kleidung, Bettwäsche und allerlei wunderbare Dinge zu mannigfachem Gebrauch, die da viel schöner anzusehen sind, denn Wunderdinge. Diese Dinge sind alle köstlich gewesen, dass man sie auf hunderttausend Gulden Wert schätzt. Und ich hab aber all mein Lebtag nichts gesehen, das mein Herz also erfreuet hat als diese Dinge. Denn ich hab dabei gesehen wunderbare kunstvolle Dinge und hab mich verwundert der subtilen ingenia der Menschen in fremden Landen. Und der Dinge weiss ich nit auszusprechen, die ich da gehabt hab. Ich habe sonst viel schöne Dinge zu Brüssel gesehen, und sonderlich hab ich da gesehen ein grosses Fischbein, als hätte man dies zusammen gemauert aus Quaderstücken; das war ein Klafter lang und fest dick, wiegt bei 15 Zentner und hat eine solche Form, wie hier gemalt steht: – und ist dem Fisch hinten am Kopf gestanden, Ich bin auch in des von Nassau Haus gewesen, das so köstlich gebaut und also schön geziert ist. Wieder hab ich zweimal gegessen mit meinen Herren.

Item Madonna Margaretha, die hat zu Brüssel nach mir geschickt und mir zugesagt, sie wolle meine Förderin sein bei König Karl, und hat sich sonderlich ganz tugendlich gegen mich erzeigt. Habe ihr meine *gestochene Passion* geschenkt, desgleichen eine solche ihrem Pfennig-Meister mit Namen Jan, und hab ihn auch mit der Kohle konterfeit. Ich hab zwei Stüber für ein Büffelringlein (ausge)geben. Mehr 2 Stüber geben, um St.Lucas Tafel aufzusperren. Item als ich bin gewesen in des von Nassau Hause, da hab ich gesehen das gute Gemälde in der Kapelle, das Meister Hugo gemacht hat. Und hab gesehen die zwei hübschen grossen Säle und alle Köstlichkeit in dem Hause allenthalben, auch das grosse Bett, da 50 Menschen mögen darin liegen. Und ich hab auch den großen Stein gesehen, den das Wetter neben dem Herrn von Nassau in dem Feld hat nieder geschlagen (einen Meteoriten). Dieses Haus liegt hoch, daraus ist das schönste Aussehen (Aussicht), darob sich zu verwundern ist. Und ich glaub nit, dass in allen deutschen Landen desgleichen sei.

Item Meister Bernart hat mich geladen, der Maler, und hat ein solch köstlich Mahl zugerichtet, dass ich nit glaub, dass (es) erzeigt (zu haben) sei mit 10 Gulden. Dazu haben sich, von ihm selbst geladen, mir gute Gesellschaft zu leisten: Der Frau Margareth Schatzmeister, den ich konterfeit hab, und des Königs Hofmeister mit Namen (Jehan de) Metenye, und der Schazumeister der Stadt mit Namen (Gillis van) Busleyden. Dem schenkte ich eine *Passion, in Kupfer* gestochen, und er hat mir wieder geschenkt eine schwarze spanische Tasche, 3 Gulden wert. Und

Erasmo Roterodamo hab ich auch eine *Passion* geschenkt, *in Kupfer* gestochen.

Item dem Erasmo (Strenberger) hab ich, *in Kupfer* gestochen, eine *Passion* geschenkt, der ist (des) Banisius Sekretär. Der Mann zu Antwerpen, der mir das (Bild) eines Kinderkopfes geschenkt hat, der heisst Lorenz Sterk. Item hab Meister Bernart, der Frau Margaretha Maler, mit der Kohle konterfeit. Ich hab den Erasmum Roterodam(um) noch einmal konterfeit. Ich hab dem Lorenz Sterk geschenkt einen sitzenden Hieronymus (*»Hieronymus im Gehäus«*) und die *Melancholie.* Und hab meiner Wirtin Gevatterin konterfeit. Item 6 Personen haben mir nicht geben, die ich zu Brüssel hab konterfeit. Ich habe ausgegeben für 2 Büffelhörner 3 Stüber, einen Stüber für zwei Eulenspiegel.

Also bin ich am Sonntag nach St.Gilgentag (2.Sept.) mit Herrn Tomasin gen Mecheln gefahren und hab Urlaub von Herrn Hans Ebner genommen. Und er hat für die Zehrung, solange ich bei ihm gewesen bin, nichts wollen nehmen (für) 7 Tage... Und bin von Mecheln früh am Montag gen Antwerpen gefahren. Und ich ass früh mit dem Portugales; der schenkte mir drei porcolona (Chinesische Porzellangefäße), und der Roderigo schenkte mir etliche Federn, Dinge aus Kalkutta. Ich hab 1 Gulden verzehrt; 2 Stüber hab ich dem Boten geben. Ich hab der Susanne einen Mantel kauft... Mein Weib hat geben für ein Waschschaff, für einen Blasebalg und für einen Schüsselnapf, (mein Weib für) Pantoffeln und für Holz, zum Kochen, und Kniehosen, auch für ein Sittichhaus und für zwei Krüge und Trinkgeld: 4 Gulden rheinisch. So hat sonst mein Weib ausgeben für Essen, Trinken und allerlei Notdurft 21 Stüber.

CHARLOTTE BRONTË

(1816–1854)

Ankunft in Brüssel

Leser, vielleicht waren Sie noch nie in Belgien? Möglicherweise wissen Sie nicht, wie das Land aussieht? Sie haben seine Gesichtszüge nicht in Ihr Gedächtnis eingeprägt, wie ich?

Drei – nein vier – Bilder hängen an den vier Wänden jener Zelle, in der die Aufzeichnungen der Vergangenheit für mich aufbewahrt werden.

Erstens, Eton. Alles in diesem Bild ist in weiter Entfernung, verschwindend, winzig klein; aber frisch gefärbt, grün, taufeucht, mit einem Frühlingshimmel, gefüllt mit glitzernden aber regnerischen Wolken; denn meine Kindheit war nicht nur eitel Wonne – sie hatte ihre bewölkten, ihre kalten, ihre stürmischen Stunden.

Zweitens, X—, riesig, schmutzig; die Leinwand rissig und verrußt; ein gelber Himmel, rußige Wolken; keine Sonne, kein Azur; das satte Grün der Vorstädte verdorben und besudelt – ein sehr trüber Anblick.

Drittens, Belgien; und vor dieser Landschaft werde ich verweilen. Was das vierte Bild betrifft, ein Vorhang bedeckt es, den ich nachher zurückziehen kann oder auch nicht, je nachdem, ob es mir angenehm und möglich ist. Im Augenblick muß es jedenfalls ungestört hängen.

Belgien! Ein Name, unromantisch und unpoetisch, doch ein Name, der ausgesprochen in meinem Ohr einen Klang, in meinem Herzen ein Echo hat, wie keine anderen Silben, wie süß oder klassisch diese auch sein mögen, sie erzeugen können.

Belgien! Ich wiederhole das Wort, nun da ich gegen Mitternacht alleine bin. Es rührt in meiner vergangenen Welt wie ein Aufruf zur Wiederauferstehung; die Gräber öffnen sich, die Toten werden heraufgezogen; Gedanken, Gefühle, Erinnerungen, die schlafen, sehe ich aus der Erde aufstehen – die meisten von ihnen mit Heiligenschein – aber während ich auf ihre dunstigen Gestalten starre und bestrebt bin, definitiv ihre Umrisse festzustellen, stirbt der Klang, der sie erwachen ließ und sie sinken, jeder und alles, wie ein in die Erde aufgesogener, heller Nebelkranz, werden sie zu den Urnen zurückgerufen, wiedereingeschlossen in Gedenksteine. Lebt wohl, leuchtende Phantome!

Dies ist Belgien, Leser. Schauen Sie, nennen Sie das Bild nicht matt oder glanzlos – für mich war es weder matt noch glanzlos, als ich es zum ersten Mal erblickte. Als ich an einem milden Februarmorgen Ostende verließ und mich auf dem Weg nach Brüssel befand, konnte für mich nichts matt aussehen. Mein Sinn für den Genuß besaß eine Klinge, aufs Äußerste geschliffen, unangetastet, scharf, außerordentlich. Ich war jung, ich war gesund, das Vergnügen und ich hatten sich noch nie getroffen; keine seiner Genüsse hatten ein Talent meines Wesens geschwächt oder befriedigt. Die Freiheit nahm mich zum ersten Mal in die Arme, und der Einfluß ihres Lächelns und ihrer Umarmung belebte mein Leben wie die Sonne und der Westwind. Ja, zu dieser Zeit fühlte ich mich wie ein Morgen-Reisender, der nicht daran zweifelt, daß er vom Hügel, den er gerade hinaufsteigt, einen herrlichen Sonnenaufgang erblicken wird; was, wenn der Weg direkt, steil und steinig ist? Er sieht es nicht, seine Augen sind auf den Gipfel gerichtet, der schon gerötet ist, gerötet und vergoldet, und dies einmal erreicht, ist er sich der Landschaft dahinter sicher. Er weiß, daß er der Sonne gegenüberstehen wird, daß sein Wagen gerade jetzt über den östlichen Horizont kommt, und daß die Heroldsbrise, die er auf seiner Wange spürt für Gottes Werdegang einen klaren, weiten Pfad von Azur eröffnet, zwischen Wolken, die sanft wie Perlen und warm wie Flammen sind.

Schwierigkeit und Plage waren mir bestimmt, doch erhalten durch Energie, gestützt auf Hoffnungen, so hell wie vage, hielt ich solch Schicksal nicht für Härte. Ich stieg nun auf den Hügel im Schatten; da waren Kieselsteine, Unebenheiten, Dornen auf meinem Weg, aber meine Augen waren auf den dunkelroten Gipfel fixiert; meine Vorstellung war beim strahlenden Firmament dahinter, und ich dachte weder an die Steine, die sich unter meinen Füßen drehten, noch an die Dornen, die mein Gesicht und meine Hände zerkratzten.

Ich starrte oft, und immer mit Entzücken, aus dem Fenster der Postkutsche (damals, das muß man bedenken, waren nicht die Tage der Schienen und Züge). Gut! Und was sah ich? Ich werde es Ihnen genau erzählen. Grüne, schilfige Sümpfe; Felder, fruchtbar aber flach, kultiviert auf Grundstücken, die wie vergrößerte Küchengärten aussahen; Gürtel von gefällten Bäumen, regelmäßig wie Kappweiden, umgaben den Horizont; enge Kanäle, die langsam an den Straßen entlang glitten, bemalte flämische Bauernhöfe; einige sehr schmutzige Hütten; einen grauen, toten Himmel; eine nasse Straße, nasse Felder, nasse Dächer: nicht einen schönen, kaum einen malerischen Gegenstand sah mein Auge entlang der ganzen Strecke; doch für mich war alles schön, war alles mehr als malerisch. Das Wetter blieb schön, solange das Tageslicht schien, obwohl die Feuchtigkeit vieler vorangegangener nasser Tage das ganze Land durchweicht hatte; als es dunkel wurde, begann jedoch der Regen wieder, und es war durch strömenden Regen und sternlose Dunkelheit, als mein Auge den ersten Schein der Lichter Brüssels erblickte.

Ich sah in dieser Nacht außer ihren Lichtern wenig von der Stadt. Nachdem ich aus der Postkutsche ausgestiegen war, beförderte mich ein Fiaker zum Hôtel de —, wo zu wohnen mir ein Mitreisender empfohlen hatte. Ich aß das Abendessen eines Reisenden, ging zu Bett und schlief den Schlaf eines Reisenden.

Am nächsten Morgen wachte ich von der verlängerten und tiefen Ruhe mit dem Eindruck auf, daß ich noch in X— wäre, und als ich erkannte, daß der Tag schon länger angebrochen war, bildete ich mir ein, daß ich verschlafen hätte und mit Verspätung in die Kanzlei käme. Das momentane und schmerzhafte Gefühl der Eingeschränktheit verschwand vor dem wiedererlangten und belebenden Bewußtsein der Freiheit, als ich die weißen Vorhänge meines Betts zurückzog und in ein großes, exquisit fremdartiges Zimmer blickte; wie unterschiedlich zu dem kleinen und schmutzigen, wenn auch nicht unkomfortablen Apartment, das ich für eine oder zwei Nächte in einer anständigen Herberge in London bewohnt hatte, während ich auf das Absegeln des Paketbootes wartete! Und dabei bin ich weit entfernt davon, die Erinnerung an diesen kleinen, schmutzigen Raum zu beleidigen! Auch dieser ist meiner Seele teuer; denn als ich dort in Stille und Dunkelheit lag, hörte ich zum ersten Mal die große Glocke von St.Paul's, die London mitteilte, daß es Mitternacht war, und ich erinnere mich gut an die tiefen, besonnenen Töne, so voll geladen mit kolossaler Ruhe und Kraft. Von dem kleinen, engen Fenster jenes Raumes sah ich zum ersten Mal *den* Dom, der sich durch den Londoner Nebel abzeichnete. Ich nehme an, daß die Empfindungen, bewegt durch diese ersten Klänge, ersten Anblicke, nur einmal gefühlt werden; behalte sie, Gedächtnis; versiegle sie in Urnen und bewahre sie an sicheren Plätzen auf!

Also – ich stand auf. Reisende sprechen davon, daß Apartments in ausländischen Häusern nüchtern und unkomfortabel seien; ich dachte, daß mein Zimmer prächtig und erfreulich aussah. Es hatte so große Fenster – *Croisées*, die sich wie Türen öffnen ließen, mit breiten, klaren Glassscheiben; solch großartiges Glas stand auf meiner Frisierkommode – solch ein schöner Spiegel glitzerte über dem Kaminsims – der bemalte Fußboden sah so sauber und glänzend aus; als ich angezogen war und die Stiege hinunterging, flößten mir die breiten marmornen Stufen beinahe genausoviel Ehrfurcht ein, wie der prunkvolle Saal, in den sie führten.

Am ersten Gang begegnete ich einem flämischen Dienstmädchen: sie hatte Holzschuhe, einen kurzen, roten Unterrock und ein bedrucktes Bettkleid aus

Baumwolle an, ihr Gesicht war breit, ihr Aussehen war ausgesprochen dumm; als ich sie auf französich ansprach, antwortete sie auf flämisch, mit einem Auftreten, das ganz und gar nicht höflich war und dennoch fand ich sie reizend; wenn sie auch nicht hübsch oder artig war, so empfand ich sie doch sehr malerisch; sie erinnerte mich an die weiblichen Figuren auf gewissen niederländischen Gemälden, die ich Jahre zuvor in Seacombe Hall gesehen hatte.

Ich begab mich in den öffentlichen Saal; auch der war sehr erhaben und von einem Ofen erwärmt. Der Fußboden war schwarz und der Ofen war schwarz, und die meisten Möbelstücke waren schwarz; doch empfand ich nie ein freieres Hochgefühl als wie ich mich an eine sehr lange schwarze Tafel (bedeckt, wenn auch nur teilweise, mit weißem Stoff) setzte und nachdem ich das Frühstück bestellt hatte, damit begann, meinen Kaffee aus einer kleinen, schwarzen Kaffeekanne auszugießen. Der Ofen könnte manchen Augen kläglich erschienen sein, nicht meinen, aber er war unbestreitbar sehr warm und zwei Herren saßen daneben und unterhielten sich auf französisch; unmöglich ihren schnellen Äußerungen zu folgen oder viel vom Tenor von dem was sie sagten zu verstehen – doch Französisch, aus den Kehlen der Franzosen oder Belgier (damals war ich mir der Greuel des belgischen Akzents noch nicht bewußt) war wie Musik in meinen Ohren. Einer dieser Herren erkannte mich als Engländerin – zweifellos durch die Art, in der ich mich an den Ober wandte; denn ich beharrte darauf, in meinem abscheulichen Südengland-Stil Französisch zu sprechen, obwohl der Mann Englisch verstand. Der Herr, nachdem er ein oder zweimal hergesehen hatte, sprach mich höflich in sehr gutem Englisch an; Ich erinnere mich, daß ich wünschte ebenso gut Französisch sprechen zu können; seine Redegewandtheit und korrekte Aussprache gaben mir zum ersten Mal einen Eindruck von der nötigen Vorstellung vom kosmopolitischen Charakter der Hauptstadt, in der ich war; es war meine erste Erfahrung mit diesen Fremdsprachenkenntnissen, die ich später in Brüssel so allgemein fand.

Ich verweilte so lang wie ich konnte bei meinem Frühstück; während ich an diesem Tisch war, und während dieser Fremde weiter zu mir sprach, war ich eine freie, unabhängige Reisende: aber schließlich wurden die Dinge entfernt, die beiden Herren verließen den Raum; plötzlich hörte die Illusion auf, Wirklichkeit und Verpflichtung kehrten zurück. Ich, eine Leibeigene, eben vom Joch entlassen, seit einer Woche von einundzwanzig Jahren Zwang, Müssen und Notwendigkeit befreit, legte wieder die Fesseln der Abhängigkeit an. Kaum hatte ich die Freude, ohne Herrn und Meister zu sein, gekostet, als die Pflicht ihren strengen Auftrag erteilte: »Zieh aus und suche einen anderen Dienst.« Ich verweile nie über einer schmerzhaften und notwendigen Aufgabe; ich nehme nie Vergnügen vor der Arbeit, es ist nicht in meiner Natur, das zu tun; unmöglich einen Spaziergang durch die Stadt zu genießen, obwohl ich den Morgen angenehm empfunden hatte, bis ich mir Mr. Hunsdens Einführungsbrief vorgelegt hatte und die neue Situation realisierte. Ich zwang Freiheit und Freude aus meinen Gedanken, ergriff meinen Hut und schob meinen unwilligen Körper aus dem Hôtel de — in die fremde Straße.

Es war ein schöner Tag, aber ich wollte nicht in den blauen Himmel oder auf die prächtigen Häuser rund um mich schauen; meine Gedanken waren auf eine einzige Sache gelenkt, »Mr. Brown, Numéro —, Rue Royale« so wie mein Brief adressiert war, zu finden. Durch Herumfragen war ich erfolgreich; ich stand schließlich vor der gewünschten Tür, klopfte, fragte nach Mr. Brown und wurde eingelassen. [...]

FRIEDRICH ENGELS

(1820–1895)

Die Lage in Belgien

Die belgische Bourgeoisie hat dem Volke vor 14 Tagen die Republik verweigert; neuerdings aber trifft gerade sie Anstalten, die Initiative in der republikanischen Bewegung zu ergreifen. Man traut sich noch nicht, die Republik auszurufen, aber ganz Brüssel flüstert sich ins Ohr: »Fest steht, daß Leopold gehen muß; fest steht, daß uns nur die Republik retten kann; aber wir brauchen eine gute, eine solide Republik, ohne Organisation der Arbeit, ohne allgemeines Wahlrecht, ohne daß uns die Arbeiter dazwischenreden!«

Das ist schon ein Fortschritt. Die braven Bürger von Brüssel, die sich noch vor wenigen Tagen nicht scharf genug gegen jegliche Absicht verwahren konnten, dem Beispiel der Französischen Republik zu folgen, haben den Rückschlag der Pariser Finanzkrise zu spüren bekommen. Während sie noch gegen die politische Nachahmung zeterten, erlitten sie schon die finanzielle Nachahmung. Während sie noch Hymnen auf die belgische Unabhängigkeit und Neutralität sangen, fanden sie die Brüsseler Börse in vollkommenster und demütigendster Abhängigkeit von der Börse in Paris. Der Kordon von Truppen, der die Südgrenze besetzt hält, hat keineswegs die Baisse der Börsenpapiere daran gehindert, mit Paukenschlägen in das garantiert neutrale Gebiet Belgiens einzufallen.

Die Bestürzung, die auf dem Brüsseler Markt herrscht, hat in der Tat restlos alles erfaßt. Der Bankrott dezimiert den mittleren und den Kleinhandel, die Börsenpapiere finden keine Käufer mehr, die Notierungen sind rein nominell, das Geld verschwindet schneller noch als in Paris, der Handel stagniert völlig, und die meisten Fabrikanten haben bereits ihre Arbeiter entlassen. Hier einige Beispiele für die allgemeine Entwertung: Vor einigen Tagen bot ein Kaufmann 150 Aktien der Dendre-Eisenbahngesellschaft – Effekten, die vor der Februarrevolution an der Londoner Börse über pari gestanden hatten – je Aktie zu 100 Francs –, zum Verkauf an. Am ersten Tag lehnte er 45 Francs ab, am zweiten 35 Francs; am dritten verkaufte er sie zu 10 Francs pro Aktie! Grundstücke, die vor zwei Jahren für sechstausend Francs gekauft wurden, finden für ein Drittel dieser Summe keinen Käufer mehr.

Und in diesem Augenblick allgemeiner Panik fordert die Regierung zuerst einen Vorschuß von zwei Dritteln der direkten Steuern und dann eine Zwangsanleihe von fünfzig bis sechzig Millionen und jagt so den wegen des ständig wachsenden Budgets ohnehin unzufriedenen Steuerzahlern Angst und Schrecken ein.

Zustände dieser Art haben unsere braven Bürger dann doch davon überzeugt, daß ihre Begeisterung für die Monarchie ihnen weiter nichts eingebracht hat, als in die Unannehmlichkeiten, hervorgerufen durch die Lage in Frankreich, voll und ganz hineingezogen zu werden, ohne Nutzen aus den dort erkämpften Vorteilen ziehen zu können. Das ist der treibende Grund ihres erwachenden Republikanertums.

Mittlerweile sind die Arbeiter keineswegs ruhig. In Gent gab es mehrere Tage lang Unruhen; hier ist es vorgestern nach zahlreichen Ansammlungen von Arbeitern zu einer Petition an den König gekommen, die Leopold persönlich aus den schwieligen Händen, die sie ihm überreichten, entgegenzunehmen geruhte. Demonstrationen ernsteren Charakters werden nicht auf sich warten lassen. Mit jedem Tag werden zahlreiche Gruppen von Arbeitern aus dem Arbeitsprozeß ausgestoßen. Die Entwicklung der industriellen Krise braucht nur anzudauern, und die Geister in der Arbeiterklasse brauchen sich nur um ein weniges mehr zu erhitzen, dann wird die belgische Bourgeoisie, ganz wie die von Paris, schon ihre »Vernunftehe« mit der Republik eingehen.

HANS CHRISTIAN ANDERSEN

(1805–1875)

Tagebücher

3.-7. März 1843

Wir kamen an einer Menge Städte vorbei, die ansehnlichste war Leuven, das Louian genannt wird, eine prächtige Kirche. Schon um halb fünf waren wir in Brüssel, wo ich ins »Hotel de Suede« zog, erhielt ein kleines, bescheidenes Zimmer. Ging ins »Theatre Royal«, ein hübsches, helles Gebäude; vier überaus hohe Logen und eine Galerie Noble, man gab statt des ersten angekündigten Stückes ein anderes kleines Stück, das ich nicht verstand, danach »La Favorite«, Alizard und Labord sangen vortrefflich; ich war im Parterre und ging schon im dritten Akt heim, sehr müde. Einen Brief erhielt ich von Theodor.

Samstag, 4.: Ging aus zu Copmann in der Rue Vert, ich suchte ihn vergeblich außerhalb der Stadt, er wohnt in der Stadt; er wußte vom Altonaer Mercur von meiner Reise, war sehr liebenswürdig; er erzählte, daß Schiern gerade heute abgereist war, an Heimweh und Liebeskummer leidend. Wir gingen nun zusammen zu Monsieur Quettleblet, der hier im Lande ein wichtiger Mann ist, trafen ihn aber nicht an; daraufhin gingen wir zum Ständesaal, der der Pairkammer in Paris gleicht, auf dem Gang hingen zwei Gemälde, das eine stellte die Revolution in Brüssel dar; in der Bibliothek begegnete mir große Aufmerksamkeit von jemandem, der Frian Frocheur schätzte, er kannte schöne Bücher mit Federzeichnungen, ich sah Briefe von Voltaire und vielen berühmten Männern; um eins trat Schiern herein, er war noch nicht verreist, er sah kränklich aus, war sehr froh und entschloß sich, seine Abreise bis Montag aufzuschieben. Frocheur gab mir eines seiner Bücher und ich schrieb meinen Namen ins Bibliotheksbesucherbuch. Ein Graf Rhode kam, ich wurde ihm vorgestellt, er sprach viel über meine Lebhaftigkeit, ich sei der erste Däne, den er getroffen hätte mit soviel Feuer – aber das ist ja wohl eine andere Sache; zu Hause warf er wohl jeden Gedanken an mich von sich! – Ging nach Hause, schrieb einen Brief an Theodor; Schiern holte mich ab und wir gingen in die Kirche St. Gudula; sehr erhebend, schön gemalte Fenster, Gesang und Musik; danach gingen wir ins Theater, Schiern war gewohnt, in »Les Stalles« zu sitzen, das kostete 5 Franken, schrecklich töricht, aber ich ging, wir sahen zwei Gassenhauer, einen Akt Konzert, in dem Fräulein Heinefetter sang, sie hat ein antikes, aber hübsches Gesicht, eine Partie war eine Geschichte in ihrem Haus. Ein Tiroler sang ganz eigenartig, das Ballett war schwach.– Nun bin ich zu Hause im kalten Zimmer bei Wein und Brot. Wahrheitsliebend gestimmt.

Sonntag, 5.: Zu Quettelet gegangen, der mir mit grosser Liebenswürdigkeit begegnete, er konnte nur Französisch, lobte Oersted sehr, nannte David und Petersen, er lud mich zu sich am Abend ein, was ich abschlug. Sah das Rathaus, den Platz, wo Egmont enthauptet wurde; das ist ein prachtvolles altes Gebäude mit einem hohen mit Spitzen geklöppelten Turm; ja, sieh', das sind Brüsseler Spitzen. War in der Kirche am Place Royale. Ging ins Museum, da war eine reiche Sammlung; ein Flußpferd, plump und jung, interessierte mich; garstige, große Affen, die Menschen glichen, wunderhübsche Vögel; danach ging ich in die Gemäldesammlung, die mich nicht groß ansprach, ich mag Rubens nicht, diese fetten blonden Frauenzimmer mit simplen Gesichtern und verblichenen Kleidern langweilen mich. Einen Hasen sah ich; eine Familie las das Abendgebet und die Mutter half dem kleinen Jungen, der sich das nicht richtig gemerkt hatte. Schiern erzählte mir gestern, daß Lange (Graf Essex) da war, heute traf ich ihn, er kannte mich nicht und ich mied ihn; Coopmann erzählte, daß er hier ein dänisches Blatt herausgeben wolle, die Polizei wollte ihn weg haben, doch C. verschaffte ihm die Erlaubnis zu bleiben. Besuchte Schiern, der schön wohnte, doch draußen in *Fauburg Namur*; wir spazierten umher, ich fror schrecklich, auf der Strasse waren eine Menge Masken, es ist der letzte Carnevalstag. Speiste bei Kammerherrn Coopmann, Schiern war auch da, der junge Selmer von Itzehoe, der Musik bei Beriot studiert, ein Knopfmacher Lassen mit Sohn; wir speisten sehr gut und ich war der Ehrengast, sah ich. Lassen folgte mir von dort zur Messagerie Royale, wo ich einen Platz bestellte für die Eilkutsche nach Paris am Freitag, man fährt dann mit dem Dampfwagen zur Grenze,ich bekam Platznummer 2. Den ganzen Abend zu Hause, trank Brüsseler Bier und schrieb Briefe.

Montag, 6.: Schönes Wetter, besuchte Quettelet, der mir den Observatoir-Saal zeigte und über Urban Jürgensen sprach; schrieb in mein Album; ging durch den Schloßgarten zu Coopmann, der mir einen interessanten Brief von Napoleon zeigte, geschrieben im Lager bei Mantua an Josephine, diese atmende Liebe, er hatte am Abend Ossian gelesen. Coopmann nahm 2 Briefe für mich mit nach Hause und diese waren an Frau Oersted und Frau Balling und Jette Wulff und Jette Boye. War heute Morgen in der Stadt und besuchte Baron Coyet, der hier im Hotel wohnt und Gicht hatte. Trieb in der Stadt umher. Heute ist Schiern nach Antwerpen gereist. Besuchte Lassen, der von Altona ist, dänisch spricht und das Militär mit Knöpfen beliefert; wir waren gestern zusammen bei Coopmann. Ging zum Place des Martires, wo die in der Revolution Gefallenen liegen, ein großes Monument erhebt sich über den unter der Erde liegenden Bögen und nennt das Vaterland, das die Zeiten schriftlich bewahrt; der Löwe ruht auf der Seite, zu seinen Füssen die zerrissenen Fesseln. Die Inschrift ist nur »Patria«, auf der Tafel sind die Namen der Gefallenen aufgezeichnet. Vier, etwas affektierte Engel knien davor. Ich spazierte zur Eisenbahn und traf dort Deutsche, die nach Oostende wollten; heißhungrig wollte ich essen gehen und kam an einem Beufstecks Club vorbei, ging hinein und war sparsam, aß für weniger als einen Franken, das reichte für den ganzen Nachmittag, ging sodann ins Café Mille Collonne und las: der ewige Jude in einer Kölner Zeitung; besuchte das Rathaus, wo Egmont geköpft wurde, die Kirche, sah einige Straßen, die von Kanälen durchschnitten wurden, ging danach ins Parterre und sah »Le Mari et l'Amante«, mit einem Domino noir, der ganz anders gegeben wurde als bei uns zu Haus; Phister hatte etwas Eigentümliches aus dieser Rolle gemacht, das Scribe entzücken könnte, wenn er es sähe. – Nun sitze ich im herrlich warmen Zimmer mit Punsch und lasse es mir gut gehen; mein Blut brennt! - aber nein. »Je suis commissair pour en belle fille«, sagte ein Mann am Place de la Monaye, aber ich riß mich los. Wie Ansichten doch streiten können.

Dienstag, 7.: Auf um 7 Uhr; ein wenig Kopfweh, eingepackt, um 10 Uhr wurden meine Sachen abgeholt, ich selber sollte um 12 Uhr zur Abfahrt in der Messagerie Notre Dame des Victoires eingeschrieben werden; und was war das für ein schönes Wetter! Ging zur Eisenbahn nach Mons und von dort zu der kleinen Stadt Quievrain, wo die Postkutsche wartete, und geriet in eine mit zwei Damen und einem Herrn; wir saßen hart und schlecht, ich war schnell müde, wir kamen dann zur Grenze, wo ich streng visitiert wurde, besonders meine Bücher, da man aus Belgien keine Bücher einführen durfte …

WILLEM M. ROGGEMANN

(* 1935)

Ode an Brüssel

Brüssel, die gezeichnete Stadt, unerreichbar für deine
Geliebte und doch heißblütig,
wie soll ich mich dir nähern aus den angestellten
Feldern?

Über das breite Asphaltband, das zwischen hügelndes
Gras sich schiebt
und später über das Viadukt, das fast die Dächer
berührt.

Aus Glas und Beton ist dein Herz.
Du knirschst und zischst in zwei Sprachen.

Meine heimatliche Scholle heißt du, aber du bliebst
ein Morast,
ein Sumpf immer, der ansaugt.

Stadt, die mich zeichnet. Du verdienst weder den
Schnee auf den Dächern
noch die Regenschauer im August.
Du schmorst in eines Anderen Brühe. Du krachst in
den Fugen,
übersteigst jedes Maß in einer anderen Sprache.

Und ich, der ich dich aufschreibe, weiß, wie du lebst
ohne Fantasie, nachts mit deinen Lichtern blinkst wie
eine zu schwer geschminkte Hure, die leidet an der
fallenden Krankheit.

GEORG FORSTER

(1754–1794)

Brüssel

Wir sind einige Tage nacheinander ausgewesen, um die Stadt zu besehen. Sie ist sehr unregelmäßig gebaut: die Straßen laufen krumm, kreuz und quer durcheinander; viele sind indes ziemlich breit, und fast durchgehends sieht man schöne oder wenigstens solide Häuser, die ein gutes Ansehen haben. Die meisten Privathäuser sind nach der Straße hin sehr schmal und mit Giebeln, welche sich stufenweise zuspitzen, versehen. Fast alles, die großen, massiven Gebäude ausgenommen, ist, wie in den übrigen brabantischen Städten, mit weißer Tünche überzogen. Die Gegend um den Park ist eine der schönsten und würde in jeder großen Stadt dafür gelten. Massive, große Gebäude von einfacher, aber geschmackvoller Bauart zieren sie. Der Königsplatz, wo eine kolossalische Bildsäule des Prinzen Karl von Lothringen in Erz vor der St.Jacobskirche, in einer Linie mit dem kühnen, leichten Spitzturm des Rathauses steht, ist mit eben solchen Gebäuden umringt. Der Gerichtshof von Brabant oder das sogenannte »Conseil« hält in einem neuen, von den Ständen errichteten Palast, der nach dem Park hinsieht, seine Sitzungen. Die Hotels des Herzogs von Aremberg, des Vicomte von Walckiers, des englischen Gesandten, imgleichen das Wappenhaus u.a.m. stehen sämtlich in dieser Gegend.

Seit sechzehn oder achtzehn Jahren hat Brüssel, zumal um den Park herum, eine neue Gestalt gewonnen.

Die alten Gebäude, die man hier noch sieht, wie zum Beispiel die Reitbahn, stehen beinah unter der Erde; die neuen hingegen haben zwei, oft drei Keller oder Souterrains übereinander, indem man das Erdreich bis zu einer Höhe von dreißig Fuß und drüber aufgeschüttet hat, um die ehedem vorhandenen Unebenheiten auszufüllen. Der Park ist daher jetzt schon vollkommen geebnet, bis auf zwei Vertiefungen, welche noch vor kurzem Sümpfe waren, jetzt aber mit schönem, hohem Gebüsch bekleidet und mit festen Sandgängen ausgelegt sind. In einem dieser Gründe sahen wir eine Grotte mit einem Springbrunnen, der aber jetzt nicht floß. Das viereckige Becken von Stein unter der Nische (worin eine lesende weibliche Figur von Marmor liegt) hat auf seinem Rande folgende merkwürdige Inschrift: »Petrus Alexiowitz Czar Moscoviae Magnus Dux margini huius fontis insidens illius aquam nobilitavit libato vino hora post meridiem tertia die XVI. Aprilis anni 1717.« Der große Stifter des russischen Kaisertums hatte nämlich bei einem Gastmahl, welches man ihm zu Ehren gab, ein wenig zu tief ins Glas gesehen. Indem er nun hieherspazierte, um in der frischen Luft die Dünste des Weins verrauchen zu lassen, fiel er in das Wasserbecken, und es geschah, was die Inschrift sehr zierlich und fein mit dem »libato vino« ausdrückt.

Der sogenannte Große Markt ist wirklich nicht so groß, wie man ihn sich nach diesem Beinamen vorstellen möchte; allein das Rathaus mit seinem hohen gotischen Turme ziert diesen Platz und gibt ihm Ansehen. Das Einfache pflegt selten die stärkste Seite der gotischen Bauart auszumachen; bei diesem Turme halten jedoch die vielen kleinen Spitzen und einzelne Teile den Beobachter nicht ab, *einen* großen Eindruck von kühn und leicht emporstrebender Höhe zu empfangen. Es wird immer den Gebäuden in diesem Geschmack zum Vorwurf gereichen, daß ihre Gestalten stachlig und gleichsam zersplittert scheinen, zu scharfe, eckige, in die Länge gezerrte Verhältnisse und Formen darbieten und dem Auge keine Ruhe lassen. St. Michael steht nicht übel auf der Spitze dieses Turms in kolossalischer Größe, die jedoch von unten immer noch klein genug erscheint, und mit dem besiegten Feinde zu seinen Füßen. Auf dem benachbarten Giebel des Brauerhauses steht des Prinzen Karl von Lothringen vergoldete Bildsäule zu Pferde lange nicht so schön und gewiß nicht an ihrem Orte; allein die Brüsseler scheinen diesen Fürsten so lieb gehabt zu haben, daß sie ihn gern über ihren Köpfen reiten ließen.

Zu den Veränderungen in Brüssel muß man noch die seit der Aufhebung der Klöster angebauten Plätze rechnen, auf denen jetzt schon eine große Anzahl neuer Häuser stehen. Eins von diesen Klöstern, welches innerhalb der Stadt ansehnliche Gärten besaß, brachte durch seine Aufhebung zum ersten Mal den Einwohnern und ihrem Handel einen wichtigen Vorteil, indem der Kaiser daselbst einen schönen, geräumigen Platz zum Kornmarkte einrichten ließ, auf welchem jeder Gattung von Getreide ihr besonderer Ort angewiesen ist: es stehen Pfähle errichtet, mit Brettern daran, worauf man »Bohnen«, »Buchweizen«, »Weizen«, »Roggen«, »Hafer«, »Gerste« usw. liest. In einer anderen Gegend baute man nur noch im vorigen Jahre mehr als zwanzig neue Häuser auf den Schutthaufen eines Klosters. Diese Veränderungen und Verschönerungen einer Stadt, die, wenn man einzelne Gebäude ausnimmt, im ganzen bereits an Schönheit mit Berlin verglichen werden darf, werden jetzt eine Zeit lang ins Stocken geraten; wenigstens werden die noch übrigen Klöster vorderhand wohl von dem Schicksal, das Joseph der Zweite ihnen drohte, verschont bleiben. Das fromme katholische Volk von Brabant hängt mit ganzer Seele an seinem Herkommen in der Religion wie in der Politik, und wenn man es aufmerksam beobachtet, so begreift man nicht, wie es möglich und wirklich geworden ist, daß dieses Volk mit der Anstrengung eines Augenblicks seinen Oberherrn vertrieben hat.

Die große Masse des Volks in Brüssel ist, soviel ich nach dem Haufen urteilen kann, der sich in den Straßen sehen läßt, nichts weniger als eine schöne Rasse. Sei es verderbte Lebensart, Eigenheit des hiesigen Bodens oder Einwirkung der Verfassung und anderer zu wenig bekannter Umstände; aber gewiß ist es, daß das gemeine Volk eher unter als über der mittleren Statur gerechnet werden muß. Besonders ist dies an dem andern Geschlechte auffallend sichtbar, das überdies noch im Verhältnis des Körpers kurze Arme und Beine hat. Ihre Gesichtszüge kann man nicht eigentlich häßlich nennen; allein bei einer ziemlich regelmäßigen Bildung ist etwas Schlaffes und Grobfleischiges zugleich bemerklich, welches das physiognostische Urteil von gutmütiger Schwäche und uninteressanter Leere nach sich zieht. Jene schönen vollwangigen Gesichter mit hoher Stirne und schöngebogener Nase, mit Feuer im großen Auge, starken Augenbrauen und scharfgeschnittenem weitem Munde, die uns im Limburgischen und selbst noch in dem an Lüttich grenzenden Tirlemont gefielen, sahen wir hier nicht wieder. Es scheint, als hätte auf dem niederländischen Grunde der französische Firnis die Züge nur mehr verwischt, nicht charakteristischer gemacht. Dies kann vielleicht paradox, vielleicht gar unrichtig klingen; allein ich bin für meinen Teil überzeugt, daß auch ohne wirkliche Vermischung der Rassen, bloß durch das Allgemeinwerden einer andern als der Landessprache, durch die vermittelst derselben in Umlauf gekommenen Vorstellungsarten und Ideenverbindungen, endlich durch den Einfluß, den diese auf die Handlungen und auf die ganze Wirksamkeit des Menschen äußern, eine Modifikation der Organe bewirkt werden kann. Rechnen wir hinzu, daß von alten Zeiten her Ausländer über Brabant herrschten, daß Brüssel lange der Sitz einer großen, glänzenden Hofstatt war, daß auch mancher ausländische Blutstropfen sich in die Volksmasse mischte, daß der Luxus und die Ausschweifungen, die von demselben unzertrennlich sind, hier in einem hohen Grade, unter einem reichen, üppigen und müßigen Volke seit mehreren Jahrhunderten im Schwange gingen: so kann die besondere Abspannung, die wir hier bemerkten, sich gar wohl aus natürlichen Ursachen erklären lassen. Es ist indes nicht der niedrige Pöbel allein, dessen Gestalt zu jener Skizze paßt; das ganze Korps der freiwilligen Bürger, das wir täglich auf dem Markte sehen, und dessen Glieder wenigstens bemittelt genug sind, um auf eigene Kosten alles, was zu ihrer Equipierung gehört, sich anzuschaffen, ja, unter denen viele ein reiches Einkommen haben; dieses Korps, sage ich, so schön es gekleidet ist, so eine kriegerische Miene es macht und so viel Standhaftigkeit und Edelmut es wirklich beseelen mag, besteht gleichwohl durchgängig aus kleinen, schmächtigen Menschen, auf deren Wange selten einmal etwas von einer martialischen Farbe glüht.

Die Hauptkirche zu St. Gudula ist ein ungeheures, altes Gebäude von ehrwürdigem Ansehen, inwendig mit einer sehr großen Anzahl von Kapellen ausgeschmückt. Die vornehmste, des Wundertätigen Sakraments, bot uns den schönsten Rubens dar, den wir bis jetzt gesehen hatten; den schönsten, ich sage es dreist heraus, den ich von seiner Hand nicht übertroffen zu sehen erwarte. Das Sujet, welches er sich gewählt hat, ist Christus, indem er Petro die Himmelsschlüssel übergibt. Es herrscht eine erhabene, göttliche Ruhe in dieser schönen Gruppe von Köpfen, deren Kraft und Glanz so frisch ist, als wären sie gestern gemalt. Die Farben haben einige Härte, die man aber über dem Eindruck des ganzen nicht merkt. Der Christuskopf ist schön und sanft, nur diesmal gar zu still und unbeseelt. Die Künstler scheinen manchmal zu wähnen, daß die Sanftmut des Dulders sich nicht zu innerem Feuer gesellen dürfe, durch welches sie doch erst ihren größten Wert erhalten muß; denn sanft sind ja auch die frommen Tiere, die einen hier, am unrechten Orte angebracht, um das allegorische »weide meine Schafe!« anzudeuten, wirklich ärgern. Die linke Hand des Heilands ist von großer Schönheit, wie jene berühmte Hand von Carlo Dolci in Düsseldorf. Petrus, der sich über die rechte Hand seines Herrn beugt, ist ein Kopf voll Hingebung, Vertrauen, Glauben und Festigkeit. Jakobus ist alt und ehrwürdig; die anderen beiden Köpfe, von weniger Bedeutung, dienen jedoch zur Verschönerung der so groß gedachten Gruppe. Das Bild ist nur ein Kniestück. Von den vielen Gemälden von Crayer, Coxis, van Cleef, Champagne, Otto Venius und andern, welche die zahlreichen Kapellen dieser Kirche zieren; von den Statuen der Heiligen, den kostbaren Altären, den gemalten Fenstern und den Mausoleen kann ich nach dem Anblick eines solchen echten Kunstwerks nicht sprechen. Das wahrhaft Vollendete der Kunst füllt die Seele so vollkommen, daß es für geringere Gegenstände keinen Platz darin läßt.

LAJOS KASSÁK

(1887–1967)

Als Vagabund unterwegs

Es war, als kletterten wir eine steile Serpentine hinauf, so schwer war unser Weg. Nur langsam kamen wir Brüssel näher. Aus den Städten mußten wir fast fliehen, denn die Polizeiordnung war streng und die Menschen waren ohne Mitleid. Bei den Vereinigungen bereiteten uns die Formulare Schwierigkeiten, was wir auch anstellten – unsere Papiere reichten für diese Bürokratie nicht aus.

Wir schmarotzten in den Dörfern. Aber auch die Bauern gaben nicht mit leichter Hand. Manchmal mußten wir stundenlang betteln, ehe sie uns etwas hinwarfen. Auf ihre Fragen antworteten wir, daß wir Künstler seien und aus Ungarn stammten, woraufhin sie uns verwundert ansahen, denn von so einer Rasse oder Nation hatten sie noch nie gehört. Von Österreich ja, das kannten sie – und haßten es leidenschaftlich. Sie sagten: »Österreicher seid ihr also? Das ist ja ein abscheuliches Räubergesindel, allen voran der Kaiser und sein Gelichter.« Und damit schoben sie uns zur Tür hinaus.

Später gaben wir uns als Tschechen aus, und damit hatten wir etwas mehr Glück. Genauer gesagt, wir kamen leichter zu einem Nachtquartier – meist war es nur ein Unterschlupf. Im großen und ganzen jedoch behandelten uns die Bürger wie die Bauern Belgiens mit der gleichen unzugänglichen Kälte.

Kurz vor Brüssel wurde es ein wenig leichter für uns. Nun bekamen wir schon für wenig Geld Fisch, gesottene Muscheln und gebackene Käfer. In jeder kleinen Stadt gab es Fischhallen und Geschäfte – sie glichen sehr den Budapester Milchhallen –, in denen gesottene Muscheln verkauft wurden. Straßenhändler fuhren mit kleinen Wagen umher und boten gelbgebackene Käfer mit riesigen Zangen an. Diese Wagen wurden von Hunden gezogen. Der Verkäufer pries seine Ware lauthals an, und die Kauflustigen strömten herbei, unter ihnen auch wir, um von dem himmlischen Manna etwas abzubekommen. Der Händler wog die Käfer in einer Tüte ab, und so eine hochgehäufte Portion reichte aus, unseren Hunger zu stillen. Weder mein Gaumen noch mein Magen war sonderlich verwöhnt, doch als ich mir zwischen vier Fingern ein paar von den Käfern in den Mund schob, fühlte ich, wie sich mir die Haare unter dem Hut sträubten und die Augen vor Entsetzen aus dem Kopf traten. Ach was, alles nur törichte Einbildung! Die Käfer waren knusprig und schmeckten angenehm nach Öl wie mongolische Nüsse. Wirkliche Feinschmecker hätten sich sicherlich an ihnen delektiert, doch wir, die wir sie anstelle von Brot und Gemüse essen mußten, konnten allenfalls zugeben, daß sie nicht schlecht schmeckten. Nicht anders erging es uns mit den Muscheln. Die Verkaufsbuden waren ringsum aus Glas, so daß man von der Straße aus zusehen konnte, wie die Muscheln in großen Kesseln gegart wurden und wie die armen Leute an den Tischen die Muscheln auseinanderbrachen, die unförmigen Tiere herauslösten und sie verschlangen. Das aber war für Szittya zuviel. Mir dagegen bereiteten sie weniger Schwierigkeiten als die Käfer. Ich mußte nur aufpassen, daß sie nicht kalt wurden, denn dann schmeckten sie widerlich nach Talg und klebten am Gaumen fest, so daß man sie mit der Zunge kaum abbekam. Trotzdem, sie waren immer noch besser als Wassersuppe oder faules Fallobst, denn es war Fleisch, von welcher Sorte auch immer. Ich aß es gierig und mit einer gewissen perversen Lust und fühlte mich dabei den Steinadlern und aasfressenden Hyänen nah verwandt.

Ergab sich einmal die Gelegenheit zum Trinken, was selten genug vorkam, dann kippten wir Unmengen Schnaps in uns hinein, zum einen, um unsere Sorgen zu vergessen, zum anderen, um unser Blut in Bewegung zu bringen. Als wir dieses unergiebige Jagdgebiet dann verließen und in Brüssel eintrafen, hatten wir sogar an Gewicht zugenommen.

Endlich waren wir wieder unter Menschen, wir lebten in einer Gruppe und hatten Genossen um uns. Zumeist waren es Sozialisten, Syndikalisten und Anarchisten. Die Maison du Peuple, dieser gewaltige internationale Kornspeicher, nahm uns auf und machte uns mit anderen bekannt, brachte uns Menschen nahe, die aus allen Teilen der Welt kamen. Ein riesiger sauberer Saal mit sauberen Tischen, um die Tische herum debattierende Menschen, die nicht so sehr über ihre täglichen Sorgen und über Tagesereignisse sprachen, sondern vielmehr über Ideen. Unter ihnen gab es naive, schwerfällige Holzköpfe, und es gab sogenannte professionelle Revolutionäre. Letztere ähnelten den Bochrim, sie fingen früh morgens an zu diskutieren und waren am späten Abend noch immer nicht fertig. Aus ihren Mündern floß ein nicht abreißender Strom von international bekannten Namen, Statistiken, Fakten. Sie waren durch die ganze Welt gekommen, wußten genau über jedes Bombenattentat Bescheid und kannten die deutschen, amerikanischen und russischen Gefängnisse. Sie waren durchwegs gegen die Gewerkschaften und gegen die Ethiker in den Parteigruppen, sie traten für die direkte Aktion ein. In der Maison du Peuple befanden sich auch die Büroräume der Zweiten Internationale, und wenn einer ihrer Funktionäre durch den Saal ging, machten sie Bemerkungen über ihn, denn sie nannten sich Todfeinde jeder Bürokratie. Wir dagegen mieden diese Büros nicht, wir besaßen ein Parteibeitragsbüchlein, damit mußten wir uns beim Sekretär melden, und der gewährte uns ohne viel Umstände eine vierwöchige Unterstützung. Für einige Zeit waren wir also des Bettelns, ja der materiellen Sorgen überhaupt, enthoben. Wir lebten recht gut und rauchten in ungeheuren Mengen den lächerlich billigen belgischen Tabak. Ernsthafte Schwierigkeiten bereitete uns nur die Quartiersuche.

Die Einwohnerschaft der Stadt bestand aus zwei Nationen. Auf der einen Seite wohnten die Belgier, auf der anderen die Flamen.

Die Belgier lehnten es ab, uns zu beherbergen; die Flamen waren mißtrauische, schmuddlige Menschen, die uns für ein Bett in der Dachkammer einer kleinen Schenke ein Heidengeld abnahmen. In solche Nester kehrten wir nur ein, wenn wir völlig erschöpft waren, denn die Betten rochen schlecht und waren nicht frisch bezogen. Wie Vögel flogen wir am frühen Morgen auf die sonnigen Straßen hinaus.

Szittya kannte Brüssel wie seine Westentasche, er nahm mich mit in die Museen, in die Kirchen, zeigte mir das weltberühmte »Manneken Pis«, vor dem wie immer Fremde standen, den Baedeker unter dem Arm. Wir besuchten das Kino der Sozialisten und bewunderten am Rathaus die goldenen Verzierungen. Und ganz allmählich kam ich der modernen Kunst näher. In der ungarischen Zeitung »Népszava« hatte ich etwas über Meunier gelesen, nun machte ich die Bekanntschaft mit seiner Kunst. In einem Museum wurde gerade in einer Gedenkausstellung, die seine Familie veranstaltet hatte, eine Sammlung seiner Werke gezeigt. Ich nutzte die Gelegenheit und schaute mir seine in Stein gehauenen und in Bronze gegossenen Plastiken an, so den »Gefesselten Sklaven« mit seinen braunglänzenden steinernen Muskeln, die »Mutter mit dem Kinde«, den »Lastträger von Antwerpen«. In

Meuniers Kunst sah ich meine eigenen Gedanken und Wünsche verkörpert, kein einziges seiner Werke drückte Klage oder Verzweiflung über Elend und Armut aus. Sie waren Stein und Erz gewordene Kraft, eine unbändige, an der eigenen Befreiung und der wirtschaftlichen Gesundung der Welt arbeitende Kraft. Sein Werk eröffnete mir Horizonte, ich war beglückt und voller Tatendrang, selbst ein großes Werk zu wagen. Einige Tage später besuchten wir eine retrospektive Rodin-Ausstellung. Mein Geschmack war mittlerweile so weit entwickelt, daß ich zu unterscheiden verstand. Ich war begeistert von Meunier, aber ich erkannte, daß mich mit Rodin mehr verband. Auch wenn er einem nicht die Symbole der Arbeit vor Augen führte, sprach er doch eine frischere Sprache als Meunier, und wenn diese Sprache auch nicht mitteilsamer war, erschien sie mir doch reizvoller. Bisher hatte ich von Rodin kaum gehört. Szittya war hingerissen von ihm. »Was für ein begnadeter Künstler!« Ich stimmte mit ihm überein, nur die Stücke gefielen mir nicht, die ihm gefielen. »Der Denker«, die »Bürger von Calais« und noch ein paar andere Plastiken, vor denen Szittya in der Ausstellung voller Bewunderung stand, machten auf mich wenig Eindruck. Ähnliches hatte ich bei Meunier in kräftigeren Formen gesehen. Für mich war die Balzac-Büste Rodins beste Arbeit. Sie stand in einer Gruppe von Porträtplastiken. Ein gewaltiger Steinblock, in dem man Balzacs mächtigen Stierkopf nur eben ahnen konnte. Diese Skulptur machte in ihrer stilvollen Unfertigkeit solchen Eindruck auf mich, daß ich lange Zeit jede andere Bildhauerarbeit an ihr maß, sie gefiel mir sogar besser als die Skulpturen der Griechen ... Ich lebte so intensiv in der Welt der Kunst, daß ich kaum Zeit und Lust für andere Dinge hatte. Nicht als Sozialist, sondern als universaler Mensch erfaßte ich die Kunst, liebte ich sie. Wahrscheinlich war das auch der Grund, weshalb die dritte Ausstellung, die ich in Brüssel sah, so abstoßend und ernüchternd auf mich wirkte.

Es handelte sich um das Wirtz-Museum. Szittya sprach von Wirtz als von einem Anarchisten. Er erzählte mir dessen merkwürdiges Leben und behauptete, seine Bilder seien wunderschön und schilderten die ganze Tragödie des Menschen. Das Gegenteil, fand ich, war der Fall. An den Wänden eines riesigen Saales hingen Bilder von vier bis fünf Meter Länge, auf denen gräßliche Szenen dargestellt waren. Die Farbgebung war banal, von einem ästhetischen Eindruck war überhaupt nicht zu reden. In der Mitte des einen Bildes stand mit gespreizten Beinen eine zerzauste grausige Gestalt, um sie herum Millionen winziger Menschlein, die verkörperte »wimmelnde Menge«. Während der Riese mit der einen Hand zu ihnen hinuntergreift, zerquetscht er sie zwischen den gewaltigen Fingern der anderen in unnennbarer Zahl, als wären es Weintrauben. Das ausgepreßte Blut floß in breiten roten Strömen über die Leinwand.

»Was soll das bedeuten?« fragte ich Szittya. »Ist das der leibhaftige Anarchismus? Oder nur das nichtssagende Gepinsel eines Dummkopfs?«

»Das ist anarchistische Malerei. Der Mensch, der der Gesellschaft dient, verschwendet keine Zeit auf ästhetische Fragen. Die Malerei hat genauso wie die Literatur oder das Straßenfegen den Zweck, das Leben der Menschen zu verbessern. Alles ist Mittel im Dienste dieses höheren Zieles.«

»Ich erinnere mich, Ähnliches seinerzeit schon von Onkel Kraus gehört zu haben. Heute aber sehe ich, daß euer Anarchismus nicht das Positive, das Gute will und deshalb kein erstrebenswertes Ziel ist. Du sagst, das einzige Ziel sei, das Leben der Menschen zu verbessern. Aber wo sieht man auf diesem Bild etwas davon? Ich will gern glauben, daß ein Straßenfeger etwas für die Verbesserung des Lebens tut, denn eine gefegte Straße ist zweifellos schöner, Körper und Geist zuträglicher als eine schmutzige, woraus folgt, daß der Straßenfeger im Interesse seiner Mitmenschen eine nützliche, ja erhabene Arbeit verrichtet. Schau ich mir aber dieses Bild an, dann verspüre ich Ekel, ich entdecke nichts, was auf ein besseres menschliches Leben hindeutet, Ich halte es für ein schlimmes, antisoziales Machwerk. Demgegenüber ist Meuniers Kunst für mich sozialistische Kunst, denn sie zeugt von gesunder Schöpferkraft. Von einem allgemeineren Standpunkt aus betrachtet, ist für mich auch Rodins Kunst sozialistisch. Er stellt in seinen Werken zwar keine Plackerei dar, doch was er schafft, ist großartig und befruchtet die Seele. Aber der hier, dieser übergeschnappte reiche Mann, der sich, der Teufel weiß warum, als Anarchist aufspielt, malt so scheußliche Menschenfresser, daß man sie eigentlich nur Erwachsenen hinter Glas zeigen dürfte. Seine Bilder sind Schauerdramen und gehören ins Panoptikum.«

Szittya redete wie ein Wasserfall, er prahlte, spielte den Überlegenen, doch es gelang ihm nicht, mich unterzukriegen, ich blieb bei meiner Meinung: Während meines Herumvagabundierens, was dem Schein nach nichts anderes gewesen war als liederliche Drückebergerei und Arbeitsunlust, war ich, ohne daß ich es selbst gemerkt hatte, härter geworden, hatte sich mein Blick entwickelt, hatten sich meine Gedanken und Gefühle geklärt. Als ich von zu Hause aufbrach, war ich ein unreifes Kind gewesen, nun stand ich als ernster, erwachsener Mann der Welt gegenüber. Ich hatte nun ein persönliches Maß, das ich an die Dinge anlegte und nach dem ich auf einer höheren Ebene die allgemeinen Werte bestimmte. Die Kunst sah ich nicht als Mittel zum Zweck, sondern als ein Teil des Zieles an.

Was ich sah und hörte, wirkte befruchtend auf mich, und ohne daß ich es mir besonders vorgenommen oder mich darauf vorbereitet hätte, war ich plötzlich mitten in der Arbeit. Während andere Karten spielten oder untätig in der Maison du Peuple herumlungerten, saß ich in einer Ecke und schrieb Gedichte und lange Briefe, die ich alle Jolán schickte. Zwischen Szittya und mir hatten sich noch immer keine tieferen freundschaftlichen Beziehungen entwickelt, aber auf merkwürdige Weise vertiefte sich statt dessen mein Gefühl für Jolán immer mehr, je größer die Entfernung zwischen uns wurde. Ich spürte nicht nur sexuelles Begehren, sondern gleichzeitig ein mir bis dahin unbekanntes Gefühl der Freundschaft für sie. Ich schrieb ihr ausführlich über das Leben, das ich führte, über die neuen Dinge, die mir begegneten, und bat sie, ebenso ausführlich zu antworten. Aus ihren Briefen ersah ich, daß sie ähnlich dachte wie ich. Sie hatte die Dinge, von denen ich ihr erzählte, zwar nicht gesehen, doch als Sozialistin pflichtete sie mir in meiner Meinung über Kunst bei. Ich hatte das Gefühl, wenn sie jetzt bei mir wäre, könnte ich die materiellen Hürden viel leichter nehmen und meine Erfahrungen viel schneller erweitern. So allein, wie ich hier lebte, mußte ich immer von neuem Berge ersteigen, und war ich auf dem Gipfel angelangt, konnte ich mit niemandem meine Erlebnisse teilen. Im Grunde war ich keine leidenschaftliche Natur, instinktiv sehnte ich mich stets nach dem reinen Zustand des Gleichgewichts, und was ich tat, tat ich nicht aus Begeisterung, sondern weil es meiner Natur entsprach. Ich ließ mich nicht von aufgepeitschten Nerven zu einer Sache hinreißen, ich setzte mich mit meinem ganzen Gewicht dafür ein. Ich hatte nie das Gefühl, daß ich etwas unbedingt brauchte, doch ich versagte mir auch nie etwas, selbst dann nicht, wenn der Erwerb mit Gefahr verbunden war. Eine Tatenlosigkeit, die sich mit allem abfand, hätte mich getötet, mein gestaltender Wille packte die Dinge und formte sie, damit sie vollkommen würden und mich befriedigten.

W. H. AUDEN

(1907–1973)

Brüssel im Winter

Wandernd durch kalte Straßen, verworren wie alter
Zwirn,
Kommst du zu Springbrunnen, steif vor Frost,
Und merkst wie die Formeln der Stadt dir entgehen;
Sie hat die Gewißheit verloren, die eine Sache
ausmacht.

Nur die Alten, die Hungrigen und die, die erniedrigt,
Bewahren bei dieser Temperatur einen Sinn für den Ort,
Und in ihrem Elend sind sie alle versammelt;
Der Winter faßt sie, gleich einem Opernhaus.

Dachzüge reicher Apartments scheinen durch heut'
Nacht.
Da, wo einsame Fenster wie Bauernhöfe leuchten,
Ein Satz wie ein LKW mit Bedeutung beladen wird,

Ein Blick die Geschichte der Menschheit enthält,
Und fünfzig Franken einem Fremden das Recht
erwerben,
Die zitternde Stadt in seine Arme zu schließen.

LOUIS PAUL BOON

(1912–1979)

Das graue Ding dort hinten

Das häßliche, hohe Haus, das da rumsteht als ob es auf etwas wartet – auf eine Straße oder ein anderes häßliches Haus, um sich ein bißchen dran anzulehnen – und das durch seine Fenster an der Vorderfront auf das freie Feld und die vorbeijagenden Wolken blickt, und das durch die Fenster an der Rückseite auf das graue Ding dort hinten in der Ferne blickt: Brüssel, mit den verschwommenen Konturen eines Gasometers, einer Brauerei und einer Basilika, die man gerade baut – Brauerei und Basilika gleich grau und gleich groß, sodaß sie perfekte Zwillinge abgeben und man ihnen ein und denselben Namen geben möchte: Brausilika. Aber vor allem: Regen und Wind und Schlamm oder Sonne, die überm Fußballfeld dort hinten und dem Acker hier (im Sommer Getreide und im Winter Kohl) Staub erzeugt, mit Betonplatten, auf die jemand mit weißer Farbe geschmiert hat: »*vive à bas le roi zot weg met dinges*«, und daneben die Wohnwagen und ein ausgemergelter, hinkender Hund von einem, der Scheren schleift oder Kessel flickt und unter der Tür des häßlichen, hohen Hauses einen Zettel voller Rechtschreibfehler durchschiebt: »*Löffl und Gabl verzinken, biete diese Zettel aufheben*« ... der aber den Zettel doch nicht mehr zurückhaben will, weil er morgen mit seinem Kirmeswagen schon wieder woanders ist. Aber es wird ein anderer Kirmeswagen kommen, von einem, der Pferde verschachert während seine Frau die Zukunft vorhersagt.

Eine Tankstelle mit auf der einen Seite: Stop! … und auf der anderen Seite: Danke für Ihren Besuch! – und ein Bauerngehöft, das der Stadt seinen Hintern zukehrt und stur den Mist über die Felder ausführt, als ob die Gegend hier niemals verbaut werden würde (und als ob es von diesem häßlichen, hohen Haus lächerlich wäre, auf etwas Bestimmtes zu warten) und am Anfang seines Feldwegs ein Schild stehen hat: *»Zugang streng verboten – Sehr gefährlicher Hund«*. Hier haßt man die Stadt-am-Horizont. Ganz im Gegensatz zu den Kleinbauern, die bei dem Streit klein beigegeben haben und seitdem Chicorée und Lauch für die Stadt anbauen … und das, obwohl quer durch ihr Gemüse eine neue Straße angelegt wurde, die von Unkraut überwuchert ist und mit ihren beiden Gehsteigkanten auf etwas zeigt – ja, worauf eigentlich? Auf einen Heuhaufen und eine magere Kuh, auf den zugigen, spitzen Winkel der Tankstelle. Und auch, obwohl zwischen dem Kohlgemüse Holztafeln stehen: Stadterweiterungsgebiet Cité moderne. Denn sie bauen zwar Chicorée an, die Kleinbauern, aber der Grund gehört nicht ihnen. Der ist schon seit Jahren, seit Generationen, im Besitz einer Aktiengesellschaft, die dort schon bald Dings hinstellen wird, Wohnsilos, *»Komplettausstattung – sämtlicher Komfort, nähere Informationen Boulevard Havelaar, Brüssel«*.

->Richtung Brüssel ?

Die kleine Schule aus rotem Backstein, in der die Kinder von der Tankstelle, dem häßlichen, hohen

Haus und dem letzten Bauernhof zur Schule gehen – nicht aber die Kinder aus den Wohnwagen, denn die sind irgendwo in einer anderen Schule angemeldet, sie wissen bloß nicht mehr, in welcher – und die auf dem kleinen Pausenhof zu einer neuen Welt, einer Vorstadtwelt, verschmelzen. Zwischen dem Pausenhof der Schule und dem Mistplatz einer neuen Fabrik befindet sich eine junge Hecke, die Kinder könnten sich ja sonst womöglich noch verirren. Über die frisch angelegte Allee kommt die Straßenbahn angepoltert. Dort, weit hinten, zog sie noch mit fließender Bewegung durch die Felder, aber sobald sie das graue Ding bemerkt, Brüssel, beginnt sie zu klingeln. Die Straßenbahn quillt über vor johlenden Kindern mit Schulranzen, die sich von nah und fern nach Brüssel aufmachen und Tag aus, Tag ein haarscharf an einem Unglück vorbeischrammen. Das alles sieht man am Weg zu dem grauen Ding, entlang der Gleistrasse, die nach Eisenbahn stinkt, entlang der neuen Betonpiste mit jungen Bäumchen, die auf beiden Seiten der Straße ihre sechs Zweige ausstrecken.

Ja, das ist der Weg, den alle entlangkommen, die von der Stadt träumen. Der eine mit einem Karren und einem Gaul, um in Brüssel ins Geschäft zu kommen … ein anderer mit seinem Talent, das außerhalb Brüssels nicht erkannt wird und keine Zukunft hat … und ein dritter mit nichts als seinen leeren Händen, die keine Arbeit finden, außer vielleicht noch in Brüssel. Und ab und zu ist da auch noch ein junger Einfaltspinsel, der von den Frauen Brüssels angelockt wird.

In dem Monsterding dort hinten wird alles anders sein: da stehen gepflegte, hohe Häuser, da gibt es Licht und Sonne, Parks und elegante Kleidung, da wird das große Geld gemacht und man kann sich ein Zimmer mieten. Und man macht eine Lehre und binnen weniger Jahre ist man reich und glücklich.

Und entlang der neuen Allee, im Straßengraben, eine lädierte Tafel: Richtung Brüssel.

BENNO BARNARD

(* 1954)

Brüssel bei Mondlicht

Anspachlaan, Zentrum. Stoßzeit. Am Pfosten auf der anderen Straßenseite hat sich der grüne Spaziergänger gerade in eine schäbige rote Figur verwandelt, die ihre Beine gegeneinander gedrückt hält. Ich warte am Gehsteigrand, und während die Autos links von mir heulend in Fahrt kommen, schlage ich meinen Jackenkragen gegen den Wind auf. Ich blinzle in die Luft; hoch über den Haussmann-Häusern am Boulevard, aber durch die perspektivische Täuschung fast beim Punkt des blattgoldenen Schwertes, das der Erzengel Michael vom Rathausturm in den Himmel sticht, wird eine wässerige, kleine Februarsonne zwischen den dahinjagenden Wolkenfetzen sichtbar.

Der Verkehr kommt zum Stillstand, ich überquere die Straße, gehe zur Metro und steige zwischen Büromenschen und Schulkindern in eine Welt hinunter, in der das Klima immer gleich ist, egal ob es oben gießt und Michaels Blattgold genauso wie das weiße, kunstvolle Mauerwerk oben am Turm dem Blick entzogen wird.

Noch bevor ich ganz unten bin, wird mir bewußt, daß ich noch nie vorher am Fuße des Börsengebäudes die Metro genommen habe – und im selben Moment schaue ich auf und sehe über den Rolltreppen, die zu den Bahnsteigen führen, an der Rückwand der Station, ein Fresko, meterbreit und zweifellos, das weiß ich sofort absolut sicher, von der Hand Paul Delvaux's, der grauen Eminenz der belgischen Kunst.

Ich entwerte meinen Fahrschein, lasse halb tastend das Drehkreuz einen Schlag drehen und lehne mich dann gegen die gläserne Balustrade zwischen den beiden hinteren Reihen von Entwertungsautomaten.

Auf sieben Bildsegmenten, jedes ein mal zwei Meter groß, fahren oder stehen alte Brüsseler Straßenbahnen mit verzierten Karosserien, glänzend im Licht einer strahlenden Mondsichel, und auf ihren hinteren Plattformen schlendern und starren die Feen der Bilder Delvaux's mit ihren dünnen, glasartigen Gewändern, Schleiern gewoben aus dem Stoff von Malersträumen, und mit ihren großen, weit aufgesperrten Augen, vollgeströmt von bläulichem Licht.

Rechts ist eine Remise gemalt, auch da stehen Straßenbahnen, *Bois-Bosch* lese ich, und auch da stehen oder schreiten die überirdischen Frauen mit ihrem blauen Blick und ihren durchsichtigen Kleidern. Entlang einer Pflastersteinstraße auf dem Bildsegment ganz links sind Häuser von um die Jahrhundertwende zu sehen, solche wie man sie nur in Brüssel findet – sofern sie noch nicht der europäischen Megalomanie geopfert wurden, nicht auf dem Zeichentisch und in der Folge wirklich wegradiert, nicht verfallen, wie alles in dieser Stadt durch Mißwirtschaft, durch Dummheit und durch Mutwillen verfällt – aber hier werden die Häuser ebenso wie die Straßenbahnen verziert: mit weiß verputzten Giebeln und blinden backsteinernen Seitenmauern, mit geschlossenen Rolläden, und hoch über ihren Dächern, zwischen sich lichtenden Wolkenfetzen hängt die Mondsichel, die gegen alle Naturgesetze die ganze Stadtlandschaft, sieben Segmente breit, zusammen mit den Straßenlaternen entlang den Gassen und mit den Scheinwerfern der Straßenbahnen, in ein rätselhaftes Licht setzt.

Dies sehe ich, und das Brüssel, das ich gerne beschreiben würde, das ich zu retten versuche, wo es noch etwas zu retten gibt, in meiner Fantasie Löcher stopfend, Brachland bepflanzend, Bagger sabotierend – eine Guerilla der Einbildung, dieses Brüssel, bewahrt vor Zügen in seinem Unterleib, hängt hier intakt vor meinem bezauberten Auge, ein paar Meter von der Wirklichkeit auf einem surrealistischen Werk von vierzehn Quadratmetern. *Nos Vieux Tramways Bruxellois.*

Ich erwache, fege das Mondlicht aus meinem Gesicht und nehme mit dem Fahrschein in der Hand und der Unterschrift von Delvaux auf meiner Netzhaut die Rolltreppe zu den Bahnsteigen.

Und ich komme hinauf bei Schuman, auf der Kreuzung von Europa, vor den Berlaymontgebäuden, dem sternförmigen Hauptquartier der Europäischen Wirtschaftsgemeinschaft, dem *marché comique* im Brüsseler Sprachgebrauch. Alles rundherum ist von der

Gemeinschaft, steht im Dienst der Gemeinschaft, ist ihr hörig (allerdings muß ich mich manchmal als flämischer Nationalist aufspielen, um im Postamt, einen Katzensprung vom Schuman-Stern, auf niederländisch bedient zu werden), wird für sie abgerissen, der Verluderung preisgegeben, um schließlich in x Jahren (denn die Gemeinschaft kracht unter der Schuldenlast, und es kann noch etwas dauern) niedergerissen und durch noch mehr Ungetümer ersetzt zu werden, – bis alle benachbarte Architektur demontiert ist, und nur mehr Berlaymont und Berlaymonts Dependancen aufrecht stehen, wie ein Rest von Dummheit. [...]

Aber darüber denke ich oben, in meiner eigenen Wohnung nach, nicht unten beim alten Beamten mit seinen zitternden Händen. Ich denke an die Ansichtskarten, die so ordentlich in Stapel aufgeteilt da lagen; beim Kaffee durfte ich sie ansehen, er reichte sie Stück um Stück an mich und seine Hände waren auf einmal viel weniger vom Zittern befallen als zuvor.

Es waren Karten von belgischen Städten und ihren Sehenswürdigkeiten: *La Plage d'Ostende*, *Dentellières à Bruges*, *Le Béguinage de Courtrai*, aber vor allem waren es Karten von Brüssel, aus den Tagen der Spitzenkostüme und Tüllkleider. Sie waren beinahe alle auf der Vorderseite beschrieben: auf Straßen und Plätzen, im vergilbten Weiß des Himmels standen die Wünsche, Grüße, Briefanfänge und Unterschriften (»Chère Tante«, »Mon Chéri«, »Votre ... dévoué«, – es war nicht eine auf flämisch dabei). Jedesmal zwei, drei Zeilen Text, irgendwo auf dem Brüsseler Stadtplan von 1901 bis 1930, Bestätigungen über Ankunft, Grüße aus der großen Stadt, Danksagungen für den herrlichen Aufenthalt. Oft war die Kathedrale des Erzengels Michael abgebildet, geknipst von einer Straße, die beim Bau der Nord-Süd-Verbindung in den 50er Jahren weggemäht wurde (der damals errichtete Zentralbahnhof wurde noch durch den Brüsseler Papst der Art nouveau, Baron Horta, entworfen, – er muß durch den Ruhm benebelt gewesen sein und durch das Gewicht der Lorbeeren in die Knie gesackt, als er den Entwurf für den totalen Mißerfolg, der Brüssel-Zentral ist, skizzierte).

Auf einer Aufnahme der Kathedrale, ich sehe die Karte vor mir, posieren zwei Soldaten in breiter Grätsche, sie halten ihre weißen Handschuhe in der linken Hand und haben es nie wieder eilig. Oft ist auch der Große Markt abgebildet, das Manneken Pis, die Boulevards, das Börsengebäude, da wo Brüssel zumindest damals noch einigermaßen Paris ähnlich ist, wo etwas vom Geist Eugène Haussmanns weht, auch wenn der hier nie gearbeitet hat – aber das alles interessiert den alten Mann nicht, was ihn interessiert ist das Datum des Poststempels, der makellose Zustand der Karte, die Seltenheit einer Serie. Während seiner Ausstellung kommt fast etwas Feuriges in seine Stimme, seine Hingabe scheint seine Lebensgeister zu erwecken und Parkinson Lügen zu strafen. Beim Weggehen schenkt er mir ein Exemplar, das er doppelt hat, *das ist doch nix, prends-la, prends-la* und so alt und krank ist er nicht, daß er nicht zuerst sorgfältig vergleicht, welche der beiden Karten durch die Jahre und die Feuchtigkeit des Souterrain am wenigsten angegriffen wurde. Viele Karten, erzählt er noch, kommen aus einem kleinen Laden in der Innenstadt, der Besitzer hat sich genau wie er selbst vorwiegend auf Brüsseler Stadtansichten verlegt. *Chambre de la cartophilie belge* heißt er, an der Ecke von der und der Straße – ob ich ihn kenne? Ich kenne ihn, diesen Kartenladen: ein uraltes Häuschen, dessen roter Backstein jahrelang unter einem Gipsklumpen verborgen war, bis der Besitzer den Giebel endlich säubern ließ. Vor der zurückspringenden Geschäftsfassade stützt eine schlanke, gußeiserne Säule das Stockwerk, und wenn ich dort vorbeikomme weiß ich nie, ob ich durch den Säulengang die Ecke abschneiden soll oder nicht.

Jetzt, wo ich beim Plaudern mit meinen Gedanken da verweile, wandern sie von selbst in das Café, das ein bißchen weiter in der Straße liegt, *La Mort Subite*, benannt nach einem vergessenen Kartenspiel. In den Kellern hat die Brauerei *Vossen Frères* ihren Sitz, da wird Gueuze und Kriek-Bier gebraut – der Legende nach kann man das nur in der Stadt Brüssel, denn es sind Mikroben oder Bakterien dafür nötig, die ausschließlich im Zennetal vorkommen sollen, in den im Untergrund kanalisierten Resten eines mittelalterlichen Sumpfes. Die Brüsseler seihen Baudelaire zufolge ihren eigenen Urin zu Bier.

Das Café selbst, über der Brauerei, hat Spiegelwände mit obersfarbigen Schnitzrahmen. Auf dem Glas stehen in weißer Farbe die Preise geschrieben. Ich sitze nach einer Filmvorstellung dort – der Film handelte vom Leben Egon Schieles, dem Wiener Zeichner von zarten Nackten – und ich rede mit meiner Tischdame über die Bedeutung der Kunst, der 7. Kunst heute abend. Wir trinken Kriek von Vossen, ich spreche, und sie hört gespannt zu. *Schöne Karten mein Herr, kaum zu glauben.*

MAURICE BÉJART

(* 1927)

Im La Mort Subite

Ich komme an in Brüssel, war es vor 100 Jahren oder vielleicht auch erst gestern, Brüssel, seltsame Stadt, ganz und gar tot, ganz und gar lebendig, maritim ohne Meer und fließend ohne Fluß und schön ohne Schönheit. […]

Schon in den ersten Tagen zieht mich ein Ort besonders an, direkt hinter dem »Théâtre de la Monnaie«, ein altes Café, überladen mit Paneelen und getrübten Spiegeln, dessen Name pseudo-erotisch-gotisch mir in neonroter Schrift entgegen schreit: *La Mort Subite*.

Ich trete ein. Hier trinkt man Geuze. Eine entfernte germanische Verwandte des Biers, das vom Geschmack an leicht schäumenden Cidre erinnert und den Kopf etwas beschwingt, ohne den Magen zu beschweren. Und die wahren Gäste verspeisen Brote, genannt 1900: Meerrettichstreichkäse auf Graubrot, gewürzt mit ein klein wenig Eschalotte und Kräutern.

La Mort Subite. Ich trete ein, mit der Orchesterpartitur von »*Le Sacre du Printemps*« unter dem Arm und meiner alten Tasche, fast mehr schon Müllbeutel, in dem sich Nietzsche in Gesellschaft von löchrigen Ballettanzügen, schmutzigen Handtüchern und alten Socken befindet.

LOUIS PAUL BOON

(1912–1979)

Schwarze Insel

Zwischen einem Stückchen Senne und dem Kanal nach Charleroi, zwischen zwei hohen Gleistrassen, über die die Züge aus Budapest, London, Paris nach Brüssel brausen: die schwarze Insel, auf der die Fabriken stehen und die Mistplätze sich befinden. Und in etwas, das früher mal ein Bach war, jetzt aber eine nicht gedeckte Kloake, spielen die Kinder. Sie haben sich Papier, Stroh und Schachteln vom Mistplatz geholt, die sie jetzt anzünden. Sie haben einen jungen Straßenköter an einem Pfahl, der in der Erde steckt, festgebunden, und die Kleinste, auf die sie aufpassen sollten, haben sie mit ihrem nackten Hintern in den Abfall reingesetzt.

Der Mistplatz wird immer größer – und die sogenannten Kratzer, die mit einem Schürhaken in der Hand und auf einem Sack knieend nach Krimskrams suchen, bilden eine Heerschar, die immer weiter vorrückt – sich immer weiter voranscharrt – wobei sie ihre Säcke füllen, alt werden und sich jeden Abend ein bißchen schwerer aufrichten, sich mit ihren schwarzen Händen die Stirn abwischen, sodaß auf ihren zerfurchten Gesichtern schmutzige Streifen zurückbleiben. Es sind bloß alte Männlein, die zu Hause keine Heizung haben und ihr Bestes geben, um einen extra Sack zusammenzubekommen, den sie dann an jemanden zu verkaufen versuchen, der schon zu alt ist, um noch selbst auf diesem stinkenden Mistplatz herumzusitzen. Die Lumpensammler hingegen sind Rädchen in der großen Maschinerie. Am Rande des großen Platzes haben sie jeder einen Verschlag aus ein paar Brettern, einer Eisenplatte und ein bißchen Teerpappe stehen, wo sie ihre Lumpen zusammentragen. Und zwischen den Ritzen ihres Bretterverschlags hindurch kann man auf der anderen Seite die Landschaft sehen. Und trotzdem hängt an der schiefen Tür ein großes, rostiges Vorhängeschloß, das sagen soll: Das hier ist das Eigentum von Soundso-dem-Lumpensammler, also laß gefälligst die Finger davon.

Und am Ufer des Kanals nach Charleroi liegen die Wohnboote. Boote, die man zu Beginn des Krieges versenkt hat, die aber jetzt wieder von den Leuten gehoben wurden, verrostet, kaputt und zu keiner Reise mehr zu gebrauchen (und überhaupt: es sind nur 60-Tonner, wohingegen die Fabriken Schiffe verlangen, die 250 Tonnen fassen können). Und von diesem rostroten Ding hat jemand eine Planke hinüber zur Böschung gelegt. Jemand hat eine Matratze reingeschleppt, einen Tisch mit einem abgebrochenen Bein, den er irgendwo aufgetrieben hat, und einen durchgebrannten Ofen, den er in der Salle-de-vente erstanden hat – und der sich dort vergeblich abmüht, die Metallwände zu erwärmen. [...]

Zwischen der hohen Feuermauer eines Lagerhauses und der Rückseite eines Kinos, einer Bank oder einer großen Seidenstrumpffabrik (mit einer kleineren Schuhpastafabrik daneben, die buchstäblich erdrückt wird und trotzdem verzweifelt ums Überleben kämpft), hinter einem sehr schmalen Korridor, in dem es nach den drei oder vier Klosetts stinkt, ein langer, dreiekkiger Lichthof ohne Sonnenlicht: die Cité. Jede Cité hat einen anderen Namen, und doch sind es immer die selben grauen Häuser mit den selben grauen Regenrinnen und dem selben grauen Geruch nach Zwiebeln. Von einer Häuserwand zur anderen hängt die Wäsche an einem Eisendraht zum Trocknen – jedem sein Haus, jedem seine Regenrinne und jedem seine Leine mit den zwei vergessenen Wäscheklammern aus Holz – ja, und in jedem dieser Häuser, die nur aus einem einzigen Zimmer unten und einem einzigen Zimmer oben bestehen, steckt auch exakt die selbe Lebensgeschichte. Auf Nummer 9 wohnt eine Frau, die von Zee-sur-mer kam, um Dienstmädchen zu werden (Oh, Brüssel) und die in den *Zaal van Dijck* tanzen ging, in eine Ehe schlitterte und jetzt von Brüssel nur ein paar Straßen kennt: die Rue Blaes, wo die Geschäfte sind, und die Rue Haute, wo das Krankenhaus ist. Sie ist klapperdürr und »*son mari qui est de Bruxelles parle avec un r, et sait tout mieux que les autres*«. Ihr ältester Sohn ist einmal aus seinem Kindersessel auf die Kohlenkiste gefallen, hat jetzt eine Narbe am Mund und arbeitet in der Schuhpastafabrik (aber dort kann es jeden Tag aus sein, und dann wird er wohl aufs Arbeitsamt müssen). Währenddessen steht seine Schwester in einem großen Kaufhaus hinterm Verkaufspult und muß sich fast jeden Abend gegen jemanden erwehren, der sie in der Dunkelheit begrapschen will ... und dann ist da noch ein fünfzehnjähriger Junge, der in einer Textilfabrik arbeitet und sich dort jeden Tag vor lauter Magenschmerzen auf dem Boden krümmt (ein nervöser Magen, wie ist sowas nur möglich, in diesem Alter). Und es gibt ein Mädchen, das noch zur Schule geht und bei seiner Schwester im Bett liegt, aber ins Bett näßt und die Decke wegstrampelt, sodaß die andere, die zum Wachwerden zu müde ist, davon Rheuma bekommt. Und auf Nummer 11 lebt eine Frau, die langsam blind wird von einem Span Brennholz, den sie ins Auge bekam, als sie eine gestohlene Eisenbahnschwelle spalten wollte ... Die ist mit einem Kerl verheiratet, bei dem sich die TBC schön langsam bemerkbar macht. Die beiden haben einen Sohn, der ein echter Brüsseler ist, mit einem Bärtchen und auf seinem zu großen Wasserkopf einem Hut nach der neuesten Mode, unter dem er etwas verloren aussieht. Der lernte in der Schule dermaßen gut, daß man all seine Schulhefte eine Zeit lang aufbewahrt hat.

Und auf Nummer 13 wohnt eine Holländerin, die noch immer nach der Schrift spricht und darum auch von niemandem verstanden wird. Die hat keinen Mann, bringt aber trotzdem immer wieder Kinder zur Welt. Und auf Nummer 15, das ganz in der Ecke gelegen ist, hockt ein Briefträger, der während des Krieges im Widerstand war und die Post der Ortskommandatur zurückhielt. Aber urplötzlich war die Gestapo im Postgebäude, und er mußte einen Brief runterschlucken, ohne ihn vorher ausreichend kauen zu können. Und dieses harte Papier in seinem Magen ... er »*glaubte schon, er wäre tot*« – der Mensch führt schon was auf im Laufe seines Lebens, und jetzt ist er Taxichauffeur.

Ja, es sind zumeist kleine Arbeiter, die sich morgens, fast noch mitten in der Nacht, mit ihren Thermoskannen und in graues Papier eingewickelten Butterbroten auf den Weg machen, und die zu Mittag wie heimkehrende Brieftauben durch den schmalen Eingang der Cité schlüpfen. Und zu Mittag, wenn das arbeitende Volk nach Hause kommt, regnet es für gewöhnlich – das nationale Schütten nennt man das – und der Geruch ihrer trocknenden Kleidung vermischt sich mit dem Geruch nach Zwiebeln. Sie arbeiten im Gaswerk oder der Kläranlage, sind ehrlich, verdienen wenig und bezahlen die meisten Steuern. Sie werden vom Staat betrogen, im Kaufhaus und auf dem Lumpenmarkt, sie bezahlen Auf- und Zuschläge, Krankenkasse, Pensions- und Gewerkschaftsbeitrag – und der Arzt verrechnet ihnen achtzig Franken extra, weil er ein Spezialist ist. Sie stellen das Vieh, das die Kasernen und Bordelle füllt, aber untereinander haben sie ständig Streit, denn der eine ist Sozialdemokrat und der andere ist Christdemokrat – oder ihre Frauen beschimpfen einander zwischen Tür und Angel, und die Kinder haben auf Nummer 3 eine Scheibe eingeschlagen oder an die Tür gepißt – oh Brüssel, ein Dschungel.

MARGUERITE YOURCENAR

(1903–1987)

Fernande in Brüssel

Vom Zauber der mondänen Welt hatte Fernande schon bald genug, vielleicht, weil ihre gesellschaftlichen Erfolge nicht eben glänzend waren. Die beiden Schwestern kannten kaum jemand in Brüssel. Natürlich beeilten sich einige Cousins, adelig oder nicht, und ein paar Witwen von Stand, Freundinnen des Hauses, das junge Mädchen einzuladen. Die ehemaligen Mitschülerinnen aus dem Pensionat, sämtlich von Familie, boten sozusagen gute Einstiegsmöglichkeiten: Fernande hatte oft deren Brüder als Tanzpartner. Die Hauptstadt, die Fernande kaum kannte, da sie während ihrer Institutszeit wenig Bewegungsfreiheit gehabt hatte, zerfiel in zwei Teile; »Die Unterstadt«, lärmend, wimmelnd von Läden und Weinschenken, wo die Geschäftsleute ihr Glas Portwein trinken; die schweren Zugpferde der Frachtwagen rutschen auf dem schmierigen Pflaster aus. »Die Oberstadt«, aus der Fernande selbst stammt, hat schöne baumgesäumte Avenuen, wo Diener die feinen Hunde, Nonnen die feinen Kinder spazierenführen, und des Morgens sieht man in den ruhigen Straßen die hochgestreckten Hinterteile der Mägde, die die Türschwellen scheuern. Aber dieses gänzlich unromantische Stadtviertel verwandelt sich für eine junge Dame, die »ausgeht«, des Nachts in eine Traumwelt; die stattlichen Wohnsitze mit den abweisenden Fassaden werden für einige

Stunden zu Märchenschlössern, Musik weht heraus, Kronleuchter funkeln. Fernande hat nicht immer Zugang. Sie wird entweder nur zu den großen Empfängen eingeladen oder nur zu Soireen im kleinen Kreis, selten in denselben Häusern zu beiden Anlässen. In der Provinz hatte die Familie C. de M. ganz natürlich ihren Platz ganz oben gehabt. Hier hatte dieser sehr alte, aber ziemlich vergessene Name fast keinen Handelswert auf dem Heiratsmarkt.

LOUIS PAUL BOON

(1912–1979)

Avenue de Tervueren

Sehr früh am Morgen, die dunkle und menschenleere Avenue de Tervueren. Und irgendwo ein kleines, erleuchtetes Fenster: ein Dienstmädchen in seiner engen Mansarde, das seinen Wecker läuten hört und aufsteht. Oder ein Hausarbeiter, der in den Keller hinabsteigt, um nach dem Kessel der Zentralheizung zu sehen. Die erste leere und nach kaltem Rauch stinkende Straßenbahn, die vorbeirattert. Und dann der Tag, der sich über der Allee und den sich aufbäumenden Pferdestatuen erhebt. Ein alter Dienstbote, der ein schweres Eisentor aufstößt und mit dem Kopf gegen den Wind anläutet. Ein Dienstmädchen, das die Tür öffnet: hinter sich das zugige Foyer mit den verspiegelten Türen, den Blumen und einem Gemälde von van Gogh (das hier, in diesem Haus an der Avenue de Tervueren, bereits sein Gewicht in Gold wert geworden ist) und unter dem dicken Teppich ein wenig Staub und Schmutz und abgebrannte Streichhölzer, die das Mädchen in aller Eile weggefegt hat. Und neben der Türklingel ein kleines Namensschild, das man vom Trottoir aus unmöglich lesen kann: Dr. Francon, Chirurg – denn hier wohnt der Chefchirurg, der vom frühen Morgen bis zum späten Abend in der großen Klinik Beine amputiert oder Magengeschwüre entfernt und sich alle zwei Monate für acht Tage zurückzieht ... nicht hier in der Avenue, sondern in einem kleinen Schloß hinter Terkamerenbos, wo man in der Ferne das Fallen einer Axt hört. Und so ist es nur Madame Francon, die hier wohnt, und die um ungefähr elf Uhr geweckt wird und bis halb eins in ihrem Boudoir sitzt, wo sie sich jene technische Schönheit erarbeitet, auf die Brüssel, der Dschungel, stolz ist. [...]

Am Nachmittag ist die Avenue de Tervueren voller Farben von Bäumen, Bänken, Straßenbahnen und Fremden, die die bronzenen Pferde bewundern kommen. Währenddessen steigen die Herren De la Haye-Smal und Derenancourt in ihre wartenden Limousinen, um sich in die Aufsichtsratssitzung der Kaufhaus-AG oder der AG Stadterweiterungsgebiet Cité moderne zu begeben, am besten jedoch etwas mit einem wohltätigen Zweck, an dem sich unverschämt viel Geld verdienen läßt. Und in den Abendstunden nehmen sie sich ein Taxi, das sie zu ihrem Club an der Naamse Poort bringt, wo keiner reinkommt, der nicht zu ihrer

Diebsbande gehört – oh, moderner Dschungel – und sie bei einem Glas Cognac die Lage bereden. Sie sehnen sich nach einer starken Hand und machen sich Sorgen, weil England seine Ausfuhren steigern und seine Importe senken will. Sie sehnen sich nach einer massiven Streikwelle in den USA, die die dortige Wirtschaft erschüttern könnte, und mal wieder einem ordentlichen Krieg, aber weit weg von hier. Inzwischen ist es Nacht geworden, und man braucht sich in der Gegend der Louisa-Poort erst gar kein Taxi zu rufen, denn sie betrachten kritisch deine abgetragene Regenjacke und deine Schuhe, die du im Dschungel von Brüssel schiefgelaufen hast. Man fragt dich endlos aus, wo du hinwillst und ob dir bewußt ist, was das kosten wird, und schließlich: sie sind besetzt. Denn sie warten auf die gnädigen Herren, die aus ihren Clubs kommen und irgendwo hinwollen, wo wiederum niemand anderer reinkann und der Champagner 700 Franken die Flasche kostet, und wo man am Abend zuvor ein blutjunges Mädchen eingeschleust hat, das in einem Tanzpalast am Swingen war, nachdem es den ganzen Tag hinterm Verkaufspult des Kaufhauses gestanden war. Und sie machen das Kind betrunken, reiben seinen nackten Körper mit Schuhpasta ein und lassen es auf dem Klavier tanzen.

Und am darauffolgenden Abend gibt Herr De la Haye-Smal in seinem Haus an der Avenue de Tervueren einen Empfang. Die Autos bilden eine Kolonne, und Madame Francon steigt ein und wieder aus, denn sie wohnt ja gleich nebenan. Und dann stehen sie alle mit einer Tasse Tee in der Hand im großen Salon, reden über ihre Gemäldesammlung und ihre Rennpferde. Und junge Lehrer ohne Anstellung oder kleine Journalisten eines obskuren Blatts hüpfen mit hochroten Flecken auf ihren ansonsten bleichen Gesichtern herum und sind bereit, für einen besser bezahlten Posten einen Mord zu begehen.

Dann verzieht sich die Nacht hinter den Bäumen und den bronzenen Pferden. Ein Streifenpolizist weckt einen alten Kerl, der auf einer Bank eingeschlafen war. Und aus dem Haus von Herrn De la Haye-Smal kommt die alte Dame, um in einem abgewetzten Mantel zur Morgenmesse zu eilen.

LOUIS PAUL BOON

(1912–1979)

Vier verrostete Nägel

Zwischen der hohen Rue Haute und dem noch höheren Justizpalast, der mächtig und ungerührt auf das Elends- und Handelsviertel blickt – wo jedes Mal zur Jahrmarktszeit etwas oder jemand zu Grabe getragen wird, der Winter oder Hitler oder der Tod selbst, und wo dann sternhagelvolle Weiber schreiend hinterherlaufen – da sind die Gäßchen, in denen man klettert und klettert oder hinabsteigt und hinabsteigt und alle fünf Schritte ausweichen muß, weil einer in der Nacht seine Notdurft verrichtet hat. Hier stehen die grauen Mietskasernen, deren Eingang immer offen und immer finster ist – und wo man mit seinem Schienbein ständig gegen etwas stößt, einen schmutzigen Eimer oder eine Rolle Drahtseil oder feuchte Stücke Brennholz – denn das Licht kommt von einem Lichtschacht, der nur einen Quadratmeter mißt, aber zwölf Meter hoch ist, sodaß man schaut und schaut, bevor man schließlich irgendwo da oben, am Ende dieses Schachts, den grauen Himmel erblickt. Von irgendwo da oben schüttet einer Kartoffelschalen aus dem Fenster, oder leere Schweinefleisch- oder Erbsenkonserven. Und wenn ein bißchen Wind geht, wird eine alte Zeitung hochgewirbelt, die dann irgendwo da oben eine ganze Weile gegen einen Erker gedrückt hängenbleibt und dann still wieder zu Boden sinkt. Wer reinkommt, beeilt sich, an der Concierge vorbeizukommen, die für die Mietskaserne verantwortlich ist, »*locataire principale*«, und die den ganzen Wohnblock in Aufruhr versetzt, wenn sie das Gefühl hat, daß irgendwas nicht mit rechten Dingen zugeht.

Aufgefädelt entlang der abgetretenen Treppe, wo es stinkt und der Verputz von den Mauern bröckelt und in die Ecke gekehrt wird und dort mit einem feuchten Lappen oder einem Besen ein bißchen hin- und hergeschoben wird – da hocken die Bewohner vom ersten Stock, die ihre Tür offenstehen lassen, damit jeder ihr Radio und ihre Papierblumen sehen kann. In der zweiten Etage wohnt ein Buckliger, der sich auf der Straße an den Hauswänden entlang schleicht, aber hier im zweiten Stockwerk ein Despot ist, ein kleiner Hitler, der während des Kriegs seine alte, schielende Frau gezwungen hat, ein bißchen zu schmuggeln. So ist sie mit einer Handvoll Kartoffeln auf ihrem alten Gerippe hin- und hergeschlurft und hat damit ein paar Cents verdient, die sie bei der Währungsreform gleich wieder verloren hat. Im dritten Stock haust eine Frau, die ausgerechnet heute gewaschen und ihre Lumpen am Treppengeländer zum Trocknen aufgehängt hat … und im Halbdunkel ist ein Hemd oder eine Bluse hinuntergerutscht, und jeder der reinkommt denkt, daß das was ist, um sich die Füße dran abzuwischen. Im vierten Stock hockt ein Mädchen, das bei den Markthallen Zigaretten verkauft und ein Kind hat, das schon zweimal ins Spital mußte. Und im fünften Stock schließlich, wo die Treppe die Bezeichnung Treppe nicht mehr verdient, befindet sich eine Mansarde, die von einem Mann bewohnt wird, der auf der Suche nach der Sonne von Brüssel sein Dorf vor zehn Jahren verlassen hat … und der noch immer seinen Regenmantel aus jener Zeit trägt, mit dem er im Regen rumläuft und mit dem er auch im Bett liegt. Er hat eine Schachtel mit vier verrosteten Nägeln und ein bißchen Pomade, mit der er jeden Tag auf dem Lumpenmarkt steht. Und die Mansarde teilt er mit einem Idealisten, der Schriftsteller oder Maler ist, oder ein Emigrant, der Marx übersetzt, mit Kommentar versieht und Hunger hat.

KARL MARX / FRIEDRICH ENGELS

(1818–1883 / 1820–1895)

Brüssel, den 3. März 1848

Proletarier aller Länder, vereinigt euch!
Die Zentralbehörde d[es] B[undes] d[er] K[ommunisten], sitzend in Brüssel, nach Einsicht des Beschlusses der bisherigen Londoner Zentralbehörde, wonach diese den Sitz der Zentralbehörde nach Brüssel verlegt und sich selbst als Zentralbehörde auflöst, durch welchen Beschluß also die Kreisbehörde des leitenden Kreises Brüssel zur Zentralbehörde konstituiert ist, in Erwägung:

daß unter den jetzigen Umständen alle Vereinigung der Bundesmitglieder und namentlich der Deutschen in Brüssel unmöglich ist;

daß die leitenden Bundesmitglieder daselbst entweder schon arretiert resp. expulsiert sind oder stündlich Expulsion aus Belgien erwarten;

daß Paris in diesem Augenblick das Zentrum der ganzen revolutionären Bewegung ist;

daß die gegenwärtigen Umstände eine durchaus energische Leitung des Bundes erheischen, zu welcher eine momentane diskretionäre Gewalt unbedingt nötig ist;

beschließt:

Art. 1. Die Zentralbehörde ist nach Paris verlegt.

Art. 2. Die Brüsseler Zentralbehörde überträgt dem Bundesmitgliede Karl Marx diskretionäre Vollmacht zur momentanen Zentraldirektion aller Bundesangelegenheiten und unter Verantwortlichkeit gegen die neu zu konstituierende Zentralbehörde und den nächsten Kongreß.

Art. 3. Sie beauftragt Marx, in Paris, sobald es die Umstände gestatten, die passendsten Bundesmitglieder zu einer neuen Zentralbehörde nach seiner Auswahl zu konstituieren und dazu selbst Bundesmitglieder, die nicht in Paris wohnen, dorthin zu berufen.

Art. 4. Die Brüsseler Zentralbehörde löst sich auf.

Beschlossen Brüssel, den 3. März 1848.

Die Zentralbehörde

LOUIS PAUL BOON

(1912–1979)

Zaal van Dijck

Zwischen der Brotrinde auf dem Mülleimer und dem Fischen nach einer Leiche im Kanal nach Charleroi, zwischen dem Hospiz und dem Königspalast Baron Empains liegt das kleine Vergnügen der kleinen Leute, die an sechs Tagen der Woche mit einer Thermoskanne hin und her trotten und am Sonntagabend in den Tanzpalast gehen. Die Mädchen kommen zum Swingen hierher, mit ihren kurzen Röcken, die bei jeder Bewegung höher rutschen und in ihren Augen *Das, was sie sich unter Leben vorstellen.* Sie sind zum Arbeiten in die Stadt gekommen, von der sie aber –

mit Ausnahme der Station, in die die Wochenkartenbesitzer reingehen, und der großen Ofenfabrik, in der sie Muttern festziehen oder emaillieren – nie etwas zu Gesicht bekommen. Und jetzt wollen sie am Sonntagabend *endlich auch einmal* in der Stadt sein und die Sonne sehen und glücklich sein – denn im Gegensatz zu dem häßlichen, hohen Haus, das dort hinten am freien Feld steht, können sie nicht so lange warten, bis die Sonne Brüssels zu ihnen kommt – und ihre Füße stampfen die Musik in Fetzen, und ihre Knie und Ellenbogen machen dabei mit. Das fällt ihnen nicht allzu schwer, denn der Rhythmus des Jazz ist derselbe wie jener der Abfüllanlage, wenn in der großen Brauerei die Flaschen verschlossen werden. Und während die eine unbeschwert lachen will, um sich zu amüsieren, will die andere ganz ernst bleiben, um sich zu amüsieren – während die eine alle fünf Tanzschritte in ihren Taschenspiegel blickt, läßt die andere wie ein irre gewordener Hund ihre Haare kreisen. Und dennoch tun sie nie etwas, womit sie sich der Lächerlichkeit preisgeben könnten, denn sie folgen dem blinden und sicheren Weg des Instinkts. Aber Brüssel ist ein Dschungel, und deshalb halten sie schon während des Tanzens ihre Täschchen beim Schulterriemen fest. Sie wollen nämlich das Glück finden und nicht etwa ihren Straßenbahnfahrschein oder ihre Puderdose verlieren. Sie wollen auch gar nichts davon wissen, daß die Burschen, mit denen sie tanzen, ein und der selben Rasse angehören – *auch* sechs Tage *ununterbrochen* ihre Thermoskanne mitschleppen, fluchen, Bußgeld bezahlen, wenn sie zu spät in die Fabrik kommen, aber sich damit abgefunden haben und heute Abend zu einer Jazznummer tanzen: *The sentimental mister from Chicago*. Außerdem wollen sie nichts davon wissen, daß der Tanzpalast ein bißchen abgewirtschaftet und schmuddelig ist, mit der Farbe, die vom Plafond abblättert, mit dem Spinnennetz, das ein bißchen neben dem stillgelegten Orchestrion herumflattert (ach, wo sind die Zeiten, als das Orchestrion noch ein lebendiges Ding war, mit hunderten kleinen Löchern im Notenbuch, den klopfenden Hämmerchen und den blinkenden Lämpchen). Jetzt sitzt da ein kleines Orchester am anderen Ende des Saals. Der Saxofonist hat eine kaputte Unterlippe und ein weißes Jackett, das ein bißchen schlottert ... und der Schlagzeuger hat zwei gelbliche Aufnäher an den Ellenbogen seines Jacketts, das ein bißchen spannt ... und der Pianist hat seine Thermoskanne aufs Piano gestellt, gleich neben die Jausenbrote, und hält den Kopf ein bißchen schief, während er »Stormy Weather« in die Tasten schlägt. Wer weiß, wo er sonst arbeitet, und wer weiß, wie klein dieser Nebenverdienst wohl sein mag.

JULIUSZ KADEN

(1885–1944)

In Brüssel

Thomas wohnte in einem alten Stadtteil hinter dem Justizpalast. Die Häuser waren hier schmal und dreckig. Ihre Giebel waren abgeschnitten und endeten mit einem charakteristischen spanischen Zwickel. An den Wänden sah man da und dort die in den Flachreliefs eingearbeiteten Symbole und alte Embleme: Trauben, einen Handschuh, oder einen Bierkrug, der einer gotischen Miniaturkapelle ähnelte. Fast in jedem Haus befand sich unten ein Gemüsegeschäft. Bei der kleinen Türe saßen auf den niedrigen, geflochtenen Tischen alte weißhaarige Frauen, wie bei Teniers Hauptwache. Auf ihren Schößen hielten sie die zu einem Knoten geflochtenen, riesengroßen und von der Arbeit schmutzigen Hände.

Von der Tür aus zogen sich schmale Korridore wie Särge in die Tiefe und endeten in einem winzigen Garten, gleich einem Blumenstrauß.

Der blaugraue Himmel lag tief über der Stadt und floß langsam über die bräunlichen Dachschichten.

Ignaz ging die kleinen Pflastersteine hinab und entzifferte die Aufschriften und Symbole der Gaststätten: »Unter dem Fußhebel«, »bei Anton«, »zum Familienvater«, »zum Fischer«, usw.

Als Ignaz eintrat, stand Thomas am Fenster und beobachtete die Stadt. Sie begrüßten einander sehr herzlich.

Im grauen Abendlicht verschmolzen die kleinen graziösen Dächer zu einer langen, steifen und leblosen Welle.

Thomas fragte, und Ignaz antwortete. Und dann umgekehrt. Es ging darum, wie, auf welche Art und Weise, woher das Geld, welche Pläne und was für eine Zukunft ...

»Hast du aber viele Bücher!«, bemerkte Ignaz als er die Wände des Zimmers erblickte, die mit den Büchern verrammelt waren.

»Du schaust finster aus – was ist eigentlich los, was ist geschehen?«

Thomas wendete sich heftig an Ignaz:

»Was denn? Es geschah, was eigentlich noch nicht passiert war. Sollte ich dir noch genauere Erklärungen geben betreffend meiner – Lebensweise, oder meiner Stimmung, oder...« – »Hast du nicht den Eindruck«, Thomas wurde ungeduldig, »daß wir alle hier sind als ob wir etwas Wichtiges gemacht hätten – wir Epigonen, fast wie die Reste ... einer anderen Epoche? Laut Kalender – hat sich viel ereignet. Aber – jetzt, nachdem das alles vorbei ist, wäre es eine Abrechnung mit der Vergangenheit notwendig. – Solche, die geredet, geschrien, gerufen haben, gab es viele – und solche, die mit der Waffe in der Hand um das bessere Leben gekämpft haben?!...«

Ignaz setzte sich auf das Fensterbrett und schaute Thomas in die Augen – Misanthropie... – Und danach, um das Thema des Gesprächs zu wechseln: »Du wohnst in einem Loch, in einem ekelhaften Stadtteil und du quälst dich selbst.«

»In einem ekelhaften Stadtteil?«, rief Thomas aus, »Ich wohne im schönsten Teil Brüssels, und vielleicht

ganz Belgiens. Ich beobachte es täglich, in jedem Wort höre ich das Verschmelzen der beiden, einander fremden Rassen, der einander fremden Elemente, der Flamen und Wallonen. Ich lerne dieses Phänomen kennen, das die ganze Welt nicht oft zu sehen hat. Seit Urzeiten blieben sie durch die Gefangenschaft getrennt, jetzt aber verbrüdert sie die nationale Unabhängigkeit für ewig ... Eine neue Nation, einen neuen Wert, – begreifst du es? – schafft die Freiheit!«
[...]

Beide gingen aus.

Der nördliche, feuchte, durchdringende Nebel erfaßte die Häuser. In der weißlichen Dämmerung verschwanden die Laternen. An den Wänden zogen die Leute wie winzige Schatten vorbei.

Als sie eine Querstraße passierten, stießen sie auf eine sonderbare Erscheinung.

Die Lichter der festlich beleuchteten Fenster sahen im Nebel aus wie eine Schnur kleiner Glasperlen. Die verschiedenfarbigen Lampions bildeten einen Bogen, der die gegenüberliegenden Häuser verband. Im Glanz der Festbeleuchtung schimmerte der orange glänzende Nebel. Auf dem Straßenpflaster tanzten die Kinder Hand in Hand. Das lebendige Kränzchen verschwand bald in der Dämmerung und erblühte bald wieder unter der schimmernden Arkade. Am Rande des Trottoirs standen die fest aneinander gebundenen Kutschen, die wie schwarze Leichenwagen aussahen. Strahlend sprühte der Staub durch die Dunkelheit der Straße und kreiste oben und unten wie ein goldfarbener Hauch. Er bedeckte die Sachen und Personen und machte das alles zu einem ungewöhnlichen Schein eines Ereignisses.

»Schau mal«, sprach Thomas, »die Pferde tragen goldenen Schmuck hinter den Ohren, – es ist die goldene Hochzeit von jemandem – die Gemeinde richtet es auf eigene Kosten aus.«

Unterdessen hoben die Musikanten, die in schwarzen Gehröcken gekleidet waren, ihre glänzende Instrumenten an den Mund. Der beleibte Dirigent stürzte aus dem stark beleuchteten Wirtshaus heraus.

Thomas nahm Ignaz beim Arm. Sie traten ein bißchen auf die Seite.

Aus allen Fenstern schauten die Leute.

Die Gardisten erhoben die Fackeln mit dem Kienspan, die von den heißen Tränen trieften.

»Gleich werden sie spielen, gleich, gleich – so ein Fest gibt es nur einmal im Leben, nur einmal, oh mein Gott!...«, rief eine Frau, während sie von der einen auf die andere Seite lief.

Die Kutscher stiegen von ihren Böcken herab. Die aufgescheuchte Gruppe von Kindern flüchtete an die Mauer.

Es ertönte eine Fanfare. Im Fenster des am herrlichsten ausgeschmückten Hauses leuchtete das Licht auf und es erschien ein altes Ehepaar. Er, in einem Gehrock, war grau und gelb wie Wachs. In seiner blauen Hand hielt er vergoldete Palmzweige. Die alte Frau erschien in der Aureole der goldenen Haube.

Aus den Fenstern erhob sich ein Freudengeschrei.

»Schau, wie viele Köpfe es da hinter diesen Alten gibt«, meinte Thomas zu Ignaz.

»Das ist die ganze Nachkommenschaft. Ronde de nuit. Ronde de la vie... Jetzt solltest du«, eigentlich sprach er vor sich hin, »die Konzeption des niederländischen Porträts besser verstehen. Gibt es etwas Schöneres als diese feierliche Gemeinschaft?«

Vor der Bibliothek verabschiedeten sie sich voneinander und verabredeten sich für »Chopin« vom Petersburger Ballett.

KONSTANTY ILDEFONS GAŁCZYŃSKI

(1905–1953)

Café – Bar »Ozean«

In Brüssel, in dem bösen Stadtteil,
gibt es ein Café »Ozean«,
in welches allein die Schurken
gehen, auf der Jagd.

Des Barmanns Visage ähnelt einem Spuk
das Leben seiner Frau ist zerbrochen,
Es dreschen die Schurken ununterbrochen
ihre verschmierten Karten:
Merde.
Pardon?
Coeur.

Bis an die Decke mit Engelchen
gaukeln die Zigarettenstummel,

sind die Engelchen vergoldet?
vergoldet, mein Liebling –
Oh, eines ist im Qualm verschwunden.

Die unflätigen Anekdoten,
abgeschmacktes, dummes Zeug;
man säuft Bier und Kaffee in einem fort
Merde.
Pardon?
Pique.

Brennen die Glaslaternen
An der Wand steht ein Narr
Nicht einer ist je ertrunken
in dem flachen »Ozean«.

II
Hier kriegst du Mozarts
Handschrift und Dynamit.
Zapschykulski handelt
mit Kaffee und Dollars.

(Eine Italienerin mit fünf Bambino.
Der Italiener unter der Bahn verunglückt.)
Schau: er sitzt dort, an der Seite,
spielt mit dem Neger Domino.

III
Wie viele Mädchen, mein lieber Gott!
mehr als Sterne hinter dem Gewölk.
Das blöde Telefon knackst.
Düster schaut der Barmann,

wie sie ihre Hände falten
zu zweit, zu dritt, zu viert,
mit den rot gefärbten Nägeln
über die Bierkrüge mit Porter

Wie sie mit den Wimpern flüstern,
mit den Knien und dem Augenlid.
Es gibt solche, die Ohrringe tragen
und solche die keine Ohrringe tragen;

und solche wie der Neumond
und wie der Schatten eines Vogels,
und solche wie der Galgen,
und solche wie die Musik von Bach;

Und noch andere – wie die Blätter,
wie die Bäume und ihr Rauschen
und solche … ach, tatsächlich:
Merde.
Pardon.
Trèfle.

IV
Streune hier lieber nicht im Winter,
dann verlierst du jede Hoffnung.
Der Wind pfeift wie verrückt
auf der Meyerbeer Straße.

Zapschykulski, armes Ding
der Gedichte schreibt und weint:
er wollte eine Rose beschreiben;
macht Tintenkleckse auf dem Kopf;

die Zivilisation oben
fließt wie ein Torpedoboot
über dem verdammten Café »Ozean«,
über dem verlorenen Glauben,
über der Hoffnung, die ertrank.
Gehen Sie weg?
Meine Herren, Verzeihung.
Schelle.

LOUIS PAUL BOON

(1912–1979)

La Pucelle d'or

Und an einem der prächtigen Boulevards befindet sich das Pucelle d'or, wo ein Auto hält und eine Dame das Lokal betritt, ihren wunderschönen Pelzmantel ablegt und darunter splitternackt ist. Dort steht der Herr, der aus einem Glas mit einem Eiswürfel drin Kümmelschnaps schlürft und alles »interessant« findet und ständig telefonieren will, sich aber in den Teppichen verheddert und keinen Anschluß bekommt.

Dort steht der Smokingsklave, der übrigens viel Geld verdient, und der nichts anderes zu tun hat, als ein Streichholz anzuzünden, wenn irgendwer eine Zigarette aufgetrieben hat. Und in den sehr frühen Morgenstunden, in der engen Gasse, in die der Hinterausgang des Pucelle d'or führt (und wo sich sonst nur eine Garage befindet, die stets geschlossen ist, oder ein leerer Lagerraum mit einem Schild »*Rien à louer*«). Eine Tür wird aufgerissen, und herausgestürzt kommt eine junge, leicht hysterische Frau, die nackt ist, aber trotzdem krampfhaft ihre Handtasche am Lederriemen festgekrallt hält. Sie stolpert über das Kopfsteinpflaster des Gäßchens, und irgendwer zerrt sie wieder rein und schüttet ihr einen Eimer Wasser über den Kopf. Das ist der Morgen. Und beim Hotel Continental werden die Abfalleimer vor die Tür gestellt, und die Kratzer stehen schon mit ihrem Schürhaken und dem Sack bereit. Eine Katze miaut in einem Kellerloch, ein Soldat hält am Palast Wache, und eine alte Schachtel macht das Licht an und öffnet ihren Zeitungskiosk.

ALEXANDRA DAVID-NÉEL

(1868–1969)

Brüssel ist beinahe meine Heimat

Brüssel ist beinahe meine Heimat. Als kleine Pariserin von nicht einmal sechs Jahren bin ich hier voll Mißtrauen und Verachtung angekommen, fest entschlossen, dieser unbedeutenden Hauptstadt keinerlei Beachtung zu schenken. [...]

Brüssel, dachte ich, ist klein; seine Bewohner, die eine bitter schmeckende Flüssigkeit, genannt Bier, trinken und »septante« und »nonante« sagen statt »soixante-dix« und »quatre-vingt-dix«, können ja nur Wilde sein. Brüssel jedoch lächelte nur über meine Ablehnung; es hielt mich fünfzehn Jahre lang fest, umgarnte mich mit feinen Fäden, nährte unterschwellig Keime des nordischen Teils meiner Abstammung in mir und bemächtigte sich meiner. Gutes altes Brüssel meiner Kindheit! Jedes deiner schlichten Gebäude, jede deiner friedlichen Straßen ruft in mir die Erinnerung wach an mein kindliches »Ich«, das dir treu bleibt, wieviel Jahre auch vergehen mögen, und das mich Pilger wieder und wieder zu dir zurückzieht, daß mir das Herz höher schlägt.

Von einer dieser Pilgerfahrten war ich gerade nach Hause gekommen. Bevor ich wieder in den Orient zurückkehrte, hatte ich das Grab meiner Eltern besuchen müssen, die beide in Brüssel gestorben waren, und noch einmal, vielleicht zum letzten Mal, all die Orte sehen müssen, die ich so gut gekannt hatte. Darunter war auch der Nordbahnhof.

ERNST STADLER

(1883–1914)

Heimkehr
(Brüssel, Gare du Nord)

Die Letzten, die am Weg die Lust verschmäht;
entleert aus allen
Gassen der Stadt. In Not und Frost gepaart. Da die
Laternen
schon in schmutzigem Licht verdämmern

Geht stumm ihr Zug zum Norden, wo aus lichtdurchsungnen Hallen
Die Schienenstränge Welt und Schicksal über Winkelqueren hämmern.
Tag läßt die scharfen Morgenwinde los. Auffröstelnd raffen
Sie ihre Röcke enger. Regen fällt in Fäden. Kaltes graues Licht
Entblößt den Trug der Nacht. Geschminkte Wangen klaffen
Wie giftige Wunden über eingesunkenem Gesicht.
Kein Wort. Die Masken brechen. Lust und Gier sind tot. Nun schleppen
Sie ihren Leib wie eine ekle Last in arme Schenken
Und kauern regungslos im Kaffeedunst, der über Kellertreppen
Aufsteigt – wie Geister, die das Taglicht angefallen – auf den Bänken.

J. J. VOSKUIL

(* 1926)

Der Kongreß für Volkskultur

Maarten und Nicolien waren vom Kongreßbüro im Hotel de la Gare, einem Zweisternehotel beim Nordbahnhof, untergebracht worden, Beerta im Hotel Royal, einem Viersternehotel, an einem Boulevard, näher beim Zentrum. Sie verabschiedeten sich da, nachdem sie in einem italienischen Restaurant am Boulevard Adolphe Max gegessen hatten, und da der Kongreß erst am Sonntagnachmittag eröffnet werden sollte, verabredeten sie sich für den folgenden Morgen in einem kleinen Park auf halbem Weg zwischen den beiden Hotels.

Maarten und Nicolien waren zuerst da. Es war ein stiller Sonntagmorgen, unter einem leicht bewölkten Himmel. Im Park blühten einige späte Rosen, und es roch nach Herbst.

Es war noch frisch. Sie setzten sich auf eine Bank und sahen Beerta schon von weitem kommen, auf der gegenüberliegenden Seite des Boulevards. Er trug einen hellgrauen Sommeranzug mit einem weißen Stecktuch und einem hellblauen Oberhemd und lief kerzengerade, mit kleinen, vorsichtigen Schritten, seinen Blick geradeaus. Am Rand des Gehsteigs blieb er stehen, sah nach links und rechts, ließ ein Auto vorbeifahren und hastete dann im Trab zur anderen Seite. Als sie von der Bank aufstanden, sah er sie. Er lief auf sie zu und nickte steif, mit einem ironisch verzogenen Mund.

»T-Tag Nicolien, T-Tag Maarten«.

»Wie haben Sie geschlafen?«, fragte Maarten.

»Ich schlafe immer gut. Wie ist euer Hotel?«

»Wir haben ein eigenes WC«

»Ein eigenes WC habe ich auch, aber das halte ich für nichts besonderes.«

»Wir schon«, sagte Nicolien, sie lachte, »wir haben noch nie ein eigenes WC gehabt.«

»Außer zu Hause«, sagte Beerta.

Sie lachten.

»Und habt ihr schon beschlossen, wo wir hingehen?« fragte Beerta.

»Wir wollen zu den Marollen«, sagte Maarten.

»Zu den Marollen?«, wiederholte Beerta überrascht, er zog seine Augenbrauen hoch.

»Warum zu den Marollen?«

»Das würde uns gefallen.«

»Ihr wißt doch, daß das ein Armenviertel ist?«

»Ja, deshalb.«

»Ich finde das nett, ein Armenviertel«,

Beerta sah sie überrascht an. »Das habe ich noch nie gehört. Ein Armenviertel nett! Ich finde es nur gruselig. Ich hatte erwartet, daß ihr vorschlagt zur St. Gudule-Kirche zu gehen. Wenn man nach Brüssel kommt, geht man doch zur St. Gudule.«

»Die St. Gudule habe ich bereits gesehen«, sagte Maarten. »das war nichts für mich.«

»Ich hoffe, das ist ein Scherz«, sagte Beerta steif.

Maarten lachte. »Auf jeden Fall will ich jetzt am liebsten zu den Marollen.«

»Nun, auf eure Verantwortung«, gab Beerta nach.

Sie liefen durch eine Einkaufsstraße in Richtung Zentrum. Näher beim Zentrum wurde es allmählich etwas geschäftiger. Auf dem Grote Markt standen schon einige Busse, und es versammelten sich einige Touristen beim Rathaus und vor den Zunfthäusern.

»Wenn ich nach Brüssel komme, gehe ich immer zuerst zum Grote Markt«, sagte Beerta zufrieden, »und dann zur St. Gudule, aber das geht wohl heute nicht.«

»Nein«, sagte Maarten, »das geht nicht.«

»Du bist hart«, fand Beerta, »aber das jetzt will ich noch sehen.«

Er lief über den Platz, ihnen einen Schritt voraus. Gegenüber dem Rathaus blieb er stehen, seine Hände hinter dem Rücken, seinen Kopf erhoben. »Das genieße ich jetzt«, sagte er, während er dies und das in sich aufnahm. »Ihr wißt doch, daß der Turm von Jan van Ruysbroek ist?«

»Nein« sagte Maarten.

Beerta sah ihn verblüfft an. »Was hast du eigentlich studiert? Elektrotechnik?«

»Auf jeden Fall nicht Kunstgeschichte«, er hatte Mühe, sein Lachen zu unterdrücken.

»Dann hörst du jetzt von mir, daß das eines der schönsten Beispiele bürgerlicher Gotik ist.«

Maarten schaute noch einmal. »Richtig«.

»Du bist ein Barbar. Du enttäuschst mich.« Er wandte sich an Nicolien. »Wußtest du das auch nicht?«

»Nein«, sie lachte.

Maarten schaute auf den Plan, der ihnen vom Kongreßbüro besorgt wurde. »Sollen wir auch noch an Manneken Pis vorbei?«, fragte er, »das ist hier in der Nähe«.

»Manneken Pis interessiert mich nicht«, antwortete Beerta zimperlich.

»Mich auch nicht«, sagte Maarten.

»Dann sind wir zumindest da einer Meinung«, sagte Beerta erleichtert.

Sie verließen den Grote Markt an der Südseite, und überquerten die Lombardstraat. Es liefen mehrere Touristen herum, und hie und da waren auch Geschäfte geöffnet. Maarten fragte sich, ob dies bereits die Marollen seien, aber es gab nichts, woraus das ersichtlich gewesen wäre.

»Dort ist eine Kirche«, warnte Beerta, »laßt uns da mal hinschauen«.

Es war eine Kirche mit einem viereckigen, hellgrauen, natursteinernen Turm, gedeckt mit einem schiefernen Dach mit einem kleinen Spitz. Sie überquerten den Boulevard und blieben davor stehen. Durch einen Seiteneingang gingen Menschen ein und aus. Beerta holte seine Brille und einen kleinen Führer aus seiner Innentasche, setzte seine Brille auf, und schaute darin nach.

»Dies muß die Kapellekerk sein. Sehe ich die zumindest auch einmal.«

Er las vor: »Die Kapellekerk weist alle Eigenschaften der brabantischen Kunst aus dem 15. und 16. Jahrhundert auf. In der Kirche findet man die Gräber von Sant Bonifacius, von Pieter Breughel und von Anneessens...«, er unterbrach sich selbst, »Pieter Breughel! Das dürfen wir nicht versäumen«.

Er lief ihnen zum Seiteneingang voraus, und ging zwischen den Kirchenbesuchern hinein. Sie folgten ihm durch das Portal. Drinnen war es halbdunkel. Der Geruch von Weihrauch und Kleidern kam ihnen entgegen. Überall gingen und saßen Menschen. Es brannten Kerzen. Beim Altar war ein Priester, unterstützt durch zwei andere und einige Ministranten, beschäftigt mit dem Feiern der Messe. Er sang den Text der Liturgie und die Menschen in der Kirche antworteten. Beerta war beim Eingang stehen geblieben, in der Dunkelheit. Sie stellten sich zu ihm.

»Es ist schade«, sagte er leise, »aber wir können da jetzt nicht hin.«

Maarten gab keine Antwort. Er sah zu den Menschen und den liturgischen Handlungen beim Altar, und lauschte. Neben ihm kamen Menschen herein, tauchten ihre Finger in das Weihwasserbecken, bekreuzigten sich, und knieten kurz in Richtung des Altars nieder, als sie den Mittelgang passierten. Es waren überwiegend, aber nicht ausschließlich, alte, in Schwarz gekleidete Frauen.

Als er sich umdrehte, waren Beerta und Nicolien verschwunden. Er folgte ihnen gegen den Strom nach draußen. Sie standen vor dem Eingang, im grellen Sonnenlicht, um auf ihn zu warten.

»Laut dem Reiseführer, ist das die Seele der Marollen«, sagte Beerta feierlich. »Wenn Karel mich hier sehen könnte, würde er denken, daß ich verrückt geworden wäre.« Er verstaute seine Brille und den Reiseführer wieder.

Sie liefen in das Viertel, weg vom Boulevard. Es war an nichts festzustellen, daß sie durch ein Armenviertel liefen. Ziemlich hohe langweilige Häuser, in einer nahezu verlassenen Straße, die außer einem schmalen Streifen Sonne auf dem Trottoir, auf der rechten Seite größtenteils im Schatten lag. Nur die Seitengassen lagen ganz in der Sonne. An einer Ecke blieben Maarten und Nicolien stehen. Sie schauten in die Seitengasse, während Beerta ein kleines Stück weiter ungeduldig wartete. Sobald sie weiter liefen, hastete er mit kleinen nervösen Schritten voraus, ohne auf- oder sich umzusehen

»Ich halte nicht viel davon«, sagte er, als er zum so und so vielten Male auf sie gewartet hatte. »Nur weil ihr das so gerne wolltet, aber für mich ist dies das letzte Mal gewesen.«

»Der Jordaan in Amsterdam ist um einiges armseliger«, fand Maarten.

»Ja, aber wer will denn in den Jordaan! Da kann man als anständiger Mensch doch nicht hingehen?«

Unerwartet kamen sie auf einen Platz, wo ein Markt war. Er war voller Stände, und zwischen diesen war es geschäftig.

»Bücher«, sagte Beerta.

Er lebte sogleich auf und hastete zu einer Ecke des Marktes, wo Bücherstände mit gebrauchten Büchern standen.

»Schaut her!«, sagte er erregt, als sie ihn erreicht hatten, er stöberte zwischen den Büchern, die in einer langen Reihe, seitlich auf einem Brett lagen, und zog jeweils eines heraus. »Verlaine! Rimbaud! Schaut selbst! Sie haben hier alles! Wollt ihr nicht etwas kaufen?«

Sie aßen in einer einfachen Gaststätte, an der Hallepoort. Danach bestiegen sie auf dem Rückweg die Treppe des Justizpalastes, alle drei waren sie schläfrig und träge vom belgischen Bier. Am Fuße des Palastes blieben sie stehen und sahen hinauf. Beerta griff zu seinem Büchlein und schlug nach.

»Der gewaltige Block des Justizpalastes wurde von 1866 bis 1883 auf dem Platz, wo zuvor der Stadtgalgen stand, gebaut«, las er vor, » in diesem Gebäude mit seiner 103 m hohen Kuppel, sind nicht weniger als 350 Säle. Es ist das größte, im 19. Jahrhundert in Europa errichtete Gebäude.« Er schlug sein Büchlein wieder zu und sah hinauf. »Das sagt mir nichts. Das 19. Jahrhundert sagt mir nichts.«

»Vielleicht in 200, oder 300 Jahren«, bemerkte Maarten.

»Zweifellos«, sagte Beerta ironisch, »zumindest
wenn ich dann noch lebe.«

Sie drehten sich um und sahen über die Stadt. Die Sicht war trotz der Mittagssonne irgendwie nebelig. Die Autos unter ihnen auf dem Boulevard wirkten klein. Sie stiegen die Treppe wieder hinunter, gingen durch eine breite Straße in Richtung des Kongreßpalastes, beim Palais des Grafen von Egmont vorbei. Bei der Statue der Grafen von Egmont und Hoorne, die oben auf ihrem Sockel standen, Schulter an Schulter und einander umarmend, blieb Beerta stehen.

»So etwas berührt mich nun wieder sehr«, sagte er, während er hinauf blickte. »Die beiden Männer, die so viel für unser Land bedeutet haben, und von denen es hier überall Fußspuren gibt. Das ist doch etwas sehr Besonderes, daß man das weiß«, er blickte mit hochgezogenen Augenbrauen zur Seite.

»Aber diese Statue ist aus dem 19. Jahrhundert«, sagte Maarten.

»Die Statue schon, aber sie steht auf einem heiligen Platz«. Er holte seine Uhr aus seiner Brusttasche. »Ich sehe, daß wir nur noch eine Viertelstunde haben. Wie weit ist es noch?«

Es war weiter, als sie dachten. Je deutlicher es wurde, daß sie zu spät sein würden, desto nervöser wurde Beerta. Er beschleunigte seinen Gang und eilte voran. »Wir kommen zu spät«, sagte er, sein Kopf war rot geworden.

»Es macht doch nichts, wenn wir zu spät kommen«, sagte Maarten hinter ihm.

Nicolien und er hatten Mühe, das Tempo zu halten.

»Redet keinen Unsinn«, erwiderte Beerta gereizt. »Wir können es uns nicht erlauben, zu spät zu sein«, er überquerte eine Straße und setzte sich in Trab.

»Wenn wir zu spät sind, gehen wir wieder weg«, rief Maarten, »so eine Eröffnung bedeutet doch nichts?«

Beerta gab darauf nicht einmal eine Antwort. Er hatte einen großen Vorsprung aufgebaut und schien in Panik. Sie verfielen in einen Laufschritt, und die wenigen Passanten sahen ihnen nach. Dicht an seinen Fersen, eilten sie zum Kongresspalast. In der gläsernen Fassade war kein Eingang zu finden, auch nicht, nachdem sie um eine Ecke bogen.

Beerta blieb stehen, drückte sein Gesicht gegen das Glas, seinen Blick mit der Hand abschirmend, und spähte hinein, woraufhin er wieder wegrannte. Erst um die nächste Ecke fanden sie eine Schwingtüre. Die Halle war wie ausgestorben, bis auf einen Portier, der rechts hinter einem Schalter saß und sie anblickte. Einen Augenblick wirkte Beerta völlig fassungslos, dann lief er hastig auf den Mann zu.

»Wo ist der Kongreß?«, fragte er. »Wir sollten auf dem Kongreß sein«.

»Ich weiß von keinem Kongress«, antwortete der Mann ruhig.

»Aber wir kommen doch wegen des Kongresses!« sagte Beerta verzweifelt.

Maarten und Nicolien hatten sich nun zu ihm gesellt. Der Portier griff zum Telefon und rief an. »Es ist hier ein Herr für den Kongreß«, er sah Beerta an. »Was ist das für ein Kongreß?«

»Der Kongreß für Volkskultur«, sagte Beerta nervös.

»Der Kongreß für Volkskultur«, wiederholte der Portier am Telefon.

Er lauschte. »Ach, ja. Ich werde es ihm sagen. Danke«. Er wandte sich an Beerta. »Das ist nicht hier, sondern im Kunstpalast«.

Zwanzig Minuten zu spät erreichten sie den Kunstpalast. Auch da war die Halle wie ausgestorben, aber durch eine Doppeltüre erklang Applaus. Ohne Zögern hastete Beerta nach vorne und riß die Türen auf. Dahinter lag ein Amphitheater, bis obenhin besetzt mit Menschen. Unten stand hinter einem Pult der Kulturminister, der gerade seine Eröffnungsansprache hielt. Während Maarten und Nicolien in der Nähe der Türen sofort einen Platz suchten, lief Beerta, ohne sie weiter zu beachten, den breiten Mittelgang, rechts und links grüßend, hinab. Als er auf halbem Wege war, unterbrach der Minister seine Ausführungen und wartete. Es war plötzlich ganz still im Saal. Beerta brachte die letzten Meter in erhöhtem Tempo hinter sich, machte eine leichte Verbeugung, nahm in der vordersten Reihe Platz und neigte sich zu seinem linken Nachbarn, für eine kurze Bemerkung.

Kurz darauf setzte der Minister seine Ausführungen wieder fort.

»Nun Anton, bist du jetzt stolz, daß du endlich dein Bändchen bekommen hast?«, fragte Kaatje Kater, ihre Hand auf Beertas Arm legend.

»Es ist kein Bändchen«, verbesserte Beerta mit einem starren Lächeln. »Es ist eine Medaille.«

BERT DECORTE

(* 1915)

Brüssel
im Stile von Gerrit van de Linde

Brüssel – Stadt von Manneken Pis,
die einzige Stadt, die mir teuer ist,

zumindest in unserm traurigen Vaterland,
dem häßlichen Dreieck am Nordseestrand.

Obwohl ich eigentlich kein Sohn
von Brüssel bin und heute wohn'

an andern Orten fern der Senne,
muß ich's doch eingestehen und bekenne,

daß ich Brüssel stets hab' geliebt,
so wie's das bei Kindern allein nur gibt.

Zu sagen,
warum die Liebe mich mit dieser Stadt verbindet –
kein Sterblicher dafür Worte findet,

war's doch jahrhundertelang ein Meisterstück,
spricht man oft von Liebe auf den ersten Blick.

RITA DEMEESTER

(1946–1993)

Traumjäger

Obwohl sie mit einem Bein auf der Straße stand und deutlich mit dem rechten Arm winkte, fuhr das erste Taxi einfach an ihr vorbei. Aber das zweite blieb stehen. Ein Mann um die fünfzig streckte fragend den Kopf heraus.

»Zentralbahnhof«, sagte sie, ohne zu zögern. Als Ausgangsbasis schien dies sicher zu sein. Sie setzte sich hinten hin. Auf dem Boden lagen zwei ausgedrückte Zigarettenkippen und ein zerknülltes Schokoladenpapier. Aus dem Radio klang ein Lied von Julio Iglesias, das sie nicht kannte. Im Refrain kam noch eine Frauenstimme hinzu. Sie lehnte den Kopf gegen die Bank und schloß die Augen. Sie mochte Julio Iglesias nicht. Sie hoffte, daß der Chauffeur es gewohnt war, seine Arbeit zu tun und den Mund zu halten. Ich bezahle, dachte sie, also bestimme ich die Regeln.

Als die Nummer zu Ende war, fragte der Taxichauffeur: »Um wieviel Uhr geht Ihr Zug?«

Er überraschte sie, denn an einen Zug – daran hatte sie nicht gedacht. Es war ihr nicht in den Sinn gekommen, daß Kunden, die zum Zentralbahnhof wollten, normalerweise einen bestimmten Zug nehmen mußten.

»Ich habe eine Verabredung«, sagte sie, ohne es zu wollen, »ich fahre nicht weg. Ich brauche keinen Zug.«

»Das ist einmal etwas Anderes«, sagte der Mann hinterm Steuer. »Meistens treiben sie mich an, als ob es der allerletzte Zug ihres Lebens wäre. Sie fahren zu spät weg«, sagte er, »und ich muß dann die Suppe auslöffeln.«

Linda sah nach draußen. Die Straße war voller Menschen. Die meisten Passanten hatten es eilig oder hatten zu viel getrunken und machten Radau. In der Anspachlaan kamen sie an einer Gruppe Studenten in weißen Laborkitteln vorbei, die eindeutig von einer Party nach Hause gingen. Oder auf dem Weg zur nächsten waren. Auf ihren Rücken war ein Skelett in Lebensgröße gezeichnet, mit einer Zigarette zwischen den Zähnen. Sie gingen mit eingehakten Armen und sangen »We all live in a yellow submarine«. Als sie an ihnen vorbeifuhren, sah Linda nach hinten, alles Jungen. Um ihre Hälse hing ein Schnürchen, an dem eine Babyflasche mit einem Sauger darauf baumelte. Da war ziemlich sicher Bier drin. Oder Whisky.

Sie dachte an Tom, von dem sie mit beinah ebensogroßer Sicherheit wußte, daß er nun mit einem Pils vor dem Fernseher saß. Das tat er immer, wenn er aus dem ein oder anderen Grund nicht schlafen konnte.

»Also kein Zug«, sagte der Chauffeur, »aber ich nehme an, daß Sie ihn trotzdem nicht lange warten lassen wollen.« Er sprach mit einem Akzent, den sie nicht sofort einordnen konnte. Auf jeden Fall war er nicht von hier.

»Ein-bißchen-Warten hat noch keinen umgebracht«, sagte sie. Und in einem plötzlich aufkommenden Bedürfnis nach Gesellschaft fügte sie hinzu: »Wir hatten Streit.« Sie blickte zu ihm im Rückspiegel, aber sie sah nur seine Augen.

»Wir hatten Streit wegen dem Baby der Nachbarn.«

»Und jetzt wartet er auf Sie, um das wiedergutzumachen«, sagte der Taxichauffeur. »Kein Problem.« Er bewegte kurz einmal die Finger seiner linken Hand, zwischen denen lose eine Zigarre hing. »Die meisten Kunden um diese Zeit haben irgendeinen Streit. Jeder zweite.« Berufsbedingt, dachte Linda, sind Taxichauffeure gute Beobachter, und dieser hier ist noch dazu Statistiker.

»Und in zumindest dreiviertel aller Fälle«, fuhr er belehrend fort, »ist der Grund dafür eine Frau. Seien Sie mir nicht böse.«

Vielleicht fürchtete er, daß sie das doch tat, denn nach einiger Zeit sagte er: »Nehmen Sie nur meine. Keineswegs ein streitlustiger Typ. Und doch.« Er schnippte die Asche, die sich an seiner Zigarre gebildet hatte, auf den Boden. »Sie kann gar nicht anders«, sagte er, sich für seine Unart entschuldigend. »Meine Frau leidet unter Angstträumen, Alpträumen. Wirklich unangenehm. Vor allem, wenn man mit einem Taxichauffeur verheiratet ist. Meine Nächte sind kurz, meistens liegt sie allein im Bett.«

Es hatte leicht zu regnen begonnen, und er schaltete die Scheibenwischer ein. »Einer dieser Träume läßt sie nicht und nicht los. Jede Woche kommt er wieder. Ein Traum, in dem ihre Bettlaken in Brand stehen.«

Er wartete kurz und nahm einen Zug von seiner Zigarre. »Meistens bleibt es dabei. Aber in manchen Nächten breitet sich das Feuer aus, auf das Bett oder auf das ganze Haus. Meistens am Samstag. Meistens dann, wenn ich nicht da bin.« Er grinste.

»Ich hatte sie nur als Kind«, sagte Linda, »vor langer Zeit. Ich erinnere mich, daß ich manchmal nächtelang auf der Flucht vor Drachen und Mördern war.« Obwohl ein Gespräch das Letzte gewesen war, was sie gesucht hatte, fand sie daran immer mehr Gefallen. »Ich glaube, daß meine Mutter daran schuld war. Die Geschichten, die sie mir erzählte.« Sie nahm eine Zigarette aus der Tasche und zündete sie an. »Alpträume!« sagte sie, »die habe ich seit meiner Kindheit nicht mehr gehabt.«

»So soll es auch sein«, sagte der Taxichauffeur, »das versuche ich auch, meiner Frau zu erklären. Träume gehören zur Kindheit, jedenfalls Angstträume. Da sind sie sinnvoll, genauso wie die Masern.«

Sie näherten sich dem Bahnhof, und Linda sah auf der großen Uhr, daß es zehn nach zwölf war. Sie beschloß, über ein paar Martinis in einer Bar in der Nähe zu entscheiden, was sie nun tun sollte.

»Haben Sie nie Angst?« fragte sie. Sie erschrak selbst darüber. »Ich meine, in Ihrem Beruf haben Sie es doch manchmal mit Leuten zu tun, denen man nachts nicht gern allein begegnet? Kunden ohne Geld? Messerstechern?«

Eine zeitlang suchte er nach beeindruckenden Erfahrungen.

»Das Aufregendste, was mir bis jetzt passiert ist, war ein Mann mit einer blutigen Nase.« Er parkte das Auto ordentlich vor dem Eingang.

»Der Mann hatte eine Frau gerettet, zumindest behauptete er das. Aber ich glaube eher, er hat zu tief ins Glas geschaut und ist irgendwo dagegengerannt.« Er las den Zähler ab. »Zweihundert«, sagte er. »Haargenau. Was ich in diesem Geschäft gelernt habe, ist, daß die meisten Kunden die Tatsachen im nachhinein beschönigen.«

Linda stieg aus. »Brüssel ist nicht wirklich gefährlich«, sagte der Taxichauffeur, als sie sich zu ihm beugte, um zu bezahlen, »wer wirklich die Gefahr sucht, der muß nach New York. Durchschnittlich fünfzehn Morde pro Tag, und mindestens eines der Opfer ist ein Taxichauffeur.«

WILLEM ELSSCHOT

(1882–1960)

Das Wiedersehen

The General Marine and Shipbuilding Company war sicher ein schöner Name, aber ich hatte mich doch nicht durch den Schlamm und den Qualm der elenden Vorstadt hindurch gearbeitet, um vor einem Schalter stehen zu bleiben, in den keine Bewegung kam, mochte ich auch noch soviel klopfen oder versuchen durch Hüsteln die Aufmerksamkeit zu erregen. Ich würde diesen Direktor zu sprechen bekommen, danach konnte sich meinetwegen das ganze Gebäude zum Teufel scheren. Also noch einmal, dieses Mal wie jemand, der Rechenschaft wünscht. So. Als sich endlich das Maul gähnend öffnete und ich mich bückte, um von dieser Person besser verstanden zu werden, schaute ich in ein Gesicht, das mich sprachlos machte.

»Jawohl,« antwortete er auf mein schweigendes Fragen, »Ich spiele hier den Korrespondenten. Warum schaust du so? Bin ich ein Naturwunder?«

»Jetzt nicht«, wehrte er mit einer Kopfbewegung in die Richtung derer, ab, die hinter ihm tätig waren, »aber in einer Viertelstunde schließen wir. Wenn du einen Augenblick beim Tor warten würdest. Ich melde dich sofort an. Wen brauchst du? Herrn Henry? Gut so. Bis nachher, Vater.«

Ich war einen Augenblick vor dem Schließen fertig und stellte mich auf der anderen Seite auf bis die Befreiung kommen würde. Plötzlich ein Gekreisch, das mich gegen den Zaun drückte und noch bevor die Dampfpfeife zum Schweigen kam, war der Abmarsch schon im Gange. Und wahrhaftig da hatten wir auch schon Laarmans, der sich aus einer kleinen Gruppe loslöste und einen Augenblick später marschierten wir Seite an Seite. Ein paar vage Grüße von Kollegen, die an uns vorbeizogen und bald waren wir allein. Ich warf ab und zu einen Blick auf das, was vom Direktor der *Allgemeinen Weltzeitschrift für Finanzen, Handel, Industrie, Kunst und Wissenschaft* übriggeblieben war. Was hatte sich dieser Mann doch verändert. Die linke Hand nicht mehr im Hosensack, wieder den Ansatz eines Spitzbartes, und wieder eine kleine Pfeife anstelle der, mit goldenen Mundstücken versehenen, Zigaretten, die er mir in seiner Zentrale des Boulevard du Japon so locker zugeschoben hatte. Er hatte eine Jacke mit Kapuze an, die für jedes Wetter geeignet zu sein schien und schwere Stiefel, in denen er sich, ohne kleinen Regenpfützen auszuweichen, fortbewegte.

»Ich trage keine Schuld an dem, was passierte,« teilte er mir plötzlich mit, als ob er fühlte, daß mir das Fragen wichtig war, da mir der Verfall groß erscheinen mußte. »Boorman hat mich groß gemacht, Boorman hat mich zu Fall gebracht. Gelobt sei der Name Boorman.«

Und als ich ehrfürchtig schwieg:

»Es ist eine komische Geschichte. Komm am Sonntag mal vorbei. Vertussenstraat 70. Ich habe Frau und Kinder, aber das stört nicht. Wir finden schon ein Plätzchen. Die sind nun einmal da. Ich sehe nur wenige Menschen und es wird für mich eine Erleichterung sein. Hast Du unserem lausigen Henry etwas verkaufen können, mein Junge?«

KONSTANTY ILDEFONS GAŁCZYŃSKI

(1905–1953)

Sonntag in Brüssel

Ihr könnt sagen, was ihr wollt,
Brüssel hat seinen Charme:
Laufen im Regen tut wohl nahe
der Galerie des Beaux Arts.

Das Bier gleich an der Ecke
unter dem Aushang »Ange d'or«,
Und die Blumen und Früchte
gegenüber dem Gare du Nord;

dort, wenn man Lust hat
auf Mädels und den Weinkrug

glänzend wie reines Gold (wenn es regnet):
das Hôtel Duc de Brabant.

»Pistolets« die Brötchen
den Kaffee nennt man »Filtre«.
Die beleibte Venus von Belgien
trägt in ihrem Haar die Myrte –

Und sie setzen sich und sagen:
– Oh, Mademoiselle
(zu dieser Venus), ich bitte Sie:
embrassons-nous, ma belle.

Und natürlich, sie küssen sie
gleich unter dem Ohr, genau da …
Es ist Sonntag in Brüssel
im Hôtel Duc de Brabant

. . . . .

Und am Abend, meine Lieben
am Abend – oh, yes!
tauchen die Amerikaner auf,
die Tränen lachen;

sie halten die Straßenbahnen an,
spielen Psalm auf den Gitarren,
den Mond dem Himmel holen
für anderthalb silberne Dollar;

die Straße wie ein tanzlustiges Mädel
läuft vor den Verrückten davon;

sie stecken ihr eine Tulpe
ins Haar wie in den Nebel.

. . . . . .

Das ist Sonntag in Brüssel
über uns und hinter uns –
ein klingelnder Baum aus Silber
bedeckt mit
Zuckerguß.

WILLEM ELSSCHOT

(1882–1960)

Auf dem Markt

Und Laarmans hob an.

Es ist schon wieder eine ganze Weile her, aber Du erinnerst dich sicher noch an meine Geschichte von diesem merkwürdigen Frauenzimmer, das sich geweigert hatte seine siebte und letzte Teilzahlung anzunehmen, als ich ihr die aus meiner eigenen Tasche schenken wollte? Tja, also dies ist die Ursache gewesen. Und so hat Boormann dann erfahren müssen, daß eine Tat länger nachwirken und einen manchmal noch einholen kann, auch wenn die letzte Falte schon seit Jahren aus dem Spiegelbild weggewischt worden zu sein scheint. Das neuerliche Zusammentreffen mit diesem Frauenzimmer hat nicht nur das Ende meines

Direktorats eingeläutet, und mich wie ein dürres Blatt bis in den Flughafen dieser scheußlichen Fabrik geblasen, sondern es hat mich auch zum Nachdenken angeregt. Ich habe mich gefragt, ob nicht alle unsere Taten und Gedanken hinter uns herspazieren würden, ob sie nicht ein Teil von uns wären, unser Gefolge, unsere Höflinge, deren Anzahl zunähme, je nachdem, wie wir abnehmen würden, die wir ebensowenig ignorieren könnten wie unsere leiblichen Kinder und die vielleicht flüsternd zurückblieben, lange nachdem wir selbst zur Ruhe gebracht worden wären.

Nun denn. Es ist völlig unerwartet eingetreten und ohne diese glitschige Tomate wäre nichts passiert. Aber diese Tomate war da.

Ich habe dir erzählt, daß Boorman jeden Monat oder so für einen Tag sein Pillengeschäft im Stich ließ und nach Brüssel kam, um mit mir die Rechnungen zu begleichen. Ich nutzte seine Besuche, um ihn um Rat zu fragen und dann gingen wir zusammen durch die Stadt, er redete dabei meistens und wies mit seinem Stock ab und zu auf einen Laden oder ein Namensschild. Das bedeutete dann: »Hast Du diesen schon ausprobiert«. Und ich antwortete mit ja oder schrieb sofort, ohne ihn zu unterbrechen, die Adresse auf, denn er hatte viel Erfahrung und seine Ratschläge waren Gold wert. Befolgte ich blindlings seinen Rat, schloß ich immer mehr Geschäfte ab, als dann, wenn ich mich erkühnte, auf eigene Faust herumzulaufen.

Einige Monate bevor das mit dieser Tomate passierte, war jedoch seine Frau gestorben, und nun tat er sein Bestes, um etwas Spaß zu machen, aber das wollte nicht so recht gelingen, denn er sah so griesgrämig aus, daß sogar die leichtesten Mädchen vor ihm erschraken. Ich begriff dann auch schnell, daß ich mich mit meiner Schlußfolgerung, ihr Hinscheiden könnte am Ende auf nichts anderes hinauslaufen als auf einen zeitigen Ausverkauf, jämmerlich getäuscht hatte. Denn mit all seinem Theater erwies es sich für ihn doch als eine schlimme Ohrfeige und er konnte sich dem Sinnieren seines stillen Depotherren nicht gut entziehen. Es ging jedenfalls kein Besuch vorbei, ohne daß er bei seiner Konversation auf die ein oder andere Art an sie dachte. Solange ich bei ihm in der Lehre gewesen war, hatte er sie nie beim Namen genannt, während er sich jetzt regelmäßig auf Martha bezog, als wäre ich Teilhaber an diesem Frauenzimmer. Er schien nicht mehr zu wissen, daß ich all die Zeit keine zehnmal einen Schimmer von ihr gesehen hatte, denn sie kam nur herunter, wenn das Mädchen nicht da war, und sie folglich in eigener Person das Museum für *Inländische und Ausländische Erzeugnisse* betreten mußte, um einige häusliche Ersatzstücke oder neuen Mundvorrat an eingemachten Lebensmitteln anzulegen. Nun, aber, als wäre sie meine Tante gewesen, wies er mich plötzlich darauf hin, daß das ein oder andere vorbeigehende Weib, ganz oder zum Teil, oder eines Kleidungsstückes wegen, Martha ähnlich sah. Sogar in einem Regenschirm, der im Schaufenster eines verlockenden Geschäftes stand, sah er dieselbe hölzerne Krücke, die sie an einem ihrer letzten Geburtstage von ihm geschenkt bekommen hatte. Es passierte schon mal, daß wir zusammen dinierten, denn die Einsamkeit schien ihn schwer zu belasten, und als ob sie mit am Tisch sitzen würde, suchte er dann plötzlich ein Gericht aus, auf das Martha ganz versessen gewesen war. An seiner Uhrkette baumelte goldener Zierrat, den ich früher nicht bemerkt hatte und über den er mir eines Abends anvertraute, daß er aus einer Brosche gemacht war, die sie Jahre lang an ihrem Busen trug. Ohne mich um Bestätigung fragen zu trauen, begann ich zu denken, daß er Martha hatte balsamieren lassen, so wie sie selbst das damals mit ihrer Schwester getan hatte, denn ich fand, daß er für die Mumien des Museums für Ägyptologie ein verdächtiges Interesse zeigte. Auf alle Fälle mangelte es ihr nicht an Kronen, denn nicht weniger als dreimal hatte er in meinem Beisein neue gekauft, die ihm im Vorbeigehen in den Schaufenstern aufgefallen waren.

Er gab mir den Rat, keine konservierten Lebensmittel mehr als Bezahlung zu akzeptieren, es sei denn, ich sähe die Möglichkeit sie weiter zu verkaufen, denn jetzt, wo die Wissenschaft von einem Mangel an Vitaminen zu sprechen begann, befürchtete er, Martha hätte zuviel von den Dosen des Museums gezehrt. Manchmal blieb er in Gedanken vor dem Schaufenster eines Reisebüros stehen, in dem die Jungfrau herausfordernd ihr weißes Antlitz sehen ließ, denn 40 Jahre lang hatte er ihr eine kleine Reise an den Rhein versprochen und jetzt war es zu spät.

»Mit all diesen Geschäften, findet ein Mensch nicht die Zeit dazu,« wetterte er. »Im übrigen glaube ich, daß das mit dem Rhein übertrieben ist.«

»Der Rhein war nichts für sie,« versuchte ich zu trösten. »Sehr ermüdend. Eigentlich ein unbedeutender Fluß über den Sie nicht wirklich sinnieren müßten.«

Aber vor allem tat es ihm leid, daß er sie nicht öfter mit ins Kino genommen hatte, denn kurz vor ihrem

Tod, hatte sie zugegeben, daß sie verrückt auf's Kino wäre.

»Mängel scheinen erst im Nachhinein hervorzutreten«, konstatierte er.

»Das ist gut möglich«, stimmte ich zu, so wie ich es für gewöhnlich tat.

Und so war ich mit meinem trauernden Fanatiker an einem unglückseligen Vormittag zufällig in einer Seitenstraße der Chausée d'Anvers gelandet, nicht weit von der Rue de Flandre, in der Lauwereyssen und Dicke Jeanne Geschäfte machten. Der Gemüsemarkt war voll im Gange. Es standen unzählige Handkarren herum, bei jedem von ihnen ein schreiendes Weib, und auf dem Trottoir drängten sich die Käuferinnen, als ob es von allem nicht genügend geben würde. An einer Ecke wurde ein Neubau in die Höhe gezogen, der schon bis in den siebten Stock fertiggestellt war und der schon jetzt sehr vielversprechend aussah.

Kaum hatte mein Kamerad diesen Komplex im Werden bemerkt, blieb er auch schon stehen und machte dann ein paar Schritte rückwärts, um eine bessere Sicht auf die neue Fassade zu bekommen. Als ich gerade auf die Seite ging, um einen Mann durchzulassen, der mit einer Matratze auf dem Kopf durch die Menge torkelte, hörte ich einen Schrei und ein Geräusch von fallendem Holz wie bei einem Kegelspiel. Und als die Matratze vorbei war, sah ich Boorman zwischen zwei Handkarren liegen. Unter ihm lag eine dickleibige Frau und etwas weiter weg, eine schwarze Holzkrücke mit rotsamtenem Armpolster, diverses Gemüse und ein umgekippter Einkaufskorb. Ein paar

Schlittenhunde, die sicher geschlafen hatten, tobten wie besessen und ein Gemüseweib war so erschrocken, daß es einen Augenblick lang den Mund hielt. Ich wagte mich zwischen den Karren hindurch, stopfte das verstreute Gemüse wieder in den kleinen Korb und hob die Krücke auf. Boorman war inzwischen aufgestanden und versuchte galant dem Frauenzimmer, das seinen Fall abgefangen hatte, wieder auf die Beine zu helfen. Das ging jedoch nicht so einfach. Wie bei der ersten Schwimmübung auf dem Trockenen, strampelte sie mit ihren Beinen und wieder hörte ich dieses Klopfen, gleich dem einer Speiche auf dem Kopfsteinpflaster. Und plötzlich bemerkte ich, daß sie ein Holzbein hatte. Sofort lehnte ich ihre Krücke gegen einen Karren, packte sie kräftig bei den Schultern, und gemeinsam bekamen wir sie schließlich wieder in vertikale Position.

»Steck den Salat noch dazu«, riet die Gemüsefrau, die fast mitgerissen worden wäre. Sie wies mit dem Kinn auf einen grünen Salatkopf, der auf die Seite gerollt war und begann daraufhin wieder zu brüllen.

Das schwere Frauenzimmer unter Boorman schien sich zum Glück nicht besonders verletzt zu haben. Ich staubte ihr Kleid etwas ab, gab ihr die Krücke in die eine und den kleinen Korb in die andere Hand und lüftete einen Augenblick meinen Hut.

»Es tut mir schrecklich leid, meine Dame«, sagte Boorman bestürzt. »Ich muß ausgerutscht sein und ich hoffe, daß Sie mir verzeihen. Kann ich Ihnen vielleicht mit etwas zu Diensten sein? Taxi oder so etwas?«

Die Krückenfrau, die jetzt wieder fest auf den Beinen stand, schaute Boorman schweigend an.

»Das verzeihe ich Ihnen sicher«, erklang es schließlich, »denn daran tragen Sie keine Schuld. Aber, daß Sie für meine Aktiengesellschaft nur Worte geliefert haben anstatt Kapital, das ist etwas anderes. Mir weiter zu Diensten sein? Jawohl, indem Sie freie Bahn machen«, lachte sie bitter.

Und ohne auf eine Antwort zu warten, zwängte sie sich zwischen zwei Karren hindurch und erreichte das Trottoir. Dort machte sie wütend auf dem Absatz kehrt, stand noch einen Augenblick still und entfernte sich dann wie ein Boot bei günstigem Seegang.

STEFAN HERTMANS

(* 1951)

Brüssel mit dem Bild von Amsterdam im Kopf und umgekehrt

Die beste Methode, sich alle nur möglichen Mißverständnisse zwischen Belgiern und Niederländern ins Gedächtnis zu rufen, ist ein Spaziergang durch einen Tag in Amsterdam, wenn man Brüssel vor Augen hat. Die meisten Klischees werden auch sofort bestätigt: während so mancher prominente Amsterdamer selbstbewußt mit dem Fahrrad zu einem schicken Empfang fährt, steigt in Brüssel der ärmste Schlucker in seinen gebrauchten Mercedes, um zwei Straßen weiter Zigaretten zu kaufen. Für die meisten Niederländer hat Brüssel wahrscheinlich etwas Südliches, das dem

Durchschnittsbelgier nicht einmal mehr auffällt. Identität ist der blinde Fleck in unserem Bewußtsein. Identität ist die Unfaßbarkeit des Klischees. Für Brüssel muß man bereit sein, seine Position, seine Identität und seine Sprache so weit wie möglich zu relativieren oder zu vergessen, um eins zu werden mit der Vitalität und dem kosmopolitischen Charakter dieser unvorstellbar chaotischen Gesellschaft: ihrer verfremdeten Kultur, der mangelnden Selbstachtung, dem verschwommenen Normbewußtsein und dem zynischen Mangel an Urbanisierung. Wer dort sein flämisches Nationalbewußtsein aufrechterhalten will, muß sich auf eine der zehn Kneipen beschränken, die dafür bekannt sind, daß sie ein Treffpunkt für alle in Brüssel lebenden Flamen sind. Das bedeutet, daß man sich dazu entschließen kann, sich innerhalb Brüssels in einer Art flämisch-brabanter Dorf zu bewegen, in einem imaginären und beengten Vaterland, das seine unsichtbaren Grenzen in einer europäischen Weltstadt zu ziehen versucht. Und es bedeutet auch, daß man sich für eine kleinkarierte flämische Existenz in einer nun mal zu achtzig Prozent französisierten Stadt entscheidet. Wenn man jedoch nicht an seiner provinzialistischen Identität der »bedrohten Minderheit« festhält, hat man die Chance, im besten zu leben, das Belgien, der »Korridor von Europa«, zu bieten hat – in einer Atmosphäre, die völlig anders ist als die von Amsterdam: Verlust von Gemeinschaftssinn und Identität, von Moral im braven, bürgerlichen Sinn, von effizienten Handlungsweisen, von Organisationstalent und kritischem Selbstbewußtsein – keine klaren Strukturen, mit denen jede Meinung aufs

Gramm genau abgewogen werden kann – dafür aber eine Bewußtseinserweiterung, wie sie nur in Weltstädten möglich ist. Brüssel, so wird manchmal behauptet, habe mehr mit Buenos Aires gemeinsam als mit Amsterdam (noch so ein Klischee, dessen sich niederländischsprachige Brüsseler gerne bedienen; sie beschimpfen Amsterdam als »Polderdorf«, wobei deutlich wird, daß sie kein Auge haben für den völlig anders ausgerichteten Kosmopolitismus von Amsterdam).

In Brüssel wird eine Sache auf jeden Fall sofort deutlich: nämlich, daß es zwei Sorten Niederländischsprachige gibt – circa sechzehn Millionen, die der germanischen Lebenswelt angehören und etwa sechs Millionen, die einen romanischen Lebensstil haben. Gröbere Kulturkonflikte zwischen den beiden Gruppen sind zum größten Teil auf diesen Bruch zurückzuführen. Mode in Amsterdam orientiert sich an der von Berlin, London und New York, Mode in Brüssel an der von Paris und Mailand. Den Baustil von Amsterdam trifft man nordwärts bis Oslo an, dem von Brüssel begegnet man südwärts bis in die Gegend von Rom. *Vrij Nederland* hat Ähnlichkeiten mit dem *Times Literary Supplement*, *De Morgen* mit *Libération*. Niederländer, die sich für Literatur-Sendungen im benachbarten Ausland interessieren, können sich im Fernsehen Marcel Reich-Ranickis *Literarisches Quartett* ansehen, während man sich in Flandern jahrelang an *Bouillon de culture* von Bernard Pivot orientiert hat. Bei flämischen Intellektuellen ist Laure Adler mit ihren Interviews im französischen Fernsehen so etwas wie ein Star, in den Niederlanden liest man französische Philosophen in englischer oder deutscher Übersetzung. Der Kunstsender Arte wird in Flandern in der französischen Version ausgestrahlt; in den Niederlanden wird es wohl oder übel die deutsche Version werden, falls es je so weit kommt. Flamen meiner Generation haben in der Schule Französisch als erste Fremdsprache gelernt (ab der ersten Klasse), gleichaltrige Niederländer dagegen Englisch, was für mich die zweite Fremdsprache war. Das setzt sich auch später fort: andere Vorbilder in Literatur, Malerei und Philosophie, verschiedene Geschmäcker. Ehe wir's uns versehen, wundern wir uns über vollkommen unterschiedliche Beurteilungen von Literatur, Filmen, Theatervorstellungen und anderen kulturellen Ereignissen, »obwohl wir doch dieselbe Sprache sprechen«. Und weil wir Menschen dazu neigen, egozentrisch zu denken, bezeichnen sich die zwei niederländischen Sprachgemeinschaften häufig gegenseitig als »dumm«. Meist begnügt man sich damit, die Unterschiede anhand des Gegensatzes kalvinistisch-katholisch zu erklären. Diese Erklärung reicht jedoch nicht aus. Flämische Protestanten haben immer noch mehr Ähnlichkeit mit flämischen Katholiken als mit niederländischen Kalvinisten, und niederländische Katholiken haben wenig gemeinsam mit ihren flämischen Glaubensgenossen. Eine bestimmte Gruppe traditionsbewußter flämischer Katholiken würde sich gut mit der stimmungsvollen Bigotterie der kleinen wallonischen Dörfer vertragen – mehr als sie selbst je zugeben würden. Die Entscheidung für die beiden Konfessionen wurde auch im sechzehnten Jahrhundert vom germanischen bzw. romanischen Lebensstil beeinflußt. Die historischen Wurzeln dieser Klischees sind auch heute noch sichtbar. Flamen finden Niederländer »furchtbar amerikanisiert«, und Niederländer finden, daß in Flandern alles einen »französischen Einschlag« hat. Die meisten niederländischen Ausdrücke, in denen das Wort französisch vorkommt, sind nicht wirklich positiv gemeint. Dieser Gegensatz, der auf hartnäckigen und meist stumpfsinnigen Klischees beruht, kann durch die gemeinsame Sprache nicht ausgeglichen werden, weil er tief in der Kultur verankert ist und sich von dort einen Weg in die Psychologie und in die Kommunikation bahnt, ja sogar in die öffentliche Moral, wie belastet dieses Thema in Belgien in den letzten Jahren auch sein mag.

Und dennoch. Die »Leichtigkeit des Seins« in Brüssel erreicht man erst, wenn man bereit ist, sich jenen unscharfen Randzonen von Sprache und Gesellschaft hinzugeben, denen mittlerweile weltweit Millionen von Menschen angehören: eine Sprache sprechend, die nicht die eigene ist, sich mit ein paar Worten durchschlagend, die man auf der Straße aufgeschnappt hat: gebrochenes Englisch, eine Art Französisch, den aussterbenden Brüsseler Dialekt mit seiner unentwirrbaren Mischung aus Französisch und Brabanter Dialekt oder ein jämmerlich holpriges »Flurbereinigungs-Flämisch«, wie Geert van Istendael es nannte – das alles in einer Stadt, deren Grundrisse von einer nicht gerade unschuldigen kolonialistischen Vergangenheit zeugen, einer Stadt ohne Rechte mit einem ausgesprochen protzigen Gerichtsgebäude, einer Stadt ohne offizielle Sprache, mit unwahrscheinlich hohen Mietpreisen und unheimlich viel leerstehenden Wohnungen, Großsprecherei und politischen Mißständen, unendlichen Streitereien zwischen der französischen und der flämischen Gemeinschaft, keiner deutlichen politischen Vertretung und einer überproportionalen Bürokratie, die keinen Bezug zum verkümmerten demographischen Gewebe hat – kurzum ein Chaos, wodurch niemand mehr das Gefühl hat, daß es um seine Stadt geht und gleichzeitig genau das, weswegen ich Brüssel mag und warum ich für meine Amsterdamer Bekannten immer ein seltsamer Belgier bleiben werde und in den Augen nationalistischer Flamen ein Landesverräter.

Denn Brüssel gehört niemandem und jedem. Sowohl die nationalistischen Flamen als auch die nostalgischen Wallonien-Bewegungen haben der Stadt den Rücken zugekehrt. Von den Beamten, Bürokraten und Politikern, die über das Schicksal Brüssels entscheiden, wohnt fast keiner selbst in der Stadt. Was kümmert sie darum auch die zunehmende Verslumung der Stadt? Abends verlassen sie die häßlichen Bürogebäude und die schicken Appartements und kehren in ihre ländlichen Nobelviertel zurück, die wie steinerne Campingplätze den gesamten Freiraum Flanderns zu verschlingen scheinen. Ihre Hauptstadt lassen sie täglich mit derselben ignoranten Unbekümmertheit im Stich. Auch zwischen den Brüsseler Frankophonen und den Walloniern in den ländlichen Regionen und den kleinen Städten ist eine unüberbrückbare Kluft entstanden. Brüssel und Liège scheinen nur noch zufällig im gleichen Land zu liegen; von Solidarität und Zusammengehörigkeitsgefühl ist auch dort keine Rede mehr. Brüssel ist ein Geschäft voll verdorbener Ware, das alle nur mit zugehaltener Nase betreten, um zu stehlen, was noch nicht verdorben ist, und sich dann so schnell wie möglich in ihr eigenes kleines Reich zurückziehen. Brüssel ist eine Hauptstadt ohne Land und darum auch eine Stadt ohne Verantwortliche und ohne Moral. Bei einer Aufteilung von Belgien müßte Brüssel neben den drei anderen Sprachgemeinschaften eine vierte unabhängige Region werden. Niemand hat einen durchdachten Plan für die Stadt, niemand zerbricht sich den Kopf über ihre Symbolfunktion. Die europäischen Parteienstaaten haben das ziemlich bald kapiert: alles, was anderswo ein Problem ist, kann man sich mit Brüssel ohne weiteres erlauben. *Nobody cares*. Solange der Geldstrom fließt, ist alles möglich. Darum schaffen die echten Stadtbewohner es auch nicht, dem Chaos die Stirn zu bieten: über das Schicksal ihrer Stadt wird in der Kleinkariertheit der Provinzen und in der Beschränktheit internationaler Lobbys entschieden, einer Atmosphäre, die jeden Tag mühelos ihren Weg ins Parlament findet. Im berühmt-berüchtigten neuen flämischen »Glashaus«, in dem die politische Vertretung Flanderns in ihrer dörflichen Pseudo-Transparenz residiert, übertreffen einander Ostflamen, Westflamen, Antwerpener und Limburger mit rhetorischen Meisterleistungen. Lokale Politiker werden aus ihrem Provinznest nach Brüssel »geschickt«, um dort lokale Interessen zu verteidigen. Die Stadt, in der sie ihre Streitigkeiten austragen, ist ihnen egal. Weder Flamen noch Wallonen betrachten Brüssel als ihre Hauptstadt. Außer den dahinsiechenden Brüsselern und hier und da ein paar Menschen mit kulturellem Bewußtsein tut das niemand mehr. Letztere werden meist als altmodische

Belgizisten abgeschrieben. In diesem sozialen Vakuum haben Spekulanten ein leichtes Spiel, und das ist der Stadt deutlich anzusehen. In Amsterdam haben die Amsterdamer noch etwas zu sagen. Brüssel wird dagegen nicht von Brüsselern regiert. Die Bewohner Brüssels leben in einer Grauzone. *On se débrouille*. In der Stadtverwaltung, wo immerhin noch die Autochthonen das Sagen haben, wird jede vernünftige Diskussion durch die kindischen Streitereien zwischen den beiden Gemeinschaften sofort im Keim erstickt. Brüsseler Bürgermeister haben oft mehr Ähnlichkeit mit pensionierten Croupiers als mit Beamten, die Gefühl für politische Moral haben. In Brüssel wird in erster Linie herumgepfuscht – es ist eine Stadt ohne Heilsplan und deshalb ein Urban Jungle mit unerwarteten Perspektiven. Es ist eine Art gigantische Küche, die von unzähligen Bewohnern verwendet wird und von denen keiner ein schlechtes Gewissen hat, wenn er am Ende nicht aufräumt. Brüssel lebt von seiner Unbestimmbarkeit – ein Umstand, der ein paar Abbruchhäusern oder einem alten Stadtviertel etwas Sublimes geben kann. Es ist der Effekt von historischer Gleichgültigkeit, wie sie am kahlen, brachliegenden Potsdamer Platz zu sehen war. Das plötzliche Aufblitzen von beinahe filmischer Erhabenheit in einem häßlichen Detail, die Last unfaßbarer Geschichte, das führt den Besucher in Brüssel weg von seiner vertrauten Identität in engerem Sinn. Letzteres kann man von Amsterdam nicht gerade sagen: da spürt man nur allzu schnell, wo man hingehört und ob man dazugehört oder nicht.

Hinter diesem gleichgültigen Umgang mit Sprache und Raum verbirgt sich das Geheimnis Brüssels, seiner

Bedeutung und seines frivolen Charmes – es ist, als habe sich die Sprache der chaotischen Architektur angepaßt; oder war die Architektur zuerst da und haben die Menschen gelernt, so verworren zu sprechen wie sie bauen? Der Kern der Brüsseler Erfahrung liegt in der Tatsache, daß Sprache Nebensache ist, daß man, sowohl bei offiziellen Gelegenheiten als auch im unbedeutendsten, schmuddeligsten Nachtlokal, plötzlich das Gefühl haben kann, überall und nirgends zugleich zu sein. An dem, was um einen herum gesprochen wird, kann man es nicht hören und auch nicht sehen. Das einzige, was einem weiterhilft, ist die Feststellung, daß es keine Verhaltensregeln gibt oder auf jeden Fall keinen geheimen Code wie in Amsterdam, der entscheidet, ob man zur *Ingroup* gehört oder nicht. Dieses Brüssel kann man wahrscheinlich auch nur entdecken, wenn man einen seiner Bewohner liebt, um auf diese Art den geheimen Zugang zu den speziellen Gerüchen, Gebärden und Lichteinfällen zu finden, die man sonst nur als Außenstehender wahrnehmen kann. Wie kann man sich jedoch je wieder in einer Kultur zuhause fühlen, wenn man eine Stadt liebt, die kein geistiges Zentrum hat? Erst in einer Art »Nirgends-Zuhause-Sein« ist vielleicht eine radikale Existenz mit der *Idee* einer Stadt möglich, mit einem utopischen Grundriß (dazu muß man vermutlich den Körper seiner Geliebten genau nachzeichnen). In dem Moment, wo man von nichtexistierenden Stadtbildern zu träumen beginnt, vermischen sich in der Erinnerung die verschiedenen Städte, auch wenn sie so entgegengesetzt sind wie Brüssel und Amsterdam. Und obwohl es unmöglich ist, den Geruch einer regennassen Straße in Saint-Josse oder Elsene mit dem einer Straße in Oud-Zuid oder beim Kleine-Gartmanplantsoen zu verwechseln, gibt es doch etwas, das man nur in seinem Inneren festhalten kann: daß man, wenn man sich in Amsterdam, Brüssel oder egal welcher anderen Stadt zuhause fühlen will, nirgends zuhause ist außer bei Menschen, denen man etwas bedeutet.

Der Größenwahn der Barockarchitektur, in Kombination mit dem zynischen Verfall alter, wertvoller Häuser, macht den Spaziergänger heimatlos, einfach aus kritischem Widerstand. Die übereinandergestapelten Wohnungen in einer Art überdimensionalem Brügge, das Amsterdam manchmal zu sein scheint, wecken in den Bewohnern das Verlangen nach einem Statement, nach Klarheit – ein schwer einzuordnender Hunger nach Übersicht, den ich manchmal aus vollem Herzen teile, dann aber wieder verabscheue. Jean Baudrillards Beschreibung der Welt trifft auch auf Brüssel zu: der Schein tritt fortwährend an die Stelle von dem, was man zu entdecken glaubte – man lebt mit dem Trugbild einer Kultur. Kein Wunder, daß in Belgien eine Menge Leute die Theorien des französischen Untergangsphilosophen Baudrillard plausibel finden, während sie für viele Amsterdamer ganz einfach Unsinn sind – es gibt keine Situation, in der sie dieses Gefühl selbst erfahren könnten. Denn in den Niederlanden ist alles »echt«, genauso wie in Belgien alles gerade »noch echt« ist, es aber auch wieder nicht wirklich »ist«. Vielleicht ist das die Ursache für die immer wiederkehrenden philosophischen Mißverständnisse zwischen Menschen, die

Brüssel als Hauptstadt haben und Menschen, die Amsterdam als Bezugspunkt für ihr Denken und Handeln nehmen. Mißverständnisse, die man besser aus der Welt schaffen könnte, indem man durch die Straßen der »anderen« spaziert und den nächtlichen Geräuschen der Stadt lauscht, als durch die Abhaltung von Konferenzen, an denen Herren in Maßanzügen und steife Beamte teilnehmen, die sich nie der Flut namenloser Details hingeben, über die niemand spricht – dem unfaßbaren Ganzen, das alles über Kulturen und ihre Grenzen verrät. Es interessiert mich nicht, Belgier oder Flame zu sein, und ich möchte in den Augen der Niederländer auch kein guter Bürger ihres Landes sein. Ich finde Kongresse, auf denen wir uns verbrüdern oder zanken, vor allem unnütz und peinlich. Mir wird das auch in jedem Satz klar, den ich schreibe, und das ist manchmal nicht so einfach. Denn viele Flamen finden diese Sätze ziemlich niederländisch und die meisten Niederländer finden sie ziemlich flämisch. Aber ich verlange immer stärker nach der Flut der Details, und darüber möchte ich am liebsten mit den Menschen sprechen, durch die ich das alles kennengelernt habe. Die Unterschiede und die Gemeinsamkeiten haben mit meinem Körper und mit meiner Geschichte zu tun, und dadurch, daß ich die Geschichte erlebe, verkörpere ich beides: das, was mich davon trennt und das, was mich damit verbindet.

GEERT VAN ISTENDAEL

(* 1947)

Brel und Hergé

Ich finde, daß ich hier noch zwei belgische Herren mit großem internationalen Renommee würdigen muß, obwohl mancher Leser sie vielleicht nicht als Schriftsteller bezeichnen würde.

Jacques Brel wurde hier in meiner Umgebung geboren, in der Diamantlaan. Sein Vater hatte eine Kartonfabrik in Molenbeek, ein florierendes Unternehmen, wie ich meine, denn auf Stadtplänen kann man sehen, daß es einen ständig größer werdenden roten Fleck zwischen der Verheydenstraat und der Glasgowstraat bildet. Aber Karton findet Jacqes Brel nicht so wirklich spannend. Er will sich in rauhem Französisch die flämische Seele aus dem Brüsseler Leib singen. Und die Welt hat zugehört.

Ebenso wie De Ghelderode war Brel zweisprachig. Brel singt manchmal heftig *gegen* flämische Nationalisten, gegen ihre Penetranz, ihre Borniertheit. Brel singt über das unbrüsselerische *Plat Pays* – seine Familie kommt aus der ebenen Küstenprovinz Westflandern.

Aber er hat auch »c'était au temps où Bruxelles chantait« gesungen und das ist nicht nur ein fröhliches und geistreiches Lied, es erinnert an ein Brüssel, das nun zerstört ist. Jedesmal wenn ich es höre, denke ich: vielleicht, *vielleicht* können sie Brüssel doch nicht völlig zerstören.

Und dann gibt es Hergé. Er gehört hierhin, in dieses Kapitel, werter Leser, davon lasse ich mich nicht abbringen. Hergé schreibt seine *Tim und Struppi*-Alben auf französisch, aber selbst in Übersetzung sind Ausdrücke von Brüssel aus durchgedrungen bis an die westliche, östliche und nördliche Grenze unseres Sprachgebiets, hunderttausend heulende und jaulende Höllenhunde.

Marten Toonder ist ein großer Bewunderer von Hergé, unter anderem deshalb, weil dieser – Toonder zufolge – mit Zeichnungen eine Geschichte erzählen kann. Dank der unvergeßlichen Zeichnungen ist der Brüsseler Hergé über die Grenzen unseres Sprachgebiets in der ganzen Welt berühmt geworden. Da lese ich in dem raffinierten Versroman *The Golden Gate* des kalifornischen Inders Vikram Seth:

»...and thanks
for the two Tintins. Paul's ingesting
That glorious goop with as much joy
As I did when I was a boy.'
Liz laughs, 'So you were brought up on it?
I was, as well. What marvelous books.
I wish someone would write a sonnet
About them. I'm on tenterhooks
Whenever each new one's translated!
I think they're more sophisticated
Than Asterix – and far more fun.«

(...danke / Für die beiden *Tim und Struppis*. Paul verschlingt / die Geschichten mit dem gleichen Vergnügen / wie ich es tat, als ich noch klein war.«//

Liz lacht, »Damit bist Du großgeworden? / Ich auch. Was für großartige Geschichten. / Ich wünschte, jemand würde ein Sonett schreiben / Darüber. Ich saß wie auf glühenden Kohlen / wenn eines neu übersetzt wurde! / Ich finde, daß Asterix da nicht herankommt / An diese Geschichten. Sie sind subtiler und viel unterhaltsamer.«)

Und so plaudern sie noch eineinhalb Strophen weiter. »Sophisticated.« Die ach so lieben kalifornischen Akademiker, die Brahms und Rameau hören und mit ihrer Katze den Psychiater besuchen, vermuten nicht im entferntesten, was Georges Remi in seinen Erzählungen alles verarbeitet. Das ist auch nicht nötig, die Erzählungen sind auch so »marvelous«. Aber, »there are more things…«

Ich besuche eine Ausstellung über die Entstehung der *Tim und Struppi*-Alben. Man kann genau sehen, wie aus Probieren, Durchstreichen und ständigem Wiederzeichnen dieses messerscharfe Wunder der klaren Linie entsteht. Die Ränder der Entwürfe sind vollgekritzelt. Irgendwo im Durcheinander steht in großen, deutlichen Buchstaben ein orientalischer Name: KHEMEDVAZD. Khemedvazd. Das finde ich das Schönste an der ganzen Ausstellung.

Hergé ist ein entsetzlicher Schuft; er hält die ganze Welt hin. Seine Bücher werden ins Arabische, Bretonische, Katalanische, Chinesische, Dänische, den Dialekt von Doornik, ins Deutsche, Englische, Finnische, Griechische, Hebräische, Isländische und so weiter, Provenzalische, Spanische, Walisische, Schwedische übersetzt.

Und dann gibt es diese andere Sprache. Khemedvazd. Sie kennen die Sprache nicht, ich schon, denn ich wohne dort, wo sie noch ein wenig gesprochen wird. Es ist auch die Sprache von Hergé, und er verwendet sie, wenn es ihm Spaß macht und der Rest der Welt das nicht weiß. Wir, Hergé und andere Brüsseler, amüsieren uns auf Kosten aller *Tim und Struppi*-Leser außerhalb von Brüssel. Wir kennen Brüsselerisch.

Tim und Struppi-Spezialisten werden sagen, jaja, der Herr hat natürlich *Tintin – Hergé & His Creation* von Harry Thompson gelesen. Natürlich habe ich dieses Buch gelesen, werter Kenner, es ist allerdings 1991 erschienen, und ich habe meine These bereits *zwei Jahre vorher* ausführlich dargelegt, in der leider zu wenig bekannten Zeitschrift »De Nieuwe Maand« und in der »Vlaamse Connectie«, einer Sendung von Radio VPRO. Thompson sagt zurecht, daß Bab El Ehr (babbeleir) Plappermaul ist und Kalisj Ezab (zuurtjeswater) Bonbonwasser, besser wäre Lakritzwasser (dropwater), aber na gut. Wenn er allerdings behauptet, daß Hergé diese Wörter aus:

»... dem Marollenflämischen holte, dem Dialekt der »Marollen«, einem Arbeiterviertel, aus dem Hergés Großmutter kam«,

dann zeigt er, daß er das Gebiet nicht kennt. Die Wörter sind nicht nur in der Hoogstraat, Blaesstraat und in angrenzenden Straßen und Gassen bekannt, in den »Marollen« also, nein, jeder »ket« (Junge), jeder »zinneke« (Bastard) kennt sie und verwendet sie, leider immer weniger, immer weniger. Die Wörter sind von

Jette oder Anderlecht bis Opwoluwe und Bosvoorde bekannt. Und wenn Thompson behauptet, daß Hergé die in seinen Geschichten verwendeten Sprachen von Studenten der Linguistik untersuchen hätte lassen, dann kann ich einfach nicht mehr vor Lachen. Ach ja, vielleicht die paar Sätze von einem unangenehmen Sondonesier in *Flug 714*. Aber ich kann ausgiebig beweisen, daß Hergé und seine Mitarbeiter eine Bande unverbesserlicher Witzbolde waren und daß sie sich schamlos amüsiert haben auf Kosten derer, die Brüssel nicht kennen, und das ist beinahe die ganze Welt.

Syldavisch, analysiert von Studenten der Linguistik? Der Waffenspruch von König Ottokar IV (*König Ottokars Zepter*) ist »Eih bennek, eih blavek«. Das ist normales, allgemeines Brüsselerisch für »hier bin ich, hier bleibe ich«, ich hätte da allerdings lieber »Eih zennek« stehen.

Reiseziel Mond spielt teilweise auch in Syldavien. Kapitän Haddock will aus einem Auto steigen, aber ein syldavischer Soldat oder Zollbeamter hält ihn zurück: »Hält! Ihn dzekoujchz blaveh!« Deutlich: in der »koesj blave«, in der Kutsche, dem Auto bleiben, gutes Brüsselerisch ist das. Kapitän Haddock hat natürlich Durst: »Dorst, soif, thirsty, gloegloegloe!« ruft er. Nichts hilft. Bis dem Syldavier ein Licht aufgeht und er ruft. »Ah? ... Döszt?« Das kann man genausogut auf Brüsselerisch schreiben: »Ah? ... Deust? oder Dorst?«, ein in dieser Stadt oft gehörter Ausruf.

Der absolute Höhepunkt ist natürlich *Tim und die Picaros*, vor allem die Begegnung mit den Arumbaya-indianern, die, Sie haben es erfaßt, mitten im bedrohten Regenwald, sauber, aber schon sehr sauber, schönes

Brüsselerisch sprechen. Ich besitze ein Exemplar dieses Albums auf französisch, aber das Brüsselerisch steht über den Sprachunterschieden.

Die Indianer setzen herumalbernd Bienleins Hut auf und sagen: »Zedaneki«, seht mich mal an. Tim ißt ihr schauerlich scharfes Essen und der Arumbayahäuptling fragt: »Wa paisde douvan?«, sofort verständlich: wat peins je, wie findest du es. Und er fährt fort mit den ergreifenden Worten, die jede normale Brüsseler Gastgeberin sagt, wenn sie sieht, daß man Hunger hat, mit Worten voll Güte: »Fretmô, fretmô.« Ich schwöre, hier steht es wörtlich: (fr)iß nur, iß nur. Ich habe die Wörter selbst oft genug gehört und gerne gehört und bin nie in Südamerika gewesen. Und als der Häuptling und die Entdeckungsreisenden wegen des schlechten Whiskys streiten, sagen sie:

»Nagoum wazenh!... Yommo!
Nagoum ennegang!...«
»Mô preufh mô niki!«

(Das werden wir gleich sehen! Schade! Jetzt legen wir los! Aber probier nur ein Mal!)

Und so geht es weiter. Die Hauptstadt von Bordurien heißt zum Beispiel Szohôd, jeder Brüsseler erkennt dabei sofort »zot« (verrückt), ein wenig gedehnt ausgesprochen, zo-hot, wie Brüsseler das tun.

Nein, »*Tim und Struppi*« ist universell. Man betrachte nur die unglaublichen Verkaufserfolge der *Tim und Struppi*-Alben. Die Typen, die darin vorkommen, Haddock, Bienlein, Schulze und Schultze, scheinen der ganzen Welt zu gefallen. Es erstaunt mich immer wieder, daß es jetzt noch Kinder gibt, die vollkommen versessen auf »*Tim und Struppi*« sind, obwohl das letzte Album lange vor ihrer Geburt erschienen ist und die Welt, in der ihr Held seine Abenteuer erlebt immer schneller veraltet. Sollte Hergé denn wirklich ein Universalgenie gewesen sein?

Hergé hat sich einen gewaltig provinziellen, partikularistischen Scherz erlaubt. Die verkannte Sprache der kleinen Leute von Brüssel, das »Brabants«, das zuerst lange Französisch und nun auch schon Niederländisch über sich hat ergehen lassen müssen, in ihr können wir uns und noch ein paar rückständige Völker wie die Arumbayas, die Borduren und Syldaven köstlich amüsieren. Sie vielleicht nicht. »*Tim und Struppi*« wurde in viele Sprachen übersetzt. Die Sprachen wechseln, sowohl Tim als auch Brüsselerisch bleiben. Und deshalb ist Hergé ein großer Brüsseler Schriftsteller.

JACQUES BREL

(1929–1989)

Brüssel

Refrain:
Es war die Zeit, in der Brüssel träumte
Es war die Stummfilmzeit
Es war die Zeit, in der Brüssel sang
Es war die Zeit, in der Brüssel einfach Brüssel war

Am Place de Brouckère sah man Vitrinen
Mit Herren und Damen in Krinolinen
Am Place de Brouckère sah man einen Bus
Mit Damen und Herren mit Klappzylindern
Und am Verdeck
Man schwebt in den Wolken
War auch mein Großvater
War auch meine Großmutter
Er war im Soldatenstand
Sie war im Beamtenstand
Er dachte nicht, Sie dachte nichts
Und man wünschte, ich wäre schlau

Es war die Zeit, in der Brüssel sang
Es war die Stummfilmzeit
Es war die Zeit, in der Brüssel träumte
Es war die Zeit, in der Brüssel einfach Brüssel war

Auf den Pflastersteinen des Place Sainte-Catherine
Tanzten Herren und Damen in Krinoline
Auf den Pflastersteinen tanzten die Omnibusse
Mit Damen und Herren mit Klappzylindern
Und am Verdeck
Man schwebt in den Wolken
Da war mein Großvater
Da war meine Großmutter
Er verstand sich darauf
Sie ließ es geschehen
Sie haben es also beide getan
Und man wünschte, ich wäre solide

Es war die Zeit, in der Brüssel träumte
Es war die Stummfilmzeit
Es war die Zeit, in der Brüssel tanzte
Es war die Zeit, in der Brüssel einfach Brüssel war

3. Strophe:

Unter den Laternen des Place Sainte-Justine
Sangen Herren und Damen in Krinoline
Unter den Laternen tanzten die Omnibusse
Mit Damen und Herren mit Klappzylindern
Und am Verdeck
Man schwebt in den Wolken
War auch mein Großvater
War auch meine Großmutter
Er wartete auf das Kriegsende
Sie wartete auf meinen Vater
Sie waren nicht wirklich lustig
Und man wünschte, ich wäre glücklich

Es war die Zeit, in der Brüssel träumte
Es war die Stummfilmzeit
Es war die Zeit, in der Brüssel sang
Es war die Zeit, in der Brüssel einfach Brüssel war

GEERT VAN ISTENDAEL

(* 1947)

Ich bin ein Brüsseler

Ich bin ein Brüsseler. Ich wurde in Brüssel geboren, ich wohne dort. Dennoch steht in meinem Paß: »Geburtsort: Ukkel«.

Meine Nachbarin spricht ausgezeichnet Niederländisch. Kein Wunder, es ist ihre Muttersprache, sie stammt aus Gent. Ihr Paß ist auf französisch ausgestellt.

Für denjenigen, der Brüssel nicht oder schlecht kennt, zwei Geheimnisse. Ergründet man diese Geheimnisse nicht, dann wird man Brüssel nie verstehen.

Brüssel hat etwas weniger als eine Million Einwohner. Keine einzige Stadt in den Niederlanden ist so groß, keine einzige so international. Man denkt sofort: Brüssel ist die Hauptstadt Europas. Das ist aber nur ein Aspekt und nicht einmal der bedeutendste.

Brüssel ist die größte Stadt, wo man Niederländisch spricht. Gleichzeitig gehört Brüssel zu den fünf größten französischsprachigen Städten der Welt, nach Paris und Montreal, größer als Marseille, vergleichbar mit Lyon oder Lille. Wie viele Einwohner Dakar hat, weiß ich nicht. Und dann reden wir nur über die zwei Amtssprachen. Denn nahezu dreißig Prozent der Brüsseler sind keine Belgier. Starke Kontingente von italienischen, spanischen, marokkanischen, türkischen, griechischen Gastarbeitern und solche aus dem Kosovo haben sich hier niedergelassen. Ihre

Kinder sind hier geboren. Beinahe vier von zehn Kindern, die in Brüssel geboren werden haben ausländische Eltern. Von diesen Eltern ist nur eine sehr kleine Minderheit in den europäischen Institutionen beschäftigt.

Die ausländische Präsenz ist kein Geheimnis, sie ist eine unzweideutige Realität und die Regierung trägt dem trotz Unruhen, trotz Warnungen von Wissenschaftlern, betrüblich wenig Rechnung. Ich mache jetzt einen Versuch, das zweite Geheimnis zu entschleiern. Die Zweisprachigkeit Brüssels ist für den, der Augen im Kopf hat und sehen will, überdeutlich. So sind seit Bürgermeister Buls, der kurz vor 1900 die Stadt regierte, alle Straßenschilder zweisprachig. Warum sagt eine brave niederländische Dame, die bereits mehr als dreißig Jahre in Brüssel lebt und noch immer sehr schlecht Französisch spricht dann »Fenüdelsfalrie« (Avenue de la Chevalerie), während auf dem selben Straßenschild bereits mehr als dreißig Jahre Ridderschapslaan steht? Warum sagte mein Vater immer »Place Verheylenwegen« ohne die Spur eines französischen Akzentes, was auch schwierig wäre bei so einem Namen?

Brüssel ist nicht einfach zweisprachig. Brüsseler sind nicht von vornherein zweisprachig. Das Französische regiert dort, die Sprache hat sich aufgedrängt und hat die Stadt erobert, äußerlich und innerlich.

Wer als Ausländer nach Brüssel kommt um dort zu wohnen, bekommt unvermeidlich den Eindruck, daß das Französische dominiert, daß es so ziemlich die einzige Umgangssprache ist und bestimmt die »lingua franca«. Die Gastarbeiter sind das sichere Barometer dafür. Sie sprechen fast alle als Zweitsprache Französisch (und sogar mehr und mehr als erste), die Sprache des Mächtigsten, auch wenn sie aus der Türkei kommen und Niederländisch für sie genau so fremd und schwierig ist wie Französisch. Vor dem zweiten Weltkrieg übernahmen die neuen, jüdischen Immigranten aus Polen, der Doppelmonarchie und Rußland in Antwerpen auch die Sprache des Mächtigsten, und in Antwerpen war das damals das Französische.

Es ist in Brüssel nicht immer so gewesen und sogar in meinem Leben, – ich wurde 1947 geboren – war es in gewisser Hinsicht anders.

Brüssel ist mehr als tausend Jahre alt. Brüssel war den größten Teil dieser Zeit vor allem eine brabantische Stadt, nach einigen Turbulenzen dann die Hauptstadt des Herzogtums Brabant, welches das Kerngebiet, der reichste und kultivierteste Teil der Siebzehn Provinzen war. Brabant reichte von *»le roman pays«* südlich von Brüssel, wo man seit jeher Französisch spricht, bis über Breda und Herzogenbusch hinaus bis an die großen Flüsse in den heutigen Niederlanden. Die Spaltung der Niederlande 1585 hat das glanzvolle Herzogtum grausam entzweit. Der nördliche Teil des Herzogtums Brabant wurde Generalitätsland, der südliche erlitt das Schicksal der Spanischen, später Österreichischen Niederlande: Fremdherrschaft, kultureller Niedergang.

Während dieser ganzen Zeit ist Brüssel brabantisch geblieben. Dr. Paul de Ridder vom Belgischen Staatsarchiv hat überzeugend bewiesen, daß die Stadt Brüssel von Amts wegen stark an den Gebrauch des Niederländischen gebunden war, viel mehr und viel gründlicher zum Beispiel als die Städte der Grafschaft Flandern, die zur französischen Krone gehörte. Auch das Kapitel der Kathedrale gebrauchte das Adagium: »Capitulum est flandricum«: das Kapitel spricht Niederländisch, Punkt aus.

Die Stadt Brüssel wird dann die brabantische Volkssprache als Amtssprache weiterverwenden bis zum Ende des achtzehnten Jahrhunderts, bis die Österreichischen Niederlande 1795 Frankreich einverleibt werden. Zwar hatte sich in der österreichischen Zeit, also seit 1713, in Brüssel der Hofstaat niedergelassen, der, wie alle Höfe in Europa, vorzugsweise Französisch sprach. Sein Einfluß auf die Verwendung der Sprache der Stadtverwaltung und jene des einfachen Mannes war jedoch äußerst beschränkt. Daß eine Menge Leute in Brüssel *auch* der französischen Sprache mächtig war, ist logisch. Die Stadt liegt nahe der Sprachgrenze, das heutige Wallonien war mit den damaligen Transportmitteln nicht einmal eine Tagesreise weit entfernt.

In der Französischen Ära änderte sich das brutal. Die Jakobiner dulden nur in äußerster Not eine örtliche Sprache neben ihrem Französisch, Trägerin von Kultur, Redlichkeit und Tugend. Durch die auferlegte französische Sprache wollen sie die Menschen dem Aberglauben und der Rückständigkeit entreißen. Die Sprache ist die Dienerin der Aufklärung. Bei uns ebenso, wenn auch nicht ohne Mühe.

Gesetze, Notariatsakte, Urteile und so weiter mußten alle in der französischen Sprache abgefaßt werden. Eine Übersetzung *durfte* beigelegt werden, was auch fast immer geschah, weil die Beteiligten sonst kein Jota davon verstanden. Das hatte es in Brüssel noch nie gegeben. Es zeigte sich, daß es sehr schwierig war, Personen zu finden, die das alles mehr oder weniger fließend in französisch machen konnten. In französischer Sprache zu unterrichten, war auch nicht gerade leicht. Die neue, französische Behörde holte sich dafür Personen aus dem alten, französischen Gebiet.

Dennoch gibt es ein Ergebnis. Die Franzosen haben unsere Gebiete ein Vierteljahrhundert besetzt gehalten. Sie haben den Menschen eingeschärft, daß alles, was von Amts wegen sei, in französisch sein sollte, sonst bekäme man nur Schwierigkeiten. Sie haben den Leuten eingeschärft, daß das Brabantische, die Sprache des einfachen Mannes in Brüssel, überhaupt keinen Wert hätte, für den Hausgebrauch geeignet, aber nicht für die Öffentlichkeit bestimmt sei.

Trotz der erdrückenden Militär- und Verwaltungsmacht, trotz des Ruhmes der französischen Kultur, ist es ihnen doch nicht ganz gelungen. Nach der Niederlage Napoleons in Leipzig im Jahre 1813 richteten die Zunftvorsteher Brüssels eine Bittschrift an ihren neuen Fürsten Wilhelm I. Sie ersuchten ergebenst um die Wiederherstellung der Rechte der alten Sprache, des Flämischen, des Niederländischen. Wilhelm verleibt den nördlichen Teil Süd-Brabants, also jenen Teil, welcher niederländische Dialekte spricht, also auch Brüssel, dem niederländischen Sprachraum ein. Mehr als 95 % der Menschen sprachen dort Brabantisch, also Niederländisch. Und in der Stadt Brüssel sprachen bestimmt 85 % der Menschen das gleiche Brabantisch.

Die Reaktion gegen das Verniederländischen, das Wilhelm I. durchführen wollte, war in Brüssel ungemein heftig. Das kam nicht, weil die einfachen Leute das Französische gegenüber ihrer eigenen Sprache bevorzugten, ein Argument, das die Französischsprachigen heutzutage noch ab und zu anzuführen wagen.

Die Reaktion war so böse, weil sie ausschließlich von Leuten kam, die Französisch sprachen, oft von französischen Einwanderern. Sie konnten lesen und schreiben. Andere Reaktionen, mündliche zum Beispiel, sind uns kaum überliefert worden. Die meisten Menschen, die Brabantisch kannten, konnten kein Niederländisch schreiben, wohl manchmal Französisch. Die Analphabeten, die Mehrheit der Bevölkerung, war zu sehr damit beschäftigt, ihren täglichen Bissen Brot zu ergattern. Erst das Fressen, dann die Sprache, das ist klar. Die Mehrheit hat geschwiegen und bestimmt nichts geschrieben, was Historikern aufgefallen sein könnte.

Dann kam 1830, dann kam Belgien.

Die Folgen für den Sprachgebrauch in Brüssel waren gravierend. Brüssel war die Hauptstadt des neuen Königreiches, in Brüssel wurde administriert, die Adeligen hatten ihre Häuser in Brüssel, und sobald der junge Staat fester auf seine Beine zu stehen kam, ließen sich die Beamten dieses Staates in Brüssel nieder. Das waren ziemlich viele, denn Belgien war nach französischem Vorbild, dem Ideal des 19. Jahrhunderts, jakobinisch straff zentralisiert. 1830 hatte Brüssel fünfzigtausend Einwohner, 1875 waren es eine viertel Million, 1914 eine dreiviertel Million. Brüssel begann richtig französisch zu werden, besonders die Ober- und Mittelschicht der Bevölkerung, in viel geringerem Ausmaß auch die einfachen Leute. Der belgische Staat und das Brüsseler Bürgertum sorgten ängstlich dafür, daß Brüssel in der Verwaltung nur das Französische verwendete. In Städten und Dörfern weiter draußen am Land zeigte man etwas mehr Entgegenkommen. Aber die Dörfer, die von der sich ausdehnenden Hauptstadt allmählich vereinnahmt wurden, erlitten dasselbe Schicksal: Elsene, St. Joost ten Node, Schaerbeek, usw. Natürlich wurde der Mittelschulunterricht auf französisch abgehalten, aber auch im Grundschulunterricht verwendete man in Brüssel ausschließlich diese Sprache. Das unabhängige Belgien übernahm auf diese Weise eine Zwangsmaßnahme von den französischen Besatzern. Nur besuchten noch nicht so viele Schüler die Schulen. Die Schulpflicht wurde in Belgien erst 1914 unter dem Druck der Sozialisten eingeführt. Die einfachen Leute gelangten immer mehr zu der Überzeugung, daß nur das Französische die Sprache der Zukunft sei, daß man sich der eigenen Sprache schämen müsse und daß man besser dafür sorgen solle, daß die eigenen Kinder sie gar nicht mehr kannten …

Auch schon im 19. Jahrhundert wurden Sprachgesetze erlassen. Bürgermeister Buls ließ, wie gesagt, gegen Ende des Jahrhunderts zweisprachige Straßenbezeichnungen anbringen. Er forderte zweisprachiges Gemeindepersonal und gründete den niederländischsprachigen Unterricht. Dafür brachte er den Holländer Van Kalken nach Brüssel, der die »Flämische Klasse«

mit großer Sachkenntnis führte. Ersteres beendete eine relativ kurze historische Periode von ausschließlich französischen Namen und eine lächerliche Übersetzungswut. So hieß der alte Warmoesberg – vergleiche die Warmoesstraat in Amsterdam – im Französischen Rue de la Montagne aux Herbes Potagères, die Straße des Berges der Kräuter aus dem Gemüsegarten, kein Französischsprechender, den das befremdet; der Treurenberg (Trauerberg) heißt im Französischen Treurenberg und dieses Wort steht schön zwei Mal auf dem Straßenschild. Buls sonstige Maßnahmen stießen jedoch auf wütendes Unverständnis und hartnäckigen Widerstand.

Ich glaube, daß die sozialistische Bewegung eine ausschlaggebende Rolle gespielt hat bei der Tatsache, daß Brüssel zunehmend französisch wurde, besonders beim einfachen Volk.

Die Belgische Arbeiterpartei (BWP) gewann nach 1880 rapide an Bedeutung und hatte wahre Bastionen in den Brüsseler Industrievororten gebaut, in Molenbeek, Anderlecht, Sint Gillis, Vorst. Meiner bescheidenen Auffassung nach, nahm diese Partei sich der Emanzipation der unterdrückten Arbeiter an. Die unterdrückte Sprache jener unterdrückten Arbeiter gehörte auf unnachvollziehbare Weise jedoch nicht zu dieser Emanzipation. Die Versammlungen der BWP verliefen in Brüssel in der Sprache des Kapitalisten, in französisch. Ich kann mir vorstellen, daß die Liberalen die Sprache des einfachen Mannes geringschätzten, ihre Partei ist dann auch bis nach dem zweiten Weltkrieg eine französisch sprechende

Bastion gewesen. Und obendrein, gründete nicht der Liberale Julius Hoste in Brüssel die flämisch ausgerichtete Zeitung »Het Laatste Nieuws«? Aber die Sozialisten, wie konnten sie sich von der Sprache des Volkes abwenden?

Zwei Ursachen habe ich schon aufgezeigt, die Scham der Menschen ihrer eigenen Sprache wegen und der Kampf um das tägliche Brot.

Aber die Sozialisten sahen im Französischen auch die Sprache, die den flämischen Arbeiter vor dem Griff des Pfarrers, besonders vor dem des Dorfpfarrers, bewahren konnte. Der Sozialismus war in Belgien von Anfang an antikatholisch – und dafür gab es gute Gründe. Das Französische war nun einmal die Sprache Voltaires, Victor Hugos, Emil Zolas. Noch immer heißen in Flandern einige Volksheime nach dem Roman Emil Zolas »Germinal«.

Weiters bestand ein erdrückendes Übergewicht Walloniens in der jungen sozialistischen Bewegung. Die Becken von Schwerindustrie, Kohle und Stahl, lagen nun einmal in Wallonien, und die Bewegung hatte dort ihren Schwerpunkt. Und die Wallonen verstanden den Drang der Flamen, ihre eigene Sprache beibehalten zu wollen, kaum.

Als die BWP aufblühte, zog sie das Interesse einer Schar junger, radikaler Liberaler auf sich, wir würden sie jetzt als links-liberal bezeichnen. Den Antiklerkalismus teilten sie mit den Sozialisten, sie stimmten mit ihnen über das Erfordernis des allgemeinen Wahlrechtes überein, sie hatten mit ihnen die humanistischen Ideale und das ungewöhnlich lebhafte Interesse an den neuen Kunstrichtungen gemeinsam. Sie frequentierten dieselben Kreise wie die Sozialisten, waren z.B. oft in den gleichen Freimaurerlogen, es waren brillante, liberale, kultivierte, junge Leute, die sich an der Kreuzung gewagter, politischer Neuerung und gewagten, künstlerischen Aufbruches bewegten. Mit den Arbeitern aus dem Brüsseler Meulebeik (Molenbeek), verband sie besonders wenig; mit flämischen Bauern noch viel weniger.

Emile Vandervelde, der unangefochtene Patron des belgischen Sozialismus, stammte aus einer reichen, liberalen Familie. Der nächste Patron, der umstrittene Paul-Henri Spaak, auch. Beide legten eine fremdartige Blindheit für Sprachprobleme an den Tag. Sie fühlten sich in der Sprache der Herren zu Hause. Die Folgen waren weitreichend.

Zehntausende Brüsseler Arbeiter waren mittels französischsprachiger Formulare Mitglied bei Gewerkschaft, Krankenkasse und Partei. In gesteckt vollen Sälen wurde auf französisch vorgetragen. Als die Sozialisten die Mehrheit in den Gemeinderäten eroberten, sprachen sie dort französisch. Es kam ihnen nicht in den Sinn, zu fordern, daß ab jetzt endlich einmal die Sprache des einfachen Arbeiters gesprochen werden sollte. Das seien künstliche Probleme, sagten sie, welche die Arbeiterklasse entzweiten. Das Brüsseler Proletariat wurde immer französischer, was besonders nach dem zweiten Weltkrieg immer deutlicher wurde.

Dennoch habe ich in den achtziger Jahren Folgendes während einer Maifeier erlebt. Ich befand mich bereits im Saal, bevor die eigentliche Feier begann. Der Zug bewegte sich noch durch die Straßen Brüssels. Nur einige Dutzend uralte, treue Parteisoldaten mit roter Krawatte oder mit einer roten Schleife auf dem Kleid warteten. Dieser Umzug kam für sie nicht mehr in Frage, sie waren nicht mehr so gut zu Fuß.

Ich ging an einer kleinen Gruppe von plaudernden Pensionisten vorbei. Sie sprachen reines, gediegenes, Brüsseler Brabantisch, bestimmt kein Französisch. Ich ging an einer zweiten Gruppe vorbei. Auch sie sprachen rein, gediegen und so weiter, also bestimmt kein Französisch. Ich begann systematisch und so unauffällig wie möglich den Saal zu durchqueren, um alle Grüppchen belauschen zu können. Ich habe das ein halbes Dutzend Mal wiederholt. Nur einmal habe ich einen Mann französisch sprechen gehört. Alle diese Menschen wählten schon ihr Leben lang die Parti Socialiste, alle diese Menschen besaßen einen in französischer Sprache ausgestellten Paß, und wenn sie ein Telefon besaßen, stand ihre Adresse auf französisch im Telefonbuch. Falls ich sie auf niederländisch, also nicht in ihrem Dialekt angesprochen hätte, hätten sie mich verdächtigt, ein rechter, fanatischer, katholischer, flämischer Nationalist zu sein. Wenn sie mich aus irgendeinem Grund angesprochen hätten, hätten sie dies ohne den geringsten Zweifel auf französisch getan, denn ich bin so alt wie ihre Kinder und die kennen nur noch eine Sprache, Französisch. Übrigens, »ne vremde« (einen Fremden) spricht man immer auf französisch an. Die Feier verlief danach bis auf einige Sätze in französischer Sprache.

Die sozialistische Bewegung hat in Brüssel einen kolossalen Fehler begangen. Die Folgen für das Niederländische in der Hauptstadt sind verheerend gewesen; die Folgen für die Flämische Bewegung ebenso, denn diese wurde fast notgedrungen auf die rechte Seite des politischen Spektrums gedrängt. Der Sozialismus hat sich anti-emanzipatorisch benommen und dies muß vor allem der Blindheit, der kulturellen Bequemlichkeit der Führung zugeschrieben werden.

Ich darf natürlich nicht so tun, als hätten die Sozialisten dafür gesorgt, daß Brüssel französisiert wurde. Sie haben wohl der Französisierung in die Hand gearbeitet, sie haben ihr sicher nicht Widerstand geleistet. Das Übrige trugen die Gemeindeverwaltung, die Schule und besonders der soziale Druck bei.

Ein Außenstehender kann sich schwer vorstellen wie gnadenlos das Französische versucht, andere Sprachen auszurotten.

Da gibt es den Zwang. Man spricht Französisch, sonst versteht einen keiner. Beim Schalter gibt es nur französischsprachige Formulare. Die niederländischsprachigen finden sie zufällig nicht. Indem man niederländische Papiere verlangt, ist man schon ein Spielverderber. Man benimmt sich nicht normal. Man ist ein Querulant, auch wenn man sich auf sein elementarstes Recht beruft. Nun, kein Problem, wenn man die Formulare nun einmal schön in französisch ausgefüllt hat (und sie wollen einem dabei wirklich behilflich sein), gehört man dazu, ist man für ewig französischsprachig.

Es gibt den großstädtischen Spott über den kleinen Bauer vom Land. Sicher, früher war man, wenn man Niederländisch sprach, per definitionem ein Bauer vom Land. »Que viens tu faire en ville?« (Was führt dich in die Stadt?) fragte einst jemand hinter dem

Schalter am Postamt. Und bevor er das berüchtigte »Keer naar uw dorp« (Geh' in dein Dorf zurück) hinzufügen konnte, von dem er meinte, daß es gutes Niederländisch sei, antwortete ich: »J'y suis né« (ich bin hier geboren). Der Mann kam aus einem Ardennendorf. Aber dieser Spott ist eine vernichtende Waffe, denn nicht jeder kann gut Französisch und nicht jeder hat immer, so wie ich wohl an diesem Morgen, eine gute Nachtruhe genossen.

Die Schulen taten, als ob es kein Niederländisch gäbe. Viele Kinder kamen in die erste Klasse und kannten nur ihren brabanter Dialekt, kein Wort Französisch. Der Lehrer war von Amts wegen blind und taub dafür.

Ein alter Brüsseler, er ist inzwischen verstorben, hat mir erzählt wie er, ein Bursche aus dem Arbeiterviertel Molenbeek, im Brüsseler Atheneum (mit dem früheren Gymnasium in den Niederlanden vergleichbar) zu hinterst in die Klasse gesetzt wurde. Sein wildes Haar, seine verschlissene Kleidung und seine grausliche Sprache waren kaum akzeptabel für diese Institution d'Enseignement, diese Lehranstalt. Sie mußten ihn wohl dulden, denn er war der Gescheiteste seiner Klasse und der Beste in Französisch. Der brave Volksschullehrer hatte nach vielem Drängen seine einfachen Eltern noch so überzeugt, daß er »noe den attenei« (ins Atheneum) gehen sollte. Der Mann spürte die Erniedrigung bis ins Tiefste seiner Seele, dennoch akzeptierte er sie. Sagten seine Eltern nicht, wenn sie aus der Vorstadt Molenbeek in das echte Brüssel hineinspazierten: »En na Frans klappe« (und jetzt Französisch sprechen), damit die vornehmen Brüsseler nicht hören, welch ein niedriges, gemeines Volk sie wären?

Was konstatiere ich jetzt? Daß der französische Unterricht in Brüssel auf genau die gleiche Art die Kinder der Gastarbeiter behandelt. Die Folgen sind noch schlimmer, denn die kulturellen Unterschiede sind noch größer.

Die tödlichste Waffe ist die Augenscheinlichkeit. In Brüssel spricht man Französisch und aus; genau so wie in Paris, Lyon oder Nancy. Wer das nicht tut, bricht die Spielregeln und wird dementsprechend behandelt. Deshalb verwendet die niederländische Dame für einen Straßennamen ihr gebrochenes Französisch. Sie hat das vermutlich sogar von Flamen gelernt.

Denn schließlich ist es bequem, die Französischsprachigen, die Sozialisten, die Obrigkeit zu beschuldigen. Auch Flamen, die nicht zum kleinen ängstlichen Volk gehören, Flamen, die es besser wissen könnten, betrachten Brüssel immer noch automatisch als eine französischsprachige Stadt.

Ich verstehe die Vorsicht des flämischen Metzgers völlig, der seine Kinder in eine niederländischsprachige Schule schickte, und der sofort die Hakenkreuze, welche in der Nacht auf sein Schaufenster geschmiert worden waren, wegkratzen mußte und Kunden verlor. Ich verachte die gutsituierten Flamen außerhalb Brüssels, die zu uns kommen, um in den besseren Geschäften Kleidung zu kaufen und aus Bequemlichkeit Französisch sprechen. Aus Bequemlichkeit? Aus Feigheit. Oder aus Snobismus natürlich. Glaubt er vielleicht, daß der Verkäufer, der viel weniger verdient als er und der oftmals mit Widerwillen von seinem Vorgesetzten Niederländisch lernen muß, daß dieser Verkäufer das nicht weiß?

Nein, die ehrfurchterweckende flämische Blödheit hat sicherlich auch zur Französisierung Brüssels beigetragen.

Dazu kommt etwas noch Peinlicheres und das ist die flämische Kollaboration. Die hat dafür gesorgt, daß nach beiden Weltkriegen alles, aber auch alles, was nur einigermaßen nach Niederländisch roch, den Missetaten der deutschen Besatzer gleichgestellt wurde.

Mehr als zwanzig Jahre nach dem zweiten Weltkrieg gebrauchte die radikale französischsprachige Partei »Front Démocratique des Francophones« dies mit riesigem Erfolg in ihrer Wahlkampagne mit dem Slogan »Brüssel Vlaams? ça jamais!« (Brüssel flämisch? Das niemals!). Der in der niederländischen Sprache unbekannte deutsche Umlaut und der gotische Buchstabentypus machten es aus.

Sie fragen sich vielleicht, ob überhaupt noch ein Wort Niederländisch in Brüssel gesprochen wird. Hier kommen wir zurück auf eines der Geheimnisse, von denen ich am Anfang dieses Kapitels sprach. Ich glaube, daß die Französisierung nach dem zweiten Weltkrieg am schnellsten vorangekommen ist; zuvor wurden die Bedingungen jener Französisierung allmählich ganz entwickelt. Nach 1980 scheint die Französisierung aufzuhören.

Bei der Sprachenzählung von 1947, der letzten, die in einem Klima, das dem Niederländischen sehr freundlich gesinnt war, abgehalten wurde, bei jener Sprachenzählung sagte ein Viertel der Brüsseler Bevölkerung, daß sie überwiegend oder sogar ausschließlich Niederländisch spräche. Dies ist eine Minderheit, werden Sie sagen. Ja, aber interessant ist, daß außerdem noch die Hälfte sagte, zweisprachig zu sein. Nur ein minimaler Prozentsatz der Französischsprachigen war damals zweisprachig. Sogar in Elsene, das später die französischsprachige Oase genannt werden sollte, waren in meinem Geburtsjahr noch fast dreißig Prozent der Bevölkerung zweisprachig, sprich flämisch. Meine Schlußfolgerung ist, daß 1947 eine Mehrheit der Brüsseler Bevölkerung (es gab immer noch ein paar, die kein Französisch kannten) im Alltag – nicht für die amtlichen Unterlagen – als Umgangssprache Niederländisch, meistens einen Dialekt, gebrauchte. Jetzt dürfen wir schon froh sein, wenn noch ein Viertel Niederländisch spricht.

Die Personen, die 1947 sagten, daß sie vorwiegend oder ausschließlich Niederländisch sprächen, waren lange nicht alle als niederländischsprachig registriert. Nur eine kleine Minderheit von unverbesserlichen Dickköpfen hatten ihre offizielle Zugehörigkeit zur niederländischen Sprache der Gemeindeverwaltung abgepreßt – ja, dieses Wort muß man verwenden. Fast alle Niederländischsprachigen hatten in französischer Sprache ausgestellte Pässe, zahlten französischsprachige Stromrechnungen, und viele schickten ihre Kinder zur französischen Schule, aus Opportunismus oder weil diese nun einmal am nächsten gelegen war. Die Französischsprachigen gebrauchen das immer wieder als Mittel, um die Sprachen in

Brüssel zu zählen. 11% niederländischsprachige Pässe, 9% niederländischsprachige Adressen im Telefonbuch, 15% Pensionsanträge auf niederländisch usw. Das Niederländische sei eine aussterbende Minderheitenerscheinung, sagen sie. Sie irren oder handeln in böser Absicht. [...]

Die meisten Flamen, die nicht in Brüssel wohnen, mißtrauen der Stadt. Ja, Brüssel mag zwar die offizielle Hauptstadt der Flämischen Gemeinschaft sein – der verstorbene Bürgermeister Craeybeckx hat einmal den Ruf »Flandern läßt Brüssel nicht los« in die Welt geschickt – aber Brüssel bleibt ein Feind.

Zehntausende Flamen stehen jeden Tag wieder seufzend im Stau vor den Toren Brüssels. Dort arbeiten sie, aber sie fühlen sich dort nicht zu Hause und pendeln jeden Tag manchmal mehr als zweihundert Kilometer, denn sie wollen weit entfernt von der Stadt wohnen. Es ist vermutlich kein Zufall, daß die zwei Gebäude, welche die Flämische Gemeinschaft für ihre Verwaltung errichten hat lassen, beide in der Nähe von Bahnhöfen liegen.

Diesem ganzen Kapitel lag folgende Prämisse zugrunde: es ist nicht gut, daß jemand, der Niederländisch spricht, seine Sprache in Brüssel verliert. Man könnte sich fragen, worüber ich mich aufrege. Wenn jemand nun einmal Französisch sprechen möchte, dann laß ihn doch. Das ist, oder besser war, übrigens die übliche Praxis. Zehntausende Flamen ließen sich französisieren. Würde man sie oder ihre Nachkommen fragen, wie das kam, würden sie antworten: »ganz von selbst« oder sie würden gar keine Antwort wissen, weil die Frage sie nicht interessiert.

Ich hoffe nur, daß ich in diesem Kapitel deutlich machen konnte, welcher Druck, Zwang, welche Bedrohung und Diskriminierung gebraucht wurden, um jene Menschen dazu zu bringen, ihre Sprache wie selbstverständlich abzulegen und hinterher auch noch geringzuschätzen.

Ich akzeptiere nicht und kann nicht akzeptieren, daß man in meiner Stadt versuchte, mit allen möglichen Mitteln bis hin zur physischen Gewalt, *meine* Sprache auszurotten. Ich kann nicht akzeptieren, daß die Hauptstadt des zweisprachigen Belgiens nicht zweisprachig ist. Sie war bis vor kurzem sogar hauptsächlich niederländischsprachig, ich sehe nicht ein, weshalb diese Sprache dort jetzt verschwinden sollte. Ich kann nicht akzeptieren, daß in der größten Stadt des niederländischen Sprachraumes das Niederländische als lebende Sprache verschwindet. Für den südlichen Teil des Sprachraumes bedeutet das für Jahre ein Einsperren in eine Art von Provinzialismus, welcher enger ist, als wir in unseren ängstlichsten Träumen befürchten können. Es gab schon Präzedenzfälle im 17. und 18 Jh. Und für die *ganze niederländische Kultur, von Bierum bis Brüssel,* ist es lebenswichtig, daß sie in Brüssel Auge in Auge mit der französischen Kultur steht und mit den anderen großen und kleinen Kulturen, die sich in Brüssel angesiedelt haben. Brüssel ist das Fenster der gesamten niederländischen Kultur zu Europa und zur ganzen Welt; in Brüssel muß diese niederländische Kultur das Beste von sich geben, der Brennpunkt der niederländischen Kultur muß in Brüssel sein.

Und umgekehrt lebt Brüssel dank seiner zwei Kulturen. Die eine ist nordeuropäisch und stark vom

Protestantismus und seinen Auffassungen über Gewissensfreiheit gefärbt. Die andere erstreckt sich von meiner Straße bis an das Mittelmeer und ist eine Kultur von Großartigkeit und Aufklärung, von Emanzipation, sogar heute noch.

Beide Kulturen haben oft und schwer gesündigt gegen das, was das Beste an ihnen war. Ich will keine von beiden vermissen.

Ich bin ein Bastard und darauf bin ich stolz.

JULIUSZ KADEN

(1885–1944)

Was für eine Hauptstadt

In der Mansarde fühlte sich Ignaz wie in der Kajüte eines seltsamen Schiffes, das beharrlich zu den entfernten, wahrlich wünschenswerten Gegenden reiste. Hier spürte er mit aller Kraft seine Jugend. Sie ist gekommen – genauso wie er es geträumt hatte, ganz typisch, so wie man darüber liest – mit einem schrägen, in die Decke geschlagenen Fenster, mit einem Licht, dem man sich nicht anpassen konnte, denn obwohl es hell und grell war, warf es in jeden Winkel einen Schatten. Er schaute mit solch einer Freude durch das Fenster.

Der helle Himmel von Brabant, merkwürdig leicht durchdrungen von einem silbernen Lichtschein, der vermutlich von der See kam, bebte unauffällig in der

Hitze der Sonne. Tief in den Nebel hinein lief ein spitzer, hartnäckiger Buckel von roten Dachziegeln, der an den Rändern von einem silbergrauen Band Regenrinnen umsäumt war.

Ignaz erkannte, daß er dank seiner totalen Einsamkeit, seiner engen, arbeitsamen Verbundenheit mit der Kunst, alles leisten konnte, was er nur wollte. Und an den hellen, schwebenden Nähten, schien er diese zukünftige Vollkommenheit zu sehen …

Die Dächer flogen in die Ferne, klein, spitz, trocken. Von weitem zeichnete sich ein weißes Gerüst von Fassaden ab, die von viereckigen Treppen wie von einer Krause umsäumt waren. Es heißt, daß diese Krause noch von den Spaniern hergebracht worden war. Sie zog sich über die Dächer, wie ein gezähmter Zickzack eines zwergenhaften Blitzes, der sich in dem goldigen Luftbeben prächtig wallt.

Die Art, wie Ignaz sein Leben gestaltete, wurde von diesem Stadtteil positiv beeinflußt. Es wohnten dort Handwerker, kleine Krämer, Arbeiter und Studenten. Bialkowski kam aus dem Staunen über die Eigentümlichkeit der kleinen Häuschen dieses Stadtviertels nicht heraus. Der Student ließ sich hier bequem nieder und brachte nur seine persönlichen Sachen mit. Bettwäsche, Handtücher und Dienstleistungen – das alles war selbstverständlich in der Miete inbegriffen. Die sogenannte »baba«, die Hausbesitzerin, kam jeden Tag, um aufzuräumen. Zum Vergnügen der Konversation blieb Ignaz währenddessen im Zimmer.

Man plauderte erst über das Wetter, danach über das Leben – c'est dur la vie – hein?

Ein genauer Arbeitsplan, kleine Probleme und ein strikter Tagesablauf nahmen Ignaz völlig in Anspruch.

Manchmal hatte er den Eindruck, daß er sein ganzes Leben dem Leben des Viertels anpaßte. Daß er lernte, ebenso hart, und entschlossen in eine Richtung zu streben, indem er über Probleme und fragwürdige Angelegenheiten kaum noch nachdachte. Und gerade dann fühlte er, daß er mit wenig Aufwand einen riesigen Anteil vom großen Ganzen verrichtete, etwas das ihm vertrauter war als früher. Diese unbewußte, aber sichere Teilnahme erfreute Ignaz besonders. Er hatte den Eindruck, daß er gerade auf diese Art und Weise sein Leben vollkommen beherrschen würde, daß ihn in diesem Leben nichts überraschen konnte, daß er sich für alle Fälle Hilfe erwarb und aufsparte …

Aber ein Unfall und eine größere Aufgabe sollten ihn doch überraschen, die Aufnahmeprüfung und die Inskription am Konservatorium.

Er sparte konsequenter als es sein Vater zu seiner Zeit getan hatte. Er hörte auf zu rauchen, nachdem er festgestellt hatte, daß eine Tabakpfeife viel gesünder und – »natürlich« – viel billiger war. Nach ein paar Tagen gewöhnte er sich an den Geruch, der seine ganze Mansarde erfüllte. Im Vergleich zu dem beißenden Gestank, der seine ganze Kleidung im Kinematographenraum durchdrang, wurde dieser Geruch, – einfach zu einem Parfüm.

Für die Inskription mußte er 200 Francs sparen, außerdem wollte er seinen Unterhalt, zusammen mit der Bezahlung des Klaviers für ein paar Monate sicherstellen. Er fürchtete manchmal, daß er dieser Schwierigkeit nicht gewachsen sei, daß er sie nicht überwinden würde. Von Anfang an zählte er die Tage; er schenkte den einfachsten Multiplikationen keinen Glauben und addierte alle Tageslöhne wie ein Bauer, der nicht rechnen konnte.

Von allen Dingen machte er sich um seine linke Hand die größten Sorgen. Er bemerkte, daß er trotz seiner eifrigen, täglichen Arbeit nicht reparieren konnte, was der Kinematograph zunichte machte. Erst offenbarte es sich durch die Grobheit der Baßtöne und einen dürren, hölzernen Schlag. Früher war das nicht so gewesen. Seine Baßtöne waren tief, fest, lebhaft, und samtartig. Jetzt brummte der Baß kurz und grob. Bei den Grundtönen verbanden sich die Finger ungelenkig und die Töne verschmolzen zu unklaren Flecken.

Ignaz begab sich zu Peter, um noch eine andere Beschäftigung zu bekommen.

Er strebte danach, in kürzerer Zeit mehr Arbeit zu verrichten.

Peter versprach alles mögliche zu tun, doch nicht sofort. Zur Zeit hatte niemand für nichts seinen Kopf frei – Ende des Schuljahres einfach.

»Deswegen sah ich heute soviel weiße Mädchen mit Büchern im roten Saffian.«

Guten Mutes nahm er Abschied von Peter und kehrte in sein Stadtviertel zurück. Heute konnte er überhaupt nicht arbeiten. Er ging in ein Wirtshaus, und während er bei einem Bier saß, starrte er vor sich hin. Die ehrenwerten Familien der Handwerker gingen andauernd an ihm vorüber. Der Ehegatte hatte einen Zylinder auf dem Kopf, trug einen schwarzen Gehrock, eine weiße Weste und herrliche, gelbe Schnürschuhe; in seinen abgearbeiteten, wie kleine Würste angeschwollenen Fingern steckte eine große Zigarre.

Die Ehefrau mit ihrem ewig gleichen Hut mit an den grünen Bändern befestigten Paradiesäpfeln. Ihnen voran eine Kinderschar.

Ständig wurde an den Häusern geklingelt. In den Türen erschienen die alten, grauhaarigen Tanten in ihren schwarzen Seidenkleidern. Sobald sie die Kinder erblickten, verzogen sie ihre Gesichter zu einem schmalen Lächeln, das man bei Leuten sieht, die kalte und süße Erfrischungsgetränke durch einen Strohhalm trinken.

Die Burschen gaben mit ihren Preisen an, die Mutter schloß den Mädchen im letzten Augenblick den Rockschlitz, und der Vater, mit dem Bernstein der Zigarrenspitze im Mund, hob ein Kind nach dem anderen in Richtung Tür.

Ignaz betrat eine Konditorei. Man ließ sich hier hartes Eis aus Kartoffelmehl schmecken, das auch bei der größten Hitze kaum schmolz. Die Kinderscharen drängten sich zu der mit buntscheckigen Süßigkeiten vollgestopften Lade, die jedoch heimtückisch mit einem Drahtnetz aus Messing vergittert war. Die Knirpse klammerten sich an das Gitter, hoben ihre Köpfe und stopften zwischen die Maschen des Drahtes ihre von dem Zuckerguß glänzenden Finger hinein.

Die ausgefallenen Namen der grotesken Leckereien gaukelten in der Luft, wie die Wörter irgendeiner seltsamen Zaubersprache …

Hierher brachten die Väter die kleinen Kinder auf dem Arm. Die kleinen Kinderschuhe hingen an den Westen der Alten – wie Anhängsel.

Dem allen gegenüber empfand Ignaz plötzlich einen unerklärlichen Widerwillen.

Auf dem Platz vor den Markthallen wurde Ball gespielt. Die fettleibigen, aber gelenkigen Biertrinker, sprangen in weißen Hosen und blauen Hemden an den beiden Seiten des kleinen Grundstücks entlang. Und der kleine Ball, der Inbegriff des ganzen Spiels sozusagen, leicht und unbezähmbar, zog über den Spielern hohe, schwungvolle Bögen.

Autos fuhren auf dem kleinen Platz umher und, vermutlich um nicht zu stören, wichen sie zur Seite aus.

Was für eine Hauptstadt, sagte Ignaz, während ihm auffiel, mit welcher Mühelosigkeit die Leute hier den offiziellen Platz zu einem Sportplatz umwandelten.

Zum Schluß blieb Ignaz bei den großen Teichen, in der dichten Hülle der Trauerweiden stehen. Wie riesengroße, in das Unkraut geflochtene Schnecken ragten verbogene Villen mit wunderlich aussehenden Knoten aus Balkonen und Türmen lustig heraus. Er konnte sein Lachen nicht unterdrücken, als er am Ufer der beiden Teiche eine Menge Fischer erblickte. Sie saßen dicht nebeneinander, hell gekleidet, barfüßig. In der Mitte des Teiches entsprang eine Fontäne, die wie ein riesiger Federbusch aussah. Gleich daneben hörte man unaufhörliches Dröhnen der Autos, Klingeln der Straßenbahnen und ein charakteristisches Zischen der durch die Fahrt der Wägen erschütterten Drähte. Dann zogen wieder die Orchester der Fahrräder, die halbnackten Turngesellschaften und die sportlich organisierten Knirpse vorbei. Dieses Sonntagswirrwarr mit dem ganzen Staub wehte in die Richtung der Teichböschung.

Ignaz ging den Teich entlang und stieß auf eine große Tafel mit der Beschriftung: Gemeinde Ixelles.

– Nationale Feste. – Wettbewerb der Fischer. – Das Konzert. – Feuerwerke. – Er kam einem Schützen in gelben Aufschlägen näher und fragte: um welche Feste handelt es sich hier?

Der Schütze lachte auf und, nachdem er einen Grashalm, den er kaute, ausgespuckt hatte, antwortete er: Welche Feste? – Freilich! – Heute haben wir in der Kaserne zwei Stück Fleisch und die Zigarren bekommen. Im Juni werden immer die Nationalen Feste gefeiert …

Am Abend versank die ganze Stadt in den Flammen der Feuerwerke. Das Knacken der zerplatzenden Raketen vermischte sich mit dem Jubelgeschrei der Volksmenge. Neben den Verkaufszelten ließen sich die Zunftorchester nieder und bliesen aus ganzer Kraft in die lauten Trompeten. Aus dem Boden der Teiche erblühten die feurigen Luftspiegelungen und alle Quellen der flammenden Helligkeit.

Ignaz, von der Menschenwelle getragen, kam bis zum sogenannten Königspark. Zwischen den Bäumen schimmerten gleich Rubinen und Smaragden glänzende Lichtperlen, die über den Alleen riesige Gewölbe bildeten. Über dem Parlamentsgebäude schossen dauernd riesengroße Raketen mit wunderschön strahlenden Blumen in die Höhe und sanken in der tiefen Dunkelheit des Himmels nieder. Über dem Park erschienen die langen, riesigen Krallen des Lichts, und in Spitzbögen fielen sie in die rauschende Tiefe der Bäume hinein.

Aus einem großen Verkaufszelt, das in der Dämmerung wie eine strahlende Kugel blitzte, hörte man immer wieder die Rhythmen heftiger Soldatenmärsche dröhnen.

Als Ignaz ihnen aufmerksam zuhörte, fiel ihm ein, daß eine historische Schau der Soldatenmärsche stattfand. Er merkte es sowohl an der Struktur der Melodie als auch an ihrem harmonischen Gewebe. Zuerst kamen die harten, leeren Akkorde mit einer, in die mittleren Stimmen geflochtenen und wegen der ehernen Kadenz schweren Melodie. Danach kam etwas wie harte Orgelchoräle, in der Umarmung der rauhen Spitze des Kontrapunktes. Es erklang die Melodie der mittleren Stimmen.

Im Schatten der Nacht, im Lichterschein breitete sich die Musik über ganze Jahrhunderte hin aus. Ignaz setzte sich irgendwo an die Seite der Statue einer weißen Göttin.

Und was befindet sich da unten?, fragte er einen Menschen, der neben ihm saß, und den er gleichzeitig um Feuer bat.

Er wies auf den entlegenen, dicht bewachsenen unteren Teil eines Parks, in dem die elektrischen Lampen wie große Brillanten glühten. Das Grün nahm merkwürdige, blau–aschgraue Farbtöne an.

Dort unten sind viele von unseren Leuten während des Sturmangriffs 1830 ums Leben gekommen. Dieser Platz ist ehrenvoll....

Aus dem Kiosk erscholl die Hymne. Die Volksmenge stürmte mit entblößten Köpfen rief aus: »Brabançonne!«

Am Himmel erblühten riesige Blumen wie feurige Hieroglyphen.

Ignaz empfand eine grenzenlose Einsamkeit.

ERIC DE KUYPER

(* 1942)

Die Brüsseler Wohnungen von Irma und Michel

Als sie Anfang der Fünziger Jahre heirateten, zogen Irma und Michel in die Nähe der Chaussee de Louvain. Sie wohnten allerdings noch in der nur einen Steinwurf entfernten Rue du Noyer, in der von ihnen allen verfluchten Notelarenstraat, die in ihrer Familie wegen ihrer Trübsinnigkeit berüchtigt war. Glücklicherweise lag die Wohnung des jungen Paares sehr nahe bei der Chaussee, von der sie noch ein paar Eindrücke erheischen konnten, und ganz am Beginn der Straße ohne Glück und Ende. [...]

Er erinnert sich schlecht an die typisch Brüsseler Wohnung in der Notelarenstraat. Nur an das eine: es war besonders dunkel und roch nicht angenehm. Aber das ist nun gerade für diese Brüsseler Wohnungen charakteristisch und ist also kein spezifisches Merkmal. Die unerträgliche Luft aus dem Zeitungsgeschäft zwei Häuser weiter schien sich auch des Hauses von Irma und Michel bemächtigt zu haben. Der Gestank in dem Zeitungsladen hatte jedenfalls einen eindeutigen Ursprung. Der Verkäufer war ein schmutziger, alter Mann mit einem unappetitlichen Bart, der mittags zwischen seinen Zeitungen eine Art Suppenbrei aß und sein Mahl mit den vielen Katzen teilte, die über die Stapel von *Soirs, Bonnes Soirées* und *Paris Matchs* krochen.

Irma und Michel hatten nicht lange und nicht oft in der Rue du Noyer gewohnt, denn Michel begann damals gerade seinen zweijährigen Militärdienst und Irma arbeitete noch bei der Stadt Brüssel. Nach der Arbeit kam sie direkt zu Mama nach Hause und verbrachte dort auch ihre freien Tage, so erinnerte er sich jedenfalls daran. [...]

Die Wohnung in der Rue Stéphanie war wieder eine typisch Brüsseler Wohnung, wenn auch ohne den unangenehmen Geruch der vorigen typischen Wohnung. Die drei Zimmer waren ungünstig angeordnet, unfreundlich, staubig, düster und hellhörig.

Die Brüsseler Wohnungen scheinen nicht für das Wohnen normaler Menschen entworfen zu sein. Der Standardgrundriß besteht aus einem Vorzimmer, einem Zwischenzimmer und einem Küchen-Hinterzimmer, 'en suite' nennt man das in den Niederlanden. Das Vorzimmer ist zur Funktion des Schlafzimmers verdammt, das Hinterzimmer notwendigerweise als Küche eingerichtet (eingerichtet bedeutet, daß es Gas und Wasser gibt). Obwohl das Vorzimmer fast immer auf eine lärmende Straße hinausgeht – auf die Rue Stéphanie mit Straßenbahn – ist es doch das Schlafzimmer. Es ist also unvermeidlich, daß das Zwischenzimmer Arbeits-, Eß- und Wohnzimmer in einem ist. Man kann daraus kein Schlafzimmer machen, denn dann müßte man jedesmal durch das Schlafzimmer um ins Wohnzimmer zu gelangen. Manche, wie zum Beispiel Lucette und René, versuchten es dennoch, aber nur mit der Konsequenz, daß das Wohnzimmer unbenutzt bleiben mußte, es war durch das Schlafzimmer so schwer erreichbar. Es wurde dann quasi ein symbolisches Wohnzimmer.

Im Zwischenzimmer ist es so düster wie in der Hölle. Vorzugsweise gibt es aber auch noch zwei Flügeltüren, so daß nur zwei Wände für die Möbel bleiben. Schließt man die Türen, dann sitzt man in einem Wartezimmer; läßt man sie offen, wird es ein Durchgangszimmer.

Im Hinterzimmer befinden sich Gas und Wasser, also nennt man es Küche. Wenn man Glück hat, sieht man auf einen Garten. Aber meistens hat man kein Glück, und man sieht von der Küche entweder einen Innenhof oder die Küchen gegenüber. Oder wenn alles schief geht, schaut man auf eine Fabrikswand. Oder so wie bei Irma und Michel auf einen weiten Platz: auf einen Verschiebebahnhof mit seinen unaufhörlich lärmenden, nächtlichen Konvois. »Zum Glück schlafen wir vorne«, meinten sie, »wo es so ruhig ist ... im Vergleich zur Rückseite.« Wenn er dort übernachtete, schlief er im Zwischenzimmer auf einem Sofa. Die ganze Nacht hindurch hörte er Züge.

Und dann gibt es noch eine Toilette, die man sich mit den Mietern der anderen Stockwerke teilen muß, und die sich irgendwo in einem Zwischenstock befindet.

PIERRE MERTENS

(* 1939)

Arzt und Poet

Brüssel: eine wunderbare Stadt, eine Stadt, in der man den Verstand verliert! Eine unkomplizierte Stadt, in der man um die Wette in Höchststimmung ist! Man kann sich berauschen mit dem Risiko, unterzugehen. Man kann diesen Rausch auch mit der Freude verwechseln, von der Wirklichkeit befreit zu sein. Die Zugehörigkeit zu dieser Welt kann man derart vorspielen, wie eine Dirne das Vergnügen simuliert! Was für eine Sparsamkeit! Was für eine wohltuende Befreiung! Ein bißchen psychologisches Geschick und im nächsten Augenblick keine Psychologie mehr! Was für eine Erholung! Keine unterbrochene Wahrheit! Welch unverhofftes Glück für den Poeten! Andere wiederum, die sich diesem Rausch hingegeben haben, haben ihn ausgekostet, und ihre Schwäche wurde mit Straffreiheit belohnt. Er leistet Widerstand.

Und es ist auch der gleiche, den man in den Straßen der Stadt auf- und abgehen sieht. Und er geht schon ein wenig langsamer, er geht schon weniger weit, irgendwo zwischen der Croix-de-Fer- und der Montagne-de-la-Cour-Straße, oder zwischen den Ixelles-Hallen oder der Sans-Souci-Straße. Er ist eigentlich kein Scharlatan, wenn er nach seiner Sprechstunde dem Vagabundenleben frönt.

In seiner Mußezeit ist er noch Poet, davon versteht er etwas.

Ab nun läßt er sich von einem Doppelgänger begleiten, an den er Aufgaben überträgt. Und es ist diese Person, die an seiner Stelle durch Brüssel spaziert, die entscheidet, nach Antwerpen zu fahren, die Freiraum schaffen kann, die sich in der Mittagssonne schaukelt, die davon träumt, dieses und jenes in seinem Leben miteinander zu verbinden, die Gesamtüberblicke schafft, die in einem Palmenhain landet, die eine Oase durchwandert, eine Oase, die ohne Wüste nicht existieren kann, es ist die Person, die ein Flußdelta überquert – da das Meer ja niemals weit entfernt ist. Und diese Person erreicht auch »eine bestimmte Art von Glück«.

Diese Person ist Arzt, wie auch der Schriftsteller selbst, und er ist ein Arzt für Dirnen. Der Schriftsteller hat ihn nicht Blackwell, Constantinescu oder Rosenblatt genannt. Er nannte ihn Rönne, ein kurzer, holpriger Name. Alles in allem hat er nur das Minimalste erdacht: Er hat sich diese Person ganz nah neben sich gestellt. Er war sogar noch näher als ein Doppelgänger. Er war wie ein Spiegelbild. Aber das reichte, um ein schützendes Geländer zu errichten.

Man wollte die tatsächliche Stadt einnehmen, aber dabei ist man gescheitert.

Von diesem Moment an war Rönne derjenige, der für ihn gescheitert ist.

Brüssel ist ja nur eine Illusion, und in dieser Illusion befindet sich auch Rönne.

PAUL NOUGÉ

(1895–1967)

Zwei Fragmente

Es fällt mir schwer, zu den Pfaden unseres Lebens
zurückzufinden
gibt es ihrer doch so viele,
um alles in der Welt jedoch muß ich
diese Straße wiederfinden, die zur Place de Brouckère
führt
links, wenn man zum Kino blickt,
denn hier war es, wo wir einander zum ersten Mal
wahrhaftig liebten.

»Square Ambiorix in der Mittagssonne
Das Licht schreiend und grell,
das Licht kräftig und voll,
ein Bild, das entsteht
mit einem gepflegten Park,
einem Himmel ohne Wolken,
einer Stadt geballten Lebens,
die nicht von dieser Welt sind.«

KOEN PEETERS

(* 1959)

Portrait von Brüssel als Selbstportrait

FOLGENDE REDE HIELT ROBERT, BEIM STANDBILD DES FRÉRE ORBAN SOWIE BEIM DENKMAL DER IM KRIEG GEFALLENEN, ALS DAS ART-NOUVEAU-HAUS BEI NACHT ABGERISSEN WURDE

Oh, Brüssel, Stadt des guten Lebens, wo könnte man besser aufgehoben sein? Stadt einer Million gutmütiger Trotteln, Trittbrettfahrern und Bürgermeistern ohne Hirn. Stadt des Fridolin Kiesewetter, der auf deinem Rasen eine Rally veranstaltet. Stadt der Händler, Amateure und Organisatoren. Stadt der grinsenden Bürger, die keinen großen Aufwand mögen.

Die Einheimischen von Brüssel sind weder tapfer noch kriegssüchtig. Sie jubeln ihren Besatzern heißblütig zu und betrügen sie danach. *Ici, on n' est pas sérieux*. Am Tage vor den Wahlen entscheiden sie sich für wen sie stimmen. Das bedeutet: für ihr Portemonnaie, zurecht, was würden Sie denn tun, aber in ihrem Herzen und im Café sind sie Kommunisten.

Hier wurde der Kommunismus geboren. Hier schrieb Marx sein »Manifest«. Schon immer war diese Stadt ein Zufluchtsort für Flüchtlinge und Operettenschreiber. Rimbaud, Verlaine, Baudelaire und Tausende anonyme Fremde kamen hierher. Hier schrieb Multatuli seinen

»Max Havelaar« und Victor Hugo seinen »L'homme qui rit«. Sogar der einfache Bürger Nescio besuchte Brüssel im Oktober 1950 und beschrieb in seinem Tagebuch die Stadt mit ihrem »funkelnden Kopfsteinpflaster, ihren Palästen, Ministerien, Parkanlagen, Statuen, Säulen, Fontänen, Steintreppen, Mauern mit riesigen Steintöpfen und Flachbögen.«

So beschrieben scheint Brüssel doch eine Stadt angewandter Kunst zu sein. Und, ja, manchmal ähnelt Brüssel wirklich einem zierlichen Urwald aus dem 18., 19. und dem 20. Jahrhundert. Alles war oder ist noch hier. Es ist eine Stadt der neueren Zeiten: Eklektizismus, Art nouveau, Zwischenkriegszeit oder die sympathische Häßlichkeit der sechziger Jahre. Das Leben ist eine fließende Linie. Brüssel ist ein freundlich hallender Pavillon, ein königlicher Wintergarten, in dem wir die Kanarienvögel sind. Diese Stadt ist unser Selbstportrait. Unter einem saphirenen Himmel liegt die Stadt übersät mit Teichen, *collier de perles*, mit Statuen und Parkanlagen. Dies ist die Stadt Leopold II. und der Hausmann-Alleen. Hier liegen die Hotels, die Geschäfte, die schicken Cafés, und früher gab es hier auch Diskotheken und Kinos.

JEAN-ODILON PÉRIER

(1901–1928)

Loblied auf Brüssel

Nicht laut, auch nicht lang wird mein Loblied erklingen.
Mein eignes Beglücken erhoff' ich zu finden,
Und Euch, Herzensruhe, aufricht'ge Poesie:
Besitz' nicht viel mehr als diese zweifache Lust.
Fühle die Farbe, die Struktur des Papiers,
Den Schatz ausgebreitet und unklar vor mir.

Kennst ja keine Grenzen, bist voll meiner selbst:
Du Blatt, auf dem die Weite lebt und Weiß, das fesselt, atmet.
Will über Dir die Liebe ausbreiten,
Gleich einem klaren Himmel.
Bin nun zurück, allein, gesättigt.
Bett' Glück nun ein in klare Worte:
Den Weg, lieb ich, den ich begangen hab', auch die gewund'nen Gassen.

Fünf Uhr schlägt's am Morgen über der Stadt,
Die Linien verschwommen, vom Dunst noch verklärt.
Der Bäcker kehrt heimwärts, läßt den Ofen zurück,
Die Nacht der Kastanien, noch ruht sie, schon fahl,
Der Äther füllt an sich mit Vögeln ganz sacht,
Und zwischen den Schiffen erschallt die Sirene.
[...]

Stimmen erwachen, emsige, Tausende,
Teppiche klopfen und Hausmädchen singen,
Brüssel, du schlägst schon den Rhythmus des Tages.
[...]

Ich schreite voran, die Luft klirrt kristallen,
Der Herbst ist mein Führer, die Straßen entlang,
Doch sind es die Gäßchen, die zu besingen mir sinnt:
Die Sonne verliert sich auf fahlem Asphalt,
Verwaschen und trüb faßt der Himmel sie ein.
Ein Lächeln erhaschen suchen Marktfrauen mit Blumen,
Gekleidet in Farben wie die Pracht ihrer Waren.
Inmitten des frischesten Meeres von Blüten,
Erklingt ein Gemurmel, lebendig, sanft schwebend.
Im Kleid, silberfarben, einer Freundin gar gleich,
Liegt vor mir, zum Rasten, der Place Stéphanie.
Deine hohe Fontaine, oh Porte de Namur, und
Azurblau durchdrungen die Gärten des Königs.
[...]

Unter rot glühendem Efeu Terrassencafés,
Betrachte das Treiben meiner fleißigen Stadt.
Boulevard ebenso schön durch dein staubiges Kleid,
Wie ein Fluß, ausgebreitet, verfolgend den Lauf.
Häuser von Freunden, mein eignes, mein Garten,
Umland aus Hafer, die Luft ganz und gar rein,
Blaufarb'ne Dächer von Wolken behangen:
Ihr seid das Bild, in das ich einschließ' die Verse.

Wer mich liebt, liebt meine Stadt und folgt mir sie
durchqueren !
[...]

Ich liebe Dich, Stadt, Domäne des Regens,
Auch wenn deine Menschen der Poesie nicht frönen.
Bist wie eine Geige, bewohnt voller Stille,
Auf Dir lassen Götter erklingen ihr Lied.
Lasset nur reifen, Selbstverständlichkeit werden,
Die Hoffnung, so maßlos, das unklare Etwas;
Ein Gott wird erwachsen aus Bäumen, verletzten,
Aus Morgen, verwaisten und Sonne erschöpfter,
Aus goldenem Antlitz europäischer Nächte.
Stimmt ein und ergänzet, erklärt Eure Liebe.
[...]

Benetzt wie eine Pflanze liegt Brüssel vor mir,
So neu und so lieblich, schweigt still wenn ich will.
Ist nicht ohne Grund, daß ich nenn' seine Götter,
Noch murmelt sein Körper, sein mächt'ger, versonnen.
Versteh' Dich zu streicheln, gesichtlose Liebste.
Du Stadt, die gewohnt an die Launen des Himmels;
Ich trachte ja nicht nach dem ew'gen Vergnügen:
Überraschungen bringt mir der Wechsel der Zeiten.
[...]

Es gibt ohne Zweifel viel edlere Länder,
Reicheres Klima, wo Leben sich lohnt,
(Paris, frag' ich mich, kann ich je dich vergessen ?),
Landschaften, Ferne, wechselnde Himmel...
Doch, fände ich dort soviel Freunde wie hier ?
Mein Zuhause ist hier bei den Menschen so prachtvoll,
Alleine durch sie sind meine Worte voll Sinn.
Für sie werd' ich genesen vom heiligen Taumel,
Nach ihrem Geheiß entsteht neu diese Stadt.

KOEN PEETERS,

(* 1959)

Brüssel noch am meisten.

Petit Paris, nennt man Brüssel in einem freundlich gestimmten Augenblick. – *Dites, nous sommes à Paris?* – *Mais, non, c'est Bruxelles. – Partons donc.*

Was ist dieses Vaterland anders als eine verlorene Medaille, ein Te Deum in der Kirche. Für die Franzosen sind Belgier Idioten, dumme Belgier für die Niederländer. *Champions de la dérision, ces cons de Belges.* Es ist die Hauptstadt eines unmöglichen Landes. Dieses Land schrumpft und zerfällt. Es ist dem Untergang geweiht.

Brüssel ist auch nicht zu übersehen. Die Vorstädte, das Ballungsgebiet, die Region Brüssel-Haupstadt. Es ist lächerlich, ein Fünfeck mit 19 Gemeinden. Es ist eine Stadt voller Dörfer. Hier wuchert die Administration, eilen die Sekretärinnen herum, plappern die Übersetzer von Europa in den verschiedensten Sprachen.

In dieser Stadt trachtet man danach, das Unvereinbare zu vereinen. *Trait-d'union*, Stadt der Synthese, größter gemeinsamer Teiler. Brüssel ist die Hauptstadt, in der alle Eisenbahnlinien und Autobahnen mythisch miteinander verschmelzen. Jeden Morgen verschluckt diese Stadt Hunderttausende und läßt sie abends müde zurückkehren. Arbeiten, arbeiten, *toujour ce boulot.* Dies ist die Transitstadt, die Rein-und-Raus-Geh Stadt. Dies ist die Stadt der **einen** Nacht, denn so manchen Besucher greift sie noch eben bei seiner Jacke, und bläst ihm hinterhältige Lustgefühle ins Ohr. Rosa Neon und kleine Zimmer. Dies ist eine Stadt, die an nichts glaubt, *tout est permis* und morgen gibt es ja wieder etwas anderes. Van Ostaijen sprach von Makstadt, Minne von »zarten Mädchen« und Burssens von »der, der Onanie verfallenen Frau mit den blassen Wangen«. Das Flittchen von Burssens hieß Betty, und sie war *»une petite putain respectueuse, non une traînée«*. Zwischendurch, so sagen die Flamen, sprechen sie hier immer ihre eigene Sprache. Sagen Sie nicht *L'affaire Tournesol* sondern *De zaak Zonnebloem. Admettons-le,* die Französischsprachigen können kein Wort Niederländisch, denn *le flamand c'est difficile*. Dieses Nest von Frankophonie muß zurückerobert werden, sagen rabiate Flamen, »Du, Brüssel wirst unsere Stadt, sobald das Glück sich wendet«, droht Van Wilderode von seinem Predigtstuhl herunter, »sind alle Deine fremdländischen mit fremden Federn geschmückten Herren fort.«

Ach, meine liebe, schmutzige Stadt, alles was schön ist, muß weg. Hier schlug eine Bombe ein, die Häuser wurden niedergeknüppelt. Dein Verputz bröckelt in grauen Plättchen herunter, deine Dachfirste liegen bloß. Aus den Fenstern ragen hölzerne Stellagen heraus, bewachsen mit Bäumen und Farn. Es schwebt immobiles Geld. Wohlan, hier 20 glänzende Türme, Tiefgaragen und eine Galerie mit Geschäften, die man besucht, um gesehen zu werden. Brüssel ist ein Dschungel, eine besetzte Stadt. Brüssel ist, was sich zufällig gemeinsam auf dem Chirurgentisch befindet.

Diese Stadt wird immer wieder aufs neue aufgeschnitten, frech neu geordnet und dann mit Beton wieder zugenäht.

So geschieht es: Raumplaner sitzen an runden Tischen. Mit Karton und Leim bauen sie Modelle. Rehabilitation, Renovation, Implantation. Gib acht auf ihre Wohnmaschinen mit Rädern, die Menschen zermahlen, und ihre Terrassen mit Aussicht auf die Sterne und den Wind. Sie verurteilen die Stadt zum Untergang. Die Gebäude zittern auf ihren Fundamenten, die Mauern spalten sich, schwanken und fallen auseinander. Du drehst dich mal eben um, und die Stadt ist verändert. Diese Stadt ist unser Selbstportrait. Du erkennst dich selbst nicht mehr in diesem *pêle-mêle*, diesem Durcheinander.

Zum Schluß, laßt es uns doch zugeben! So und nicht anders wollen wir die Stadt, Urwald und Dschungel, fesselnd und häßlich, beladen mit Geschichte. Neon, Backstein und Aluminium, und die frischen Waren auf dem Trottoir. Bei den Gemischtwarenhändlern prunkt der Chicorée in Schachteln mit violettblauem Papier, glänzen der Stangensellerie, der Suppensellerie und der Rosenkohl.

Laßt uns in dieser Stadt bleiben! Laßt uns einander helfen und erziehen! Dies ist die Hauptstadt von Belgien, von Flandern, von Europa; die Hauptstadt, die meinen Hintern küssen kann. Dies ist die Stadt der Königsfrage, des Schulstreites, und der Kundgebung gegen Raketen. Die Stadt der Iris und des Flieders. Stadt der stinkenden Zenne, die deshalb überdacht ist. Dies ist die Stadt der Literatur. Die Stadt von Herman Teirlinck und Jan Walravens, von Pierre

Mertens und Geert Van Istendael, von Jeroen Brouwers und Benno Barnard. Dies ist Van Ostaijen zufolge die Stadt mit den schönsten Schaufenstern, mit dem Hutgeschäft von Hindericks und Windericks. Die Stadt der Schaufenster der *bouchers* und der *charcutiers*, laut Ernest Claes in »*Jeroom en Benzamien*«. Oder die Stadt eines anonymen Drogisten in der Chaussée de Louvain laut Eric de Kuyper. Dies ist die schönste Stadt des häßlichsten Landes der Welt.

JOS VANDELOO

(* 1925)

Europäische Umweltinspektion

Heute jedoch hat er allen Grund, sich nicht wohl zu fühlen.

Seine inneren Organe scheinen durch eine unbeschreibliche Nervosität gründlich in Unordnung geraten zu sein. Eine quälende Unsicherheit, verursacht durch die Unkenntnis der Dinge, die ihn demnächst in Brüssel erwarten.

Carpe diem. Horatius hat gut reden, an manchen Tagen gibt es wenig, oder nichts zu ernten. Tage, die sich alles andere als rosafarben ankündigen, und die eher eine Drohung beinhalten, als ein Versprechen.

Ramses hat in einem der überfüllten Intercitys nach Brüssel einen Sitzplatz gefunden. Auf der vorderen und hinteren Plattform stehen Menschen dicht aneinander gedrängt, Einzelne sind bis in den Gang vorgedrungen. Der öffentliche Verkehr ist keine Quelle des Vergnügens, im Gegenteil, denkt Ramses, er unterstützt nur die Schwermütigkeit der Menschen.

Aufmerksam beobachtet er seine Mitreisenden, die keine Spur eines gemeinsamen sozialen Kontaktes aufweisen, und die, wenigstens nach dieser ersten oberflächlichen Wahrnehmung, offenbar auch nicht das geringste Interesse daran haben. Eine Versammlung isolierter Individuen, eingeschlossen in eine enge, unsichtbare Hülse, Einsame, Verbannte und Wanderer auf ihrer eigenen, winzigen Insel.

Einige sind vertieft in ihre Morgenzeitung, andere nehmen sachliche, trocken wirkende Dokumente durch, halten kurz inne, um über ihre Brille die Leute zu betrachten, und beugen sich dann wieder wichtigtuerisch über ihre Schmierzettel und Besprechungsunterlagen. Eine junge Frau liest ein Buch, einige Studenten versuchen hastig, die zuvor verlorene Zeit einzuholen. Wieder andere starren mürrisch vor sich hin, oder sind in ein sorgenvolles Nachdenken versunken. Es ist, als ob sie auf einmal ein pflanzenartiges Leben führen, das jedoch zu lange dauert, mit all den Stunden, die träge und ohne Sinn vergehen.

Wie äußerst selten sieht man ein munteres Gesicht im Zug, in der Straßenbahn, oder im Bus, denkt Ramses. Sie sind Sammelbecken voll düsteren Trübsinns; nur kleine Kinder stellen eine kostbare Ausnahme dar.

Sie erleben die Fahrt unveränderlich und heiter als ein großes Abenteuer, ein Gefäß voller Überraschungen, etwas Angenehmes und Außergewöhnliches. Für

Erwachsene ist es eine schwere Last, eine tägliche unappetitliche Kost.

Ihre Träume sind wie Feuer erloschen, ihre Illusionen wie Rauch verflogen, ihre Ambitionen vor langer Zeit, unter der grauen Ascheschicht einer gut bezahlten, jedoch außerordentlich langweiligen und banalen Existenz, erstickt.

Schräg gegenüber von ihm sitzt eine junge Frau, offensichtlich eine Nordafrikanerin. Wahrscheinlich eine Marokkanerin, der zweiten Generation, hier geboren als Tochter von Einwanderern. Vermutlich gerade dem Zwang und dem drückenden Joch, eines permanent anwesenden, alles überwachenden Familienclans und dem lähmenden Korsett einer strengen Religion entkommen. Sie sieht amüsiert zu ihm und lächelt ihm freundlich zu, ein vollkommen unerwarteter Lichtstrahl in dieser pechschwarzen Düsternis. Soll er es wagen sie anzusprechen? Etwas Freundliches zu ihr zu sagen, als Form der Dankbarkeit, auch wenn sie alle die Ohren spitzen und unmerklich, aber unverschämt mithören sollten.

»Auch nach Brüssel?«

»Ja«, sagt sie lachend.

Offensichtlich ist sie ziemlich klein, sie verschwindet fast neben dem ungehobelten Klotz mit breit aufgeschlagener Zeitung, der so tut, als ob er kürzlich die gesamte Staatsbahn übernommen hätte.

»Arbeiten sie in Brüssel?«

»Ja, in einer Boutique. Verkäuferin.«

Pechschwarze Haare, unversehrte, mattbraune Haut, ein ovales Gesicht mit Augen, wie glühende Kohlen.

»Gefällt es ihnen?«

»Oh ja, ich tue es gern.«

»Keine schwierigen Kunden?«

»Vor allem junge Menschen, die sind nicht so anstrengend.«

Was kann er sie jetzt noch fragen? Eigentlich ist es ein nichtssagendes Gespräch zwischen zwei wohlmeinenden Menschen, die füreinander Fremde bleiben. Außerdem irritiert es ihn, daß die Umgebung mithört, wenn auch mit großer Gleichgültigkeit, und sie begafft.

Er lächelt sie an, sie senkt verlegen ihren Kopf. Beinahe unbewußt versucht er sie zu ergründen, einen Schimmer ihrer Gedanken einzufangen.

Der Zug hält. Auf der Bank direkt gegenüber von ihm wird ein Platz frei. Will sie sich da nicht hinsetzen? Eine korpulente ältere Dame benutzt ihre Ellbogen, und bahnt sich, wie ein schwerfälliger Elefant, einen Weg zu dem freien Sitzplatz und plumpst dort seufzend nieder. Der magere Beamte in der Ecke wird fast erdrückt. Schüchtern und bescheiden macht er sich noch schmäler als er von Natur aus bereits ist. Nun, es gibt sowieso zu viele Beamte in diesem Land, sagte der verantwortliche Minister vor kurzem.

Inzwischen betupft die dicke Dame gegenüber mit einem winzig kleinen Taschentuch ihre Wangen und ihre verschwitzte Stirn. Danach pudert sie ihre glänzende Nase, und färbt ihre Lippen etwas roter und breiter. Sie sieht sehr imposant aus, eine Witwe auf Kriegspfad.

Freilaufende Männer kriecht in eure Höhlen, und kommt nicht vor dem neuen Tagesanbruch zum Vorschein!

Bei manchen älteren Frauen, sieht man selbst nach so vielen Jahren, noch deutlich, daß ihr Hinterteil früher eine sehr wichtige Rolle gespielt hat, und mit ein ausschlaggebender Faktor für ihre zweifellos erfolgreiche Kariere war.

Jetzt, wo er beinahe in Brüssel ist, werden seine Gedanken von der Unlust wieder bitter wie Wermut und zynisch durch jene Unruhe, die sich allmählich aber unaufhaltsam in seinem Innersten breitzumachen beginnt.

Er schaut zu dem lieben marokkanischen Mädchen, aber sie ist schon wieder Gefangene ihrer Scheu, die den Frauen ihrer Rasse eigen ist. Jahrhundertelang ist diese aufgezwungen worden und inzwischen ausgewachsen, zu etwas Unausrottbarem in ihrer Kultur.

So bleibt sie für ihn einerseits auf eine seltsame Weise attraktiv, andererseits aber auch verschlossen und mysteriös, unnahbar und unbegreifbar.

In der Halle des immensen Gebäudes der Europäischen Gemeinschaft steht ein sehr auffallend aufgestellter Wegweiser mit dem Hinweis: *E.U.I. Europäische Umwelt Inspektion.*

Ein Mann mit einer netten, aber unbekannten Uniform, zeigt ihm auf Anfrage den Weg. Hier nach links, dann mit dem Lift in den 5. Stock, da stehen dann Hinweisschilder, die zu dem Saal führen, wo das Examen abzulegen ist.

Bevor Ramses die Chance bekommt den beschriebenen Ort zu erreichen, wird er von einer Art Kontrollor aufgehalten, der Ramses Name, Geburtsdatum und Ort, Beruf, Geschlecht und noch ein paar andere Dinge notieren will, inklusive des Zweckes seines Besuches.

»Die Prüfung der Europäischen Umweltinspektion«, sagt er.

Zwei Worte, die, jedes für sich, eine eindrucksvolle Bedeutung von einem nicht zu unterschätzenden Gewicht besitzen.

Auf der Welt gibt es viel schlechtere Jobs, denkt er selbstzufrieden.

Er ist sich der Wichtigkeit seines möglichen neuen Amtes vollkommen bewußt. Getrieben von einem vehementen Ehrgeiz, wird er alles tun, um das zu erreichen. Kämpfen wird er, sich so viel wie möglich anstrengen, vielleicht ehrenvoll zu Grunde gehen, aber nicht nur so, nicht ohne knallharten Kampf.

»Sie können sich dort niedersetzen«, sagt der Kontrollbeamte.

Er schreckt aus seinen Grübeleien auf. Der Mann zeigt mit ausgestrecktem Arm auf ein Schild mit der Aufschrift : *Verwaltungspersonal E.U.I.*

»Ich komme für den Außendienst«, sagt Ramses behutsam.

»Später«, sagt der Mann beruhigend, »später«.

In besagtem Raum sitzen bereits einige Männer und Frauen, die mit großer Gelassenheit auf die kommenden Ereignisse warten. Manchmal flüstern sie ihrem Nachbarn etwas zu. Ramses erkennt um sich herum allerlei verschiedene Sprachen: Italienisch und Spanisch, Englisch, Deutsch, Dänisch und sogar Griechisch. Und die Frau da, ja, das muß gewiß eine Portugiesin sein.

Ein Schmelztiegel von Nationalitäten und Sprachen, aus dem in Kürze die Europäische Umweltinspektion, wie ein Phönix auferstehen wird.

Zwei bildschöne junge Frauen, zumindest von jemanden wie Dior gestylt, bringen die heterogene Gesellschaft nun zum Prüfungssaal.

Eine europäische Führungskraft erklärt in verschiedenen Sprachen etwas, das für all die neuen Umweltinspektionskandidaten von großer Wichtigkeit sein muß.

Ausführlich spricht er über das Gewicht und die enorme Bedeutung der Umweltinspektion für die Gesundheit der Menschheit, für das Heil von ganz Europa, für die Rettung des Planeten Erde.

Er gebraucht eine Reihe pathetischer Worte, die jemand anders für ihn ausgesucht und aufgeschrieben hat, sodaß er sie nur noch abzulesen braucht, leider, manchmal mit einer absolut falschen Betonung.

Nachdem sie das alles bis zum Überdruß, in all den verschiedenen Sprachen, geduldig angehört haben, kommt der große Augenblick. Zu Dutzenden sitzen sie nervös und abwartend hinter den einzelnen Tischen im riesigen Saal. Eine Art Dekan teilt die Formulare mit den Fragen aus, währenddessen ein Team forscher Aufseher zwischen den Tischen der Kandidaten Platz nimmt, um sorgfältig deren Tätigkeiten zu überwachen.

Es ist zugleich gut organisiert und auf eine chaotische Weise unübersichtlich, aber im selben Augenblick todernst und unterhaltsam.

Eines schönen Tages wird Europa am bleischweren Ernst untergehen.

Ramses beugt sich über seine Formulare und liest mit Aufmerksamkeit die Prüfungsfragen. Nicht direkt einfach für einen halb, oder ganz Außenstehenden.

PHILIPPE CAILLIAU

(* 1954)

Durch Brüssel. Ein Streifzug.

Tu es né à Bruxelles.
Die Farben, Gerüche, Gewürze: diese Stadt
besitzt deine Haut. Und Sprachen, Klänge, Götter:
vergebens zählst du sie.
Laß sie erklingen, lauthals, sich bewegen
im Schmelztiegel von Berichten,
bestimmt für die Annalen der Stadt.
Die Götter haben alle genügend Häuser
und Soldaten.

Brüssel: in dieser Stadt, in der alles möglich ist,
in der jede Seele sich selbst beobachten kann
in einem sich ständig ändernden Aquarell,
kann jeder suchen, was in seiner Vergangenheit
verlorengegangen ist, oder verborgen. Hier kannst du fluchen,
weinen oder deine Wunden lecken. Du baust
oder du verfällst, du wohnst neben vollen Häusern,
leeren Räumen. Du siehst den Wohlstand, Leerstand,
aufgewachsen bist du neben Kellern
von Büros und Hotels.

So viel Abbruch, so viel Bauwut
sah selten eine farbenreiche Stadt
die, wenn es bereits zu spät ist,
gerne noch beschützt.

Handelszentrum, Verwaltungszentrum.
Wohnen tut das fremde Volk hier,
oder ein vergessener Belgier.
Kahlschlag für Krawatte und weißen Kragen
Brüssel kackt seine Steine aus.

Wärst du ein Schloßherr oder Profos,
dann wäre die Stadt dein Jüngstes Gericht.
Dein Brandzeichen bedeutete dann Stolz.
Und Scham, tief eingebrannt ins Menschenfleisch.

Wer kennt nicht den Kleinen Ring von der Stimme
aus dem Radio?
Hier spielt der Radfahrer mit dem Tod. Du schiebst
schiebst mit an. Verstopfter Darm.
Schweiß auf deinen Händen. Dein Mittelfinger
preist dich selbst in den Himmel.

Im Netz von Taxis, Autos, öffentlichem Verkehr
von Vorst nach Laken und von Evere
bis Anderlecht wohnt noch stets eine Dynastie,
größenwahnsinnig, so wie sich das gehörte, einst,
und nun, jedes Jahr ein bißchen verlorener
in ihrem verstaubten Totenpark.

Am besten ist man allein in dieser Stadt. Mit vielen,
das wohl, aber am liebsten allein. Du läufst so herum,
du schaust und lachst und sprichst zehn Sprachen
mit einem Volk, das in seinen Schuhen schläft
oder in seiner Nieuwstraat Affe und Drehorgel verehrt.

Das Fünfeck, pumpendes Herz und atemlose Lunge:
Wo hört die Haut auf
und wann liegt wieder einmal ein Nerv bloß?

Die rege Betriebsamkeit des Fischmarktes am Kai
zur Sint-Katelijnekerk. Ein Teich
ist kein Meer, in dem es stürmen kann.

Komm hierher: Der Geruch von frischen Schuppen,
graues Eis auf der Straße, Terrassen für die Pärchen.
Musik für's Gefühl in jedermanns Ohr.
Hier herrscht das älteste Lustgefühl
und atmet, ganz unsichtbar,
tausend Jahr'.

Gegen die alte Fassade der Katelijne
darfst du pissen nun, aufrecht stehend.
Ein grüner Zaun von plattgedrücktem Hundekot
und eingetrockneter Menschenpisse.
Kommt alle her und schaut: eine Piß-Fabrik in dieser Stadt.

Der Schwarze Turm, würdevoll emporragend, dann wieder
klein und verloren zwischen den Fassaden eines neuen Hotels.
Du mußt dem Volk, das in seinen Schuhen schläft
zu Willen sein. Wie kannst du da noch sehen,
wie Brüssel früher winzig klein war?

Geh weiter, nur weiter. Vorbei an den Löwen
der Börse zur Zuidstraat,
la rue des artistes, und nichts im Sinn

als einen großen großen Durst.
Hier liegt eine andere Insel, erhellt
von Leuchttürmen voll Trank.

Schenk ein, trink aus, du alter Saufbruder.
Hier sind sie alle zuhause, die Schänder der Grenze
des Indigos: Künstler, arme Schlucker,
Saufbolde und Einsame. Im Falstaff
oder im Zebra, Geschichte schreibst du hier nicht.

Hier torkeln jede Nacht von Laterne zu Laterne,
mit Bier im Bauch,
die ewig Suchenden nach jedem Sinn.
Hier steht der Frühmarkt der Poesie,
die nie das Licht der Welt erblicken wird.

Es heißt eigentlich zu Unrecht Europaplein.
Exportiert, renommiert. Überheblich.
Umarmt von der Centraal Station
aus Viktor Hortas schwachen Jahren und
sitzend neben Wassersprudel, in dunkler Bronze,
mit geradem Rücken, immenser Schnurrbart, in der
rechten Hand
ein Buch, am rechten Ärmel ein Hund, wüßte er nur,
was seine Stadt nun litt,
der Karel Buls, der nachdenklich starrende
Bürgermeister 1881–1899. Der Grasmarkt, also.
Mit piependen *Handys*, sehr schnell, so effizient,
zwischen den Steinen des Novotels, und dem Carrefour
de l'Europe. Etwas atemlos
Don Quichotte und Sancho Pansa, groß in Bronze.
Spanjeplein – das ist der Name, und am Rand

davon darf unauffällig stehen: Béla Bartòk,
einfache Bronze, 1881–1945. Kein Bürgermeister.

Aus dem Jahre 1706, so sagt die Vruntstraat, ins
Spanische
übersetzt Rue de l'Amigo, ist das Rathaus,
bekannt bei dem Japaner, dem Amerikaner und/oder
dem Chinesen.
Hier wird geknipst, gefilmt: der Große Markt,
der Gróóóte Marrekt! Klischee! Hier wurde Geschichte
geschrieben, die kaum noch jemand kennt.
Und einen Steinwurf entfernt Le Cercueil, wo
Freundschaft
geschlossen wird für immer, rund um Tische, die dein
Sarg sind bis du die Augen schließt.

Und welche Wesen lebten in den Gassen,
Häusern, die, jahrhundertelang begraben unter
Pflastersteinen
neben dem Börsegebäude, nun wieder das Tageslicht
erblicken können in Bruxella 1238? Hier ist etwas
Ehrfurcht
geboten: ein seltenes Gut in dieser Stadt.

Auf zum Adolphe Max. Ein Pfeilschuß nur,
in Raum und Zeit: du träumst, du gleitest zwischen
einem Stetson-Hut und Tony Lama-Boots dahin.
Import *USA*. Du trägst einen Zuniring und streichst
über die Navajo-Federn. Der Western Shop,
Europas Unikum für die Vergangenheit
einer ganz anderen Art.

Steh kurz still: die Dansaertstraat. Hier zu wohnen
scheint eine große Ehre zu sein, so hie und da.
Giebelwerk verputzt mit Sand, und aufgeputzt.
Hier wohnt auch Arno: Tango, Blues und Rock
in weltberühmtem Jargon. Tu es ihm nach.
Schläft er nun im Trinklokal La Cigogne,
oder lebt er gegenüber?
Was zählt, ist allein die Musik.
Hier herrscht das Leben, hier.
Brüssel gedeiht im Verfall. Und schmückt sich
mit den Farben seiner eigenen Müllhalde.
Ihre Saubere Stadt Brüssel.
Wo Illegal-Müll-Abladen zum Sport wurde.

Cleaning Manager und Müllmänner: Auf euch ruht
eine erhabene Pflicht! Entleert die Gedärme der
Stadt.
Haltet Plätze, Straßen, Gehsteige sauber.
Jeden Tag frühmorgens betrittst du wieder
den Teufelskreis, Ferien und Pension entgegen.

Die Stadt vergißt schon mal, ihre eigenen Bilder
auszumalen. So stürzt sie ein unter ihrem Horizont.
Von modrigen Ziegeln, verlassenen Höhlen,
Häuserblöcken:
sie leben in opaler Wut.
Die gläserne Kugel mit dem farblosen Namen:
Ministerie van de Vlaamse Gemeenschap.
Mit Liebe ausgedacht. Da ist der Espace Nord: im
Französischen
klingt das so brüsselerisch! Verarmung, Gerippe.
Und auch
sehr brüsselerisch klingt, oder schamlos:

North Gate I, II, III, oder World Trade Centre,
Europa war schon lange im Anmarsch.
Du rülpst kurz einmal.

Hier lebte einst ein Volk, ein Stamm, der
Brüsselerisch sprach.
Aber das war damals. Krämer und Huren,
Kinder, die gab es dort wirklich, irgendwann. Nun
sind sie weggejagt worden. So gehört sich das also.
Jetzt wo selbst der Noord, das ist der Nordbahnhof,
Büroetagen hat, müssen Armand
und Martha Pendelaar nicht einmal mehr aus dem
Bahnhof heraus.
Es geht, bitteschön, es geht! Arbeite in der Stadt und
setze
keinen Fuß auf ihren Grund. Kenne Brüssel nicht.
Wo selbst die Baracken, dort. Die Farbe
des Kummers, der Revolte
ohne Blut. Ach, es ist schon ein Elend.
Nichts geschieht zufällig. Jede Note,
selbst jede falsche Note, wurde einmal komponiert.

Die Weltstadt von repetitiver Art. Flaggen,
Wimpel, Banner, Fahnenspiel. Flickwerk von
halluzinativer Brüderlichkeit: das ist die Skyline von
Brüssel
in ihren Achselhöhlen Baudenkmäler
aus der Bronx. Weg mit Noordwijk, ärmliches Dorf.

Es riecht hier würzig, in der Ieperlaan, es summt und
surrt
in diesem Afrique du Nord. Das ist. Chicago,
ist es? Gemüse, Obst und Gewürze.

Chez Khalifa Fish. Wieder Diskussionen, wieder
erhitzte Gemüter. In Lagerhäusern oder auf der Straße,
die Autos in Dreierreihen vor der Tür.
Hier herrschen eigene Gesetze. Dies ist eine eigene
Stadt.

Saincteletteplein, das Wassertor zu Brabant,
Flandern, dem Meer. Da ein architektonisches
Lunatheater, hier architektomanisch leere Mauern
bloß zum Schein. Da wächst noch etwas, darauf
kannst du dich verlassen. Ist es auch Imitation,
soll es doch so sein: alter Sack, neuer Wein.
Dafür sorgt der Hebekran von »Louis de Waele«:
ein krummer Finger, noch ein Finger
und eine Hand voll eifrig erwirtschaftetem
Geldgewinn.
Bewundere doch den Tempel der Finanzen:
eine marmorne Kredietbank mit Triumphbogen.
Hier hausen die Alten Römer, das ist gewiß.
Während die Ratten heulen in den Katakomben, und
das flüssige Brüssel braun und nicht mehr sichtbar ist,
verschwunden in der Kloake.

Die Menschen leben in ihren Schuhen. Dieses Brüssel
hat kein Volk. Dieses Brüssel ist ein Volk, bunt
zusammengewürfelt.
Du machst alles wie gewohnt, du stehst auf, du
verabredest dich
wieder, du putzt dich heraus für ein imaginäres Fest.
Du bist kein Sonderling. Du donnerst dich auf.
Du schminkst deine blasse Eitelkeit mit Rot und
Schwarz.

Wenn sich nachmittags die Bürokraten wieder aus dem
Staub gemacht haben, werden die Freudenfeuer
entfacht. Erst blaue – dann gelbe.
Zeigt *TV* Brüssel wieder etwas Neues,
gehen Boten von Tür zu Tür.
Er kommt, sie kommt! Es kommt!
In aller Ruhe wird Tee ausgeschenkt, Moambe gegessen,
Chorba getrunken. Das Geuzebier auf bewährte Weise
wertgeschätzt.

Man lebt dann in der Nacht, im Clan, blutrot,
man grüßt einander, weil man das Gesicht erkennt:
auch er oder sie ist nun wach. Die Stadt gehört nun
ihnen
die stets neugeboren werden wollen
in den beigen Dämmerzonen des Lichts.

Du kennst ohne zu kennen. Du weißt.
Du grüßt oder wechselst Worte
und Laute und Gebärden. Du siehst von ganz nah
das Fuchsia der Seele.

Komm in meine Arme,
denkst du, Tochter, Sohn, oder Bruder und Schwester,
geboren mit Symbolen und wiedergeborenem Ritual.
Wo ist dein Platz, wer bist du zwischen denen du stets
noch stets herumirrst?

Auf daß es dir gut gehe.
In Brüssel bist du tot. Junge.
Tu es mort à Bruxelles.

KAREL VAN DE WOESTIJNE

(1878–1929)

Brüssel bei Tag

Wer das Privileg der Phantasie genießt, und dessen Zeit und Raum gerade günstig sind, kann sich gegenwärtig in Brüssel in einem großen Badeort wähnen, am Ende des Sommers und beim Auseinandergehen der Saisongäste. Unter dieser dritten Bedingung dann – ich beeile mich, sie zu den Vorigen zu fügen, obwohl sie schon zur Ersten gehört – daß er sich in der Menge zu isolieren weiß, daß er eine Atmosphäre, außerhalb der Bewegung, die sie trübt genießen kann, darf er den Eindruck eines Dekors erfahren, ohne sich stören zu lassen durch wen oder was es geschmückt ist.

Brüssel ist alles andere als ausgestorben. Demographische Tabellen habe ich momentan nicht zur Verfügung, aber ohne jede Statistik kann ich Ihnen versichern, daß es sehr belebt sein kann, und nicht nur in Kinos und Cafés, wenngleich es natürlich auch kein Vergleich mit den Zuständen vor dem Krieg ist, wie gross an manchen Tagen der deutsche Einfluss auch sein mag. Ebbe und Flut sind dann auch, zu manchen Stunden, vor allem gegen Abend, nicht mehr voll und träge; das Tempo ist eher Allegro oder selbst Allegretto geworden: Der Menschenstrom blieb bestehen und ich wäre der Letzte, der ihn leugnete oder gar verleugnete.

Aber ich bitte Sie, ihn mit mir und in meiner Gesellschaft – sehr gut gegen Spleen – zu vergessen;

und dann bekommen Sie ohne Zweifel diesen Badeort-Eindruck, Ende September. Das liegt nun zu allererst an der Tatsache, daß so gut wie alle großen Warenhäuser geschlossen sind. Die Warenhäuser, vor allem jene des Mittelstandes, hatten, Sie wissen es, ihre Existenz dem Bedürfnis, das wir Herren hatten, unsere Nacktheit zu bedecken und in erster Linie der Sucht der Damen, ihr gleichartiges Bedürfnis zu einer anspruchsvollen, launischen und stets wechselnden Kunst hinaufzuschrauben, zu verdanken. Unnötig daran zu erinnern, daß es Unter- und Oberbekleidung gibt; daß die Erste aus dünnem Leinen, Baumwolle und ähnlichen Stoffen gemacht ist, wohingegen die Zweite, meist aus Wolle gefertigt ist. Beide Sorten Stoffe oder Gewebe sind jedoch seit Monaten beschlagnahmt, sodaß, wer sie noch ganz und unzerschnitten besitzt, sich an einem kleinen Vermögen erfreuen kann: Das Nötige für ein paar Bettlaken ist neu ein paar hundert Franken wert, und eine Damengarderobe bringt, was das Material betrifft, nicht viel weniger als tausend Franken ein. – Jene Geschäfte nun, wo solche Materialien verkauft oder verarbeitet werden, sind durch die Not der Umstände geschlossen. Das Einzige, was man noch machen lassen kann, ist, die abgelegten Kleider aus der Friedenszeit wenden zu lassen und an den Lieblingsspruch Berlos zu denken. Die Schuhgeschäfte, die kein Fabrikat mehr unter 250 Franken anzubieten hatten, sind dem Vorbild der Modeläden gefolgt. Und so kommt es, daß Brüssel beginnt, wie ein Badeort auszusehen, der sich auf den Winterschlaf vorbereitet.

Wenn man sich aber weiter vorstellen möge – was vielleicht weniger einfach ist – daß der bewußte

Badeort auch nach der Saison noch zehrt von Tombolas, Antiquitäten und Eis mit Sahne. Tombolas sind hierzulande stets ein angenehmer Zeitvertreib gewesen: einen Zettel kaufen und den eintauschen zu dürfen gegen eine Pendeluhr oder ein lebendes Ferkel ist ein sehr eigener Genuß. Dieser Genuß wird doppelt so gross, in diesen beschwerlichen Zeiten, wenn das Preisegewinnen ausschließlich aus Lebensmitteln besteht und bekommt einen noblen Charakter, wenn die gestifteten Gelder dazu dienen, etwas von der Armut zu lindern. Früher kauften einige per Lotterie kleine Chinesen von hartherzigen Mandarinen, diese unserer Rasse eigenen Liebhaberei kann derzeit für drückendere Realitäten angewendet werden; nehmt es uns deshalb nicht übel, wenn wir unser kostbares Geld für solch dubioses Glücksspiel verschwenden. Besonders, wenn dieses Glücksspiel die geschlossenen Warenhäuser wieder öffnet.

Ich versichere Ihnen, daß die zahllosen Zurschaustellungen von Tombolapreisen dem Brüsseler, der dafür die Zeit hat – und wer hat die nicht – leider – manchmal sehr nette Überraschungen bereiten. Und damit meine ich noch nicht einmal die »Sicht auf Venedig« aus Briefmarken geklebt, oder die Dessertteller, auf denen die Häupter der kriegsführenden Fürsten präsentiert werden, und was alles glänzend auf Zigarrenbauchbinden prangt.

Ich spreche vielmehr über die Stückchen echte Seife – Wert fünfzehn oder 20 Franken – oder dem Krug authentischen, alten Klaren – Kaufpreis 40 Franken – die Ihnen Ihr Glücksstern gegen die Opferung eines Markscheines vorgaukelt. Denn die Tombolaausstellungen werden manchmal richtige Folterkammern, wenn Sie keine Mark zum Ausgeben haben: Sie zeigen gefüllte Zigarrenkistchen, wovon die Einheiten in Friedenszeiten wohl 10 Centimes wert sein konnten, nun aber einen Franken kosten; sie reichen Ihnen Tabakspäckchen, für die Sie anderswo 80 Franken das Kilo bezahlen müßten, übrigens ohne die geringste Sicherheit, daß sie nicht aus Kastanienblättern bestehen.

Aber wenden wir unsere Augen ab von solchen Tantalusschätzen; ich finde schon noch die Zeit und Gelegenheit um Euch Holländern zum Trost eigener Entbehrungen, eine kleine Szene zu zeigen, eine kleine Liste zu schreiben, was das Leben hier momentan kostet. Für heute will ich es bei der Geschichte belassen, wie in Brüssel der Charakter eines Badeortes in Ruhe weiter abnimmt, ich meine: Was unsere Modegeschäfte wieder zu aufmerksamkeitserregenden Gelegenheiten machte.

Nach den Tombolas nannte ich die Antiquitäten. Nicht in Hunderten, aber doch zigfach sind die neueröffneten Antiquitätenläden in Brüssel zu nennen. Es muss noch hinzugefügt werden, daß der Begriff »Antiquität« eine grundlegende Revision erfahren hat, eine Revision, die vermutlich mit jener der Brüsseler Dachböden zusammenhing. Anfang 1915, als der Krieg noch in den Windeln lag, erhielt ich den Besuch eines Herren, der äußerst vornehm aussah und vortrefflich Niederländisch sprach, und … alles aufkaufen wollte, was er um sich sah: Beginnend bei den paar kleinen Gemälden, die er an der Wand sah, bis zu dem Stuhl, auf dem er saß und den ich von meinem Grossvater geerbt hatte. Ich habe an jenem Tag keine Geschäfte gemacht, und jenem Herrn auch nicht – worum er mich freundlich bat – die Adresse von Freunden in Not (solche Freunde habe ich nicht) gegeben. Wahrscheinlich hat er aber woanders mehr Glück gehabt. Und mit diesem Glück hat er nun all diese Antiquitätengeschäfte eröffnen können. Dort verkauft er nun allerlei, das noch nie als antik gegolten hat. Ist denn ein Paar geflickte Stiefel antik? Man verkauft sie für 150 Franken an einer Adresse, die ich Ihnen zur Verfügung stelle. Ist ein photographisches Portrait von Multatuli antik? ich weiß eines, das zu verkaufen wäre, den Preis davon könnte ich bei einem Wink von Ihnen erfragen …

Das alles lehrt uns eines: Es gibt viel mehr Menschen, die gegenwärtig zuwenig Geld haben und darum alles verkaufen, was sie nicht dringend nötig haben. Die Lotterien könnten jedoch beweisen, daß es wohl sehr viele Menschen gibt, die zuviel Geld haben. Und das ist, wenn ich mich nicht irre, ein ökonomisches Problem.

Zuviel oder zuwenig Geld: was die vielen Eis-mit-Schlag-Gelegenheiten bedeuten, ist weniger einfach zu sagen. Ich kann mir selber nicht sehr gut vorstellen, welchen Bedürfnissen sie entsprechen. Und frage mich, wovon diese ziemlich billigen Eis-mit-Schlag-Kreationen gemacht werden, in diesen Zeiten, wo so wenige Lebensmittel so selten und so sahnefrei sind wie die Milch, für die wir auch noch 1,5 Franken pro Liter bezahlen. Wer momentan kein Säugling ist, kann von Glück sprechen! Obwohl es andererseits kein Glück sein kann, die nichtvorhandene Milch durch verdächtige Creme a la glace ersetzen zu müssen, oder Biere und Liköre, die genauso schwach sind und übrigens zu Preisen verkauft werden ...! Wissen die Brüsseler, die sich in Holland aufhalten, wieviel eine Flasche echtes »Geuze-Lambiek« kostet? Genausoviel wie vor dem Krieg ein »Nuits St.Georges« oder ein feiner »Pontet Canet«: die Summe von 6,55 Franken.

Inzwischen – neue Erscheinung, die uns einige Abwechslung bringt, zwar Besitz, dennoch leere Existenz – inzwischen nehmen die Cafes beunruhigend zu. Wo Tombolas, Antiquariate und Eisdielen (20x nacheinander auszusprechen) noch Raum offenlassen, kommt ein Kaffeehaus. 1916 hatten wir die Vervielfachung der Kinos befürchtet: Meine Standesgenossen bewiesen die Vortrefflichkeit ihres Geschmackes darin, lieber Trinkhäuser zu wählen. Und die neuen Trinkhäuser sehen so chic aus, ein Chic, der von den deutschen Offizieren sehr geschätzt wird. Obwohl es dennoch ein Fleckchen gibt, ein blaues Fleckchen. Und das hat wieder das Requirieren unseres Leinen verursacht.

Sie sind über unsere Kaffeehausgebräuche gut genug informiert um zu wissen, daß die Bediensteten dort sich mit einer weißen Schürze zu umgürten pflegen, während über den Arm eine genauso weiße Serviette in gefälligen Falten zu hängen pflegt. Damit ist es nun vorbei. Es werden zwar noch Schürzen getragen, aber es sind blaue Schürzen, bereits-gewaschene Schürzen, kittelfarbige Schürzen, die einen an rußschwarze Heizer auf den stinkenden Lokomotiven von Vorortestraßenbahnen erinnern. Während die zierlichen Servietten – wer hätte das zu träumen gewagt? – einfach durch Geschirrtücher ersetzt wurden.

So, das war eine erste Übersicht , was uns Brüssel im Moment an Neuem und Wechselndem bietet. Sie können es von der Straßenbahn aus sehen. Sie bemerken es auch auf dem Gehweg, als einfacher Spaziergänger, der sich noch nicht seiner Schuhe schämen muß. Aber das beste sehen Sie erst von der Höhe der Hängenden Gärten Brüssels.

Denn das ist das allerneueste. Sie wissen, daß jeder verfügbare Boden ersatzweise in einen Gemüsegarten verwandelt wurde: das ist seit ungefähr drei Jahren so. Aber in diesem vierten Jahr schien das unzureichend. Und nun haben wir alte Zinkdächer, auch wenn sie sich in 20 oder 30 Metern Höhe befinden, zum Gemüsegarten erhoben. Die Erbsen kommen prächtig raus. Und heute esse ich zum ersten Mal grüne Bohnen, die ein herrliches Symbol vom so nötigen »sursum corda« sind…

WYSTAN HUGH AUDEN

(1907–1973)

Musée des Beaux Arts

Über Leiden waren sie niemals geteilter Meinung,
Die alten Meister: Wie gut sie wußten,
Wie es für sich ist und einfach stattfindet,

Während irgendeiner ißt oder ein Fenster öffnet oder
gerade vorbeigeht;

Wie immer, wenn die Alten in bangem Aufruhr
Auf die wunderbare Ankunft warten,
Kinder da sein müssen, die das nicht sonderlich
wünschen,
Und schlittschuhlaufen auf einem Teich am Waldrand.
Niemals vergaßen die Meister,
Daß man an Straßenecken foltert oder auf unsauberen
Plätzen,
Wo Hunde eben wie Hunde herumstehn und des
Quälers Pferd, hinten an einem Baum,
Gleichgültig scharrt.

Breughels Icarus zum Beispiel: Wie alles sich
Von dem Unheil müßig abwendet; der Pflüger hörte
wohl
Den Aufprall, den einsamen Schrei,
Aber für ihn stand nicht viel auf dem Spiel; die Sonne
schien,
Wie sie mußte, auf die weißen Beine, die im grünen
Wasser verschwanden;
Und das Prunkschiff, das freilich etwas Erstaunliches
sah,
Einen Knaben, der vom Himmel fiel,
Hatte irgendwo anzukommen und nahm ruhig seinen
Weg.

ARTHUR RIMBAUD

(1854–1891)

Brüssel

Juli Boulevard du Régent

Von Tausendschön zieht sich der Beete Band
Hin zum anmutgen Jupiterpalast.
– Du webst, ich weiß es, hier an diesem Platz
Dein Blau, so dunkel fast, wie der Sahara Land.

Dann, da Liane, Rose, Tannenbusch
Verschloßnen Spielplatz bieten, sonnenfroh,
Der kleinen Witwe Käfig! …
Welch ein Husch
Von Vogelscharen, o ja jo, ja jo! …

– Stille Häuser, alte Leidenschaften!
Kiosk der Frau, verstört aus Liebesqual.
Nach üppiger Rosensträucher runden Schaften
Der niedrigschattige Balkon der Juliette.

– Die Juliette, die mir die Henriette,
Reizenden Bahnhof, ins Gedächtnis ruft,
Der wie in einem Garten liegt, im Bergversteck,
Wo tausend blaue Teufel tanzen in der Luft!

Grün ist die Bank, auf der im Blitzgeschimmer
Die blasse Irin zur Gitarre singt,
Wo aus exotisch buntem Speisezimmer
Der Kinder und des Käfigs Schwatzen dringt.

Du Fenster, das dem Herzog war zu eigen,
Machst, daß ich denke an das Gift der Schnecken,
Dort in dem Sonnenschlaf der Budisbaumhecken!
Und dann,
Zu schön! zu schön! O laßt mich schweigen.

– Allee, so ohne Leben und Bewegung,
Stumm, doch beseelt, wie ein Theatersaal,
Von Dramen und Komödien ohne Zahl,
Ich kenn dich und bewundre dich in Schweigen.

WILHELM HAUSENSTEIN

(1882–1957)

Brüssel

Und endlich gehe ich – es ist inzwischen, nach einer langen Zeit an der Nordsee, Oktober geworden – im Parc Royal spazieren. Das Wetter ist matt; es ist nicht warm, nicht kalt, aber von der gewesenen Schwüle des Sommers ist noch ein verwaist nachlebender Rest da und von der Kühle eines bevorstehenden Winters schon die erste heimliche Zumutung. Ich wandle im Park und sehe über mich: die Bäume sind braun und gelb, und zwischen den genauen Umrissen der Blätter gewahre ich den weißgrauen Filz des Oktoberhimmels. Die Blätter stehn mit fast heraldischer Regelmäßigkeit vor diesem weißgrauen Himmelsgrund; sie sind wie kunstgewerbliche Muster auf einem Tapetengrund – braun und gelb und rein gespreizt auf weißlichgrauem Ton. Aber wiederum ist dies nicht das Ganze des Augenblicks; denn wie ich hinaussehe, so schaue ich auch zwischen den Stämmen hindurch und merke die Häuser der Rue Royale, der Rue Ducale; wie ich mit den Füßen das braune Laub am Boden planlos vor mir hertreibe, als wäre ich irgendwo in einem namenlosen, grundlosen, unendlichen Gedicht, so weiß ich auch, daß ich in Brüssel bin und daß ich nach einer halben Stunde wieder in dem nüchtern und wohltuend umhegenden Viereck der mattgelben Place Royale stehn werde, von dem ich vorhin gekommen bin... Das Eigentliche, das Besondere verliert sich im Ungefähren, und das Ungefähre wird vom Besonderen wieder angezogen, um fester zu werden – aber wer weiß dabei, ob das Besondere wirklich das Eigentliche ist? Die ersten Begegnungen mit Brüssel vollzogen sich auf der zitternden Grenze zwischen dem Bestimmten und dem Unbestimmten (denn schon damals wagte ich nicht recht, zu sagen: zwischen dem Eigentlichen und dem Uneigentlichen).

Gewiß, so war es. Und ich bin nicht einmal sicher, ob ich seitdem von Brüssel mehr an mich genommen habe – nämlich in dem Verhältnis, in dem ich das Bestimmte auf Kosten des Unbestimmten herausgefunden habe.

Allein was will man tun? Das Bestimmte nimmt zu, das Unbestimmte ab, je mehr man mit einer Stadt vertraut wird.

Wie sonderbar die niedrigen, schmalbrüstigen Ziegelhäuschen nach der Einfahrt in das belgische Land –

diese Häuschen, die da und dort bunte Reklameinschriften von unverhältnismäßiger Größe tragen! Der Douanier in der fremdem Uniform war liebenswürdig, war menschlich nahe; aber wie weit jenseits meiner beteiligten Empfindung ist diese Industrielandschaft mit dem blaßgoldenen Sonnenlicht auf dem trüben, nassen Schnee, oder das Amphitheater des Geländes um Lüttich, oder die Belgierin im Speisewagen, deren scharf gerötete Lippen wie eine exotische Merkwürdigkeit in der Atmosphäre stehn. Sie ist bürgerlich, sehr gesund, sehr hübsch, dem flämischen Naturgrund auch in diesem rollenden Speisewagen und mit dieser französischen Fassade offenbar verbunden; sie ist ein faßliches Geschöpf, und auch der hochrote Mund sollte sie nicht fremd machen können. Gleichwohl ist die Erscheinung mit allem, was ihr an naiver und menschlich-allgemeiner Körperlichkeit, an vertrauter westeuropäischer Modeallüre anhaftet, in einen weit außerhalb meines eigenen Lebens gelegenen Bezirk entrückt...

Dies da ist Löwen, und nun breitet sich bis Brüssel die öde Ebene, – beschwichtigend durch ihre Gleichgültigkeit, beunruhigend gerade durch ihre längst schon genau gefühlte Zugehörigkeit zu einem anderen Lande, das zudem durch den Krieg, durch eine ewig mitgleitende Kluft von uns geschieden ist, wie wir von ihm geschieden sind.

Zwölf Jahre nach dem Krieg. In diesem Wiedersehn ist Brüssel fürs erste merkwürdig klein. Die Gare du Nord einigermaßen kümmerlich; die Place Rogier trotz der großen Hotels und der bewegten Lichtreklamen ziemlich provinziell. Der Boulevard du Nord, der

Boulevard Anspach gewöhnlich; Improvisation aus Gründerzeiten, mit den vorlauten und nichtssagenden stilistischen Ansprüchen der Jahrzehnte zwischen 1870 und heute, – Ansprüchen der zweiten, dritten Hand. Das große Loch inmitten der Stadt scheint mir noch größer geworden: das Loch zwischen der Sainte-Gudule, den Galeries Saint-Hubert und der Place Royale. Die Brust der Stadt ist zertrümmert. Nicht durch den Krieg; vielmehr durch den Anspruch einer Generation, die ein »größeres« Brüssel will.

Es ist kein frohes Wiedersehn.

Wie angenehm ist die obere Stadt! Wo ihre Straßen eine bauliche Merkwürdigkeit besitzen, da ist das Merkwürdige sympathisch: in den oberen Boulevards, in der Rue Royale, der Rue Ducale, der Rue Lambermont, der Rue Montoyer, der Rue Béliard, der Rue Guimard, der Rue du Trône und wie die verwandten Straßen droben alle heißen mögen. Der Typus der Häuser ist klassisch-ruhig, bescheiden-stilvoll, in den Profilen enthaltsam; der weiße Anstrich, den sparsam ausgeteiltes Grau wohltätig unterbricht, vermehrt den Charakter einer stillen und schlichten Noblesse. Die Palais sind in den Maßen begrenzt; im Ausdruck sind sie aber doch zu einer repräsentativen Haltung gesteigert. Es ist ungefähr die Haltung, die auch den alten Berliner Westen so erfreulich macht: sie steht in den sicheren Grenzen des Schicklichen, und ihre Fähigkeit, Eindruck zu machen, beruht im Takt, der die Stärke des Lebens in der Mäßigung sucht und im Dezenten, im Lautlosen, im Unmerklichen findet. Da regiert ein Ton bürgerlich-adliger Zurückhaltung und Gleichheitlichkeit; alles Auffallende ist mit sicherem Instinkt für das öffentlich Angemessene vermieden. Bis auf diesen Tag bezaubert Brüssel mit diesen Häusern und den Straßen und Plätzen, die mit diesen Häusern so leise und so selbstverständlich hergestellt sind. Reichtum verzichtet hier darauf, sich darzustellen. Nicht daß er Furcht hätte; aber er weiß, daß der wahre Reichtum sich im Sichtbaren einer Hausfront, wenigstens heute, das heißt: seit dem Ende des Barocks und des Empire, so fassen muß, wie die wahre Eleganz einer Frau sich in jener Diskretion des Anzugs faßt, die eine Form des Anstandes ist. Dazusein, sichtbar zu sein und dennoch nicht gesehen zu werden: dies ist die Kunst des schönen alten Brüssel der Oberstadt, wie sie etwa von Guimard vorgezeichnet wurde. Und wie die Häuser, von denen sehr viele, vielleicht die meisten auf das Bedürfnis der einzelnen Familie abgestimmt sind, also nicht die (für den guten konservativen Brüsseler Begriff peinliche) Last des Etagensystems zu tragen haben, vor allem das Maß lieben, so finden die Läden der Oberstadt ihren Stil in der vollendeten Ruhe der Auslagen. Kein Gedränge von Sachen; keine Anpreisungen; keine Preiszettel; einige wenige Dinge liegen mit der stillen und überzeugenden Gültigkeit des wahrhaft Gegenständlichen hinter den Scheiben – etwas Frauenwäsche in Rosa, Rosabraun mit Cremespitzen, einige Flacons, eine Robe. So ist es in der Avenue Louise, deren liebenswürdige Alleebäume sich zwischen den Zeilen der Familienhäuser zum Bois de la Cambre hinaufreihen. Dieser Familienhäuser, die zum Teil zwar schon die verdächtigen Züge des Gegenwärtigen, des Neuen, des Modernen tragen und mit den Häusern älterer Bezirke der vornehmen Oberstadt an Distinktion dann kaum noch zu vergleichen sind – wie eben ein neuerer Reichtum, auch wo er ruhig bleibt, sich mit der verschwiegenen Vornehmheit einer ins Abseitige zurückgezogenen Überlieferung nie völlig messen kann. Aber auch die Avenue Louise lebt noch von der unbetonten Vornehmheit der alten Brüsseler Tradition, die sich in der unvergeßlichen Rue Ducale am königlichen Park vielleicht am gewissesten ausspricht. (Nicht umsonst hat der Lord Byron dort seine Wohnung gehabt.)

Wenn man die ausgesuchten Autos sieht, die durch die Avenue Louise zum Bois hinausfahren, so wird man dessen inne, daß diese Avenue für Brüssel ungefähr bedeutet, was die Avenue des Champs-Elysées für Paris ist. Man ermißt auch den Unterschied: das Hauptstädtische, das Weltstädtische, das »Metropolitane« Brüssels, seine Internationalität tritt doch halbwegs ins Provinziale zurück. Die natürlichen Abmessungen, von den klug verwalteten Privatvermögen mit richtigem Gefühl gefunden und eingehalten, sind da nirgends von pariserischer Größe; die Avenue ist breit, aber längst nicht so breit, ja uferlos, wie die Elysées in Paris es sind, denen es freilich natürlich ist, so weit zu sein, wie sie sind. Aber man meine doch ja nicht, daß dies unwillkürliche Bekenntnis Brüssels zu einer verhältnismäßigen Provinzialität ein Weniger bedeute. Brüssel ist nicht Paris; Brüssel ist nicht Rom; Brüssel ist nicht das Wien des Ballhausplatzes, des Minoritenplatzes, des Belvedere, der Wipplingerstraße; Brüssel ist auch nicht das auf einleuchtende Weise großartige Berlin der Linden.

Brüssel ist eine Stadt an der Grenze der Million – nicht viel größer als München (dessen natürliche Allüre übrigens heroischer ist als die Brüssels, die in ihrem Schönsten zur Intimität neigt). Brüssel ist (man fühlt es, den großen Ansprüchen zum Trotz immer wieder) nicht ein Phänomen der ganz großen Städtegattung. Aber gerade dort, wo es dies Verhältnis naiv fühlen läßt, wo es sich seiner relativen Provinzialität unbedenklich, ja unbewußt hingegeben hat, da ist es köstlich.

Es ist Abend. Schon werden die ersten Laternen angezündet; ein Mann geht um, dreht die Gashähne auf und berührt das Gas mit der Flamme an seinem langen Stock, denn hier unten, in der Unterstadt, gibt es noch Gaslaternen. Es ist weit von der Avenue Louise und ihrer Eleganz. Es ist weit von der Oberstadt, in der ein französisch erzogenes, französisch lebendes Bürgertum, ein französisch kultivierter Stadtadel geschliffenen Sitten huldigt und die technischen Errungenschaften der Gegenwart zu Diensten hat. Hier unten ist ein Stück Flandern. Die Leute, die hin und wieder vorübergehn, reden Flämisch – das städtisch vergröberte und städtisch vernachlässigte Brüsseler Flämisch, das mit dem Naturgrund die Schönheit verloren und dafür die Gewöhnlichkeit der Vorstädte eingetauscht hat... Ich gehe durch stille Gassen; manche laufen sich tot; der Impasses gibt es hier unten nicht wenige. Die meisten Gassen und Sackgassen sind leer. Die Häuser sind unansehnlich: aus Backsteinen zu zwei, wohl auch drei Stockwerken aufgebaut und weiß gestrichen, aber das Weiße ist getrübt. Es riecht nach Urin; erstaunlich viele Gelegenheiten zum Hinstehn – mit Blechschilden, die aussehen wie Ofenschirme; aber die Männer machen sich nicht erst die Mühe, diese Stellen aufzusuchen. Die wenigen Leute, die durch diesen Sonntagabend laufen, kommen in klappernden Holzschuhen. Aus einem Estaminet spektakelt ein Orchestrion; es ist, als wird mit der Musik Holz gehackt. Dann und wann klopft ein Mädchen mit dem Ring an ein Fenster: fett, träg, nur in dem kurzen Klopfen jählings wach; es ist wie in Amsterdam, und man fühlt die Einheit des niederländischen Wesens. Mit einemmal steht eine alte Kirche da: fest eingebaut in das Gehäufe der Häuschen und Häuser, absurdes Barock, wie man es noch nicht gesehen hat, seltsam winklig, mit wunderlichem Dach und Turm. Und noch einmal meldet eine Barockfassade eine Kirche an – aber die Aufschrift »Boucherie« auf dem gelben Sandstein verrät, daß sich in ihr ein Metzger seine Stätte eingerichtet hat. Es ist Sonntag, und der Fleischerladen ist geschlossen. Nur einige wenige Läden haben, die in so vielen Beziehungen unbedenkliche und kennzeichnende Liberalität dieser Stadt ausnutzend, offengehalten: kleine Läden für arme Leute, Läden mit kümmerlichem Licht. In einem brennt eine Azetylenlampe... Aber auch dies Wenige geschieht wie im Leeren, wie im Nichtseienden; kein Friedhof könnte toter sein. Die Traurigkeit steigert sich zur verzweifelten Öde: da stehn die Markthallen, schwarzgrau, mit Eisen und Blech und dunklen Scheiben, die wie Sümpfe blinken. Die alten weißen flämischen Häuser umher stehn aus dem Mittelalter in diese technisch-sonntägliche Abendöde herein. Die Katharinenkirche vergeht in der werdenden Nacht; nur daß Reste von Schnee da und dort ihr Dach kenntlich machen. Nahebei eröffnet eine Bar, was man mit dem schrecklichsten Worte des Zeitalters den »Betrieb« nennt: das rote Licht über dem Eingang wird angedreht.

Ist es ein schreckliches Brüssel – dies Brüssel der Unterstadt? Es mag sich so lesen. Aber ich bekenne, daß ich dies Brüssel der Unterstadt, zumal der abseitigen, liebe. Oder wenn es nicht Liebe ist, so ist es ein magisches Angezogensein. Ich kann die Abende, an denen ich die Unterstadt um solcher Augenblicke willen einsam und ziellos durchstreift habe, längst nicht mehr zählen. Ich habe immer das Schreckliche gefühlt, und meine Traurigkeit ist von Mal zu Mal größer geworden – aber es ist eine jener Traurigkeiten, in denen das Leben sich findet, während es sich zu verlieren glaubt; es ist eine jener Traurigkeiten, die unwiderleglich sind wie das Gute und das Schöne; es ist eine jener Traurigkeiten, in denen, so unmöglich es klingen mag, das menschliche Leben sich nicht minder erfüllt als im Heiteren und Beglükkenden. Es ist eine Traurigkeit, die sich wie Dünger auf die Seele legt; in solchen Stunden, die ohne Anfang, ohne Mitte und ohne Ende sind, keimt die schwermütige und fruchtbare Grenzenlosigkeit des menschlichen Daseins; da bereiten sich die Tiefen des Gefühls vor; da gedeihen die Ahnungen; da wuchern die Ideen. Da wissen wir nicht, was wir in uns tragen, wie viel oder wie wenig wir wiegen; da ist uns alles gleich – und doch geschehen, wo die von Galoschen schweren Füße den nassen Schnee durchwaten und ein Labyrinth der Trostlosigkeit durchirren, jenes Labyrinth, in dem, merkwürdig genug, der innerste Punkt die weiteste Unendlichkeit ist, ich sage: doch geschehen da vielleicht die ersten Schritte in der Richtung auf Entscheidungen, die das wartende, mit sich und dem Geschick verschworene Leben uns auferlegen wird.

Darum ist diese Unterstadt nicht häßlich, wie man meinen könnte, sondern wunderschön. Sie streift an das Unmeßbare; sie besitzt das Geheimnis. Sie ist über dem Begriff, sie, die Unterstadt mit aller Fäulnis ihres armen Lebens, das nach Gas, Kohl und den Abfällen des Menschen riecht.

Man geht durch die Stadt. Man liest die Straßennamen, und man findet sie doppelt: einmal französisch, darunter flämisch. Rue de la Loi – Wetstraat. Rue de la Bonté – Goedheidstraat. Rue Hydraulique – Waterwerktuigstraat. Die Komik der Straßennamen, die zum Teil aus dem Begrifflichen gewonnen sind, macht lächeln; sie ist dem Deutschen unfaßlich. Die Doppelheit der Namen stimmt zu Zweifeln an der Einheit dieser Stadt, und in der Tat: man kann wahrlich nicht behaupten, daß diese Einheit etwas Unbedingtes wäre. Zu stark scheint zuweilen, mit schlichter Statik wie in Amsterdam, mit rotem Bachstein wie in Haarlem, das Niederländische hervor, unmittelbar, mitten im Belgischen. Brüssel ist zusammengesetzt; Brüssel enthält Gegensätze, und der Kontrast zwischen dem Oben und dem Unten, zwischen dem Flämischen und dem Wallonisch-Französischen greift der Stadt sicherlich ebensosehr an die Lebensmitte, wie er sie vermehrt. Dennoch ist Brüssel ein rundes Phänomen; hier ist ein Zirkel quadriert; hier ist eine

Dialektik gelungen. Es gibt Brüssel, wie es Rubens gibt: der Vergleich besagt genug und viel. Jenseits ist das Flämische und diesseits das Wallonische; der Konflikt wird wohl einen großen Teil der belgischen Zukunft bestimmen. Aber damit kann nicht geleugnet werden, daß Brüssel als eine trotz allem Widerspruchsvollen geglückte Mischung aus der Geschichte bis an die Schwelle dieses Augenblicks gedauert hat – und noch dauert.

CHRISTINE HUBER

(* 1963)

1
brüssel ist wie

rom auf sieben hügeln
ist es eine stadt in jedem fall
auf hügeln, die, im schimmer regen,
unmöglich die aussicht geben

das leitmotiv vom auf und ab
verschoben weg, nicht stiegen
oder inszenierung, nichtmal
serpentine oder plattform

schräg ausgeschnitten quer
geschoben sind fahrbahn
wege, häuserzeilen kaum

die stellen als höhen
unterscheidung sichtbar
scheinen wie dagegen
die sichtweisen verwandt

2
brüssel ist wie

ein blickwinkeln in erinnerungen
beständiges wie das z.b, daß weißgetünchte
gemäuer die schlechtere qualität der steine
verdeckt, unechte ziegel im ziegelbau
die weniger reiche variation vom
niederländischen als französisch scheint

zweisprachigkeit ein problem der technik von
autobussen, die ihre ziele beständig wechseln
midi, zuis, süd, centraal ist alles ein
durchsagen selbst ein kündigen,
was ein regenschirm kostet,
oder die benutzung der toilette
in nur einer währung,
noch

3
brüssel ist wie

stille in den u-bahnstationen
wie ein benehmen verhalten
fällt unruhe als fremde auf
und dämpft eine lachsalve
die bewegung

in seitengassen hinein
alt, sehr alt, gar nicht so alt
verfallen, verbaut, renoviert
vergessen überhübscht, verwaltet

beim niedersetzen im gegenüber
von kellnern die die ruhe treiben
statt einem übermitteln von bierkarten
die vorsicht als höflichkeit nehmen
oder lieber die höflichkeit als vorsicht

4
brüssel ist wie

ein umgeben der wichtigen orte
durch um-zugeben mit gazen und schleiern
asbest im zentrum der zentren bedeutet
ein ausgelager umliegender gebäude
sind was ein zentrum sein könnte
die stadt europa an der schnittmenge
von wie

5
brüssel ist wie

die zuginformation als zug ins feilschen
mit zuständigkeiten um auskünfte
die binnenlandschalter ist nicht die zuginformation
denn dort ist die fahrkartenausgabe
neben der auslandsrouteninformation
die wiederum ist nicht die auskunftsstelle
für innerländisch zugverbindungen
auch wenn sie bis ins nachbarland

führen, was was aber nicht gefragt ist
sondern der südosten des landes und nur,
scheinbar nur diese eine kleine frage
ob so ein zug vom haupt- oder vom
süd- oder doch von beiden bahnhöfen
sowieso oder überhaupt fährt

6
brüssel ist wie

in den niederlanden
wo gezellig lautstark heißt
und wie in frankreich
wo doucement gelassen ist

ist das vergleichen
– sieht aus wie
hört sich an wie
riecht wie –
unausweichlich
ein augen-, ohren- oder nasenprodukt
abgedämpft

7
brüssel ist wie

der rest von ländern, die wie brüssel
ist das bürokratische das warten, ist
eine eu langsam weil brüssel langsam ist
oder die brüsseler verhalten sind

8

ist brüssel wie
eine niederländische Stadt
eine französische stadt,
wie e.u.r ist
ein glaspalastpalast
wie warschau ist
oder
wie im fernsehen
brüssel ist
ist brüssel wie
es zu sehen ist
wenn da brüsseler sind
die wie brüsseler sind –
wenn brüssel ist
wie brüssel ist
eben

ADRIENNE GÜNTHER

(* 1952)

Park of Bruxelles

Blätter tombées par terre im nieselregen dégagent
une odeur of novembre. Ein pie
repare son nest. A pigeon trinkt water from a flaque,
an autre macht gurrende
avancen to a femelle. Clocks sonnent midi.

On the wegen around la fontaine laufen eilige
businessmen à grands pas through
the park their aktenmappen under den arm. Dans un
pavillon on the hill a groupe
of boy scouts nüt naked knien et warm anoraks nimmt
orders from their chef.

Mythische personnages aus pierre mit schuppenbody
und white füßen stehen upright
dans les eight ecken around the bassin. A grüne
figurine en kupfer oxidé gießt
water from a krug in a shell dans her right hand. Jogger
drehen ihre rounds
crossing die ways. Ein dog wanders umher.

TOM LANOYE

(* 1958)

Das Zentrum für Absurditätsbekämpfung

Antwerpen erzittert jetzt schon seit Wochen in seinen Grundfesten, weil man – sechs Monate vor den Gemeinderatswahlen – noch immer keinen blassen Schimmer hat, wer in einem halben Jahr Bürgermeister sein wird. Brüssel seinerseits geht die Sache großzügiger an. Hier weiß man momentan nicht einmal mehr, wer gerade Bürgermeister ist, geschweige denn, daß man sich drum schert, wer es nach den kommenden Wahlen werden könnte.

Überlegt man aber, weswegen sich die Belgier oft in die Hosen machen, ist unsere Hauptstadt nicht zufällig der Standort von Manneken Pis. Aber sie genießt auch jede Menge internationales Ansehen. Sie ist der Schoß des Europäischen Parlaments, das Becken der NATO und der Arsch der SHAPE (*Supreme Headquarters of the Allied Powers in Europe*). Auf der ganzen Welt ist sie als »Das Labyrinth der Betontunnels« bekannt, das, sieht man von New York und Genf ab, weltweit die meisten Botschaften und Handelssitze zählt. Brüssel ist bei weitem bekannter als der Zwergstaat, dessen zweifelhafte Krone es darstellt. Was auch immer sich rund um die berühmteste Brüsseler Straße (De Welriekende Dreef) tut, es findet seinen Weg schneller zu CNN und Studio Tokyo als etwa die Schweinepest in Wingene oder die Ausbeutung von Sikhs in Sint-Truiden.

Es ist daher auch nicht unwahrscheinlich, daß Sie schon demnächst etlichen Millionen Ausländern in die Arme laufen, die Ihnen allesamt die selbe Frage stellen werden: »*I say! About the mayor of that capital of yours … I've seen it on tv. Can you explain what's going on? To me it looks more complicated than the war in Boznia-Hercegovina.*«

Als höflicher Belgier sagen Sie selbstverständlich nicht, was Sie sich gerade denken: »*You silly cow, it* is *more complicated than the war in Boznia-Hercegovina.*« Stattdessen versuchen Sie, mit Händen und Füßen zu erklären, wie der Hase läuft, womit Sie nur zweierlei erreichen: a) binnen einer einzigen Minute bestätigen Sie sämtliche Klischees übers Belgierland; b) nach zwei Minuten bedauert Ihr Gesprächspartner, Ihnen jemals eine Frage gestellt zu haben.

Ich werd's Ihnen beweisen. Passen Sie mal auf.

Es begann alles mit einem einzigen Mann: Michel »Man-wird-doch-noch-Spaß-machen-dürfen« Demaret. Angesichts des Schlamassels, den sein Rücktritt verursachte, können wir gar nicht anders, als ihn als den perfekten Bürgermeister für unsere Hauptstadt zu bezeichnen. Ein ewig gutgelaunter, schiefmäuliger Ex-Rausschmeißer eines Nachtclubs, mit mehr Vorzugsstimmen als Manieren, mit der Physis einer Seekuh und der Gutmütgkeit eines gewöhnlichen Rindviehs. Er war und ist bei den letzten paar tausend bodenständigen Brüsselern, den *Marolliens*, populär, obwohl er gleichzeitig auch der Strohmann von Ex-Premier Paul vanden Boeynants (VdB) ist, der – gemeinsam mit seinen Freunden Den Betonbaronen – schon seit Jahren dafür sorgt, daß immer weniger *Marolliens* in ihrer einst geliebten und jetzt verstümmelten Stadt überleben können.

VdB, der fröhliche Greis, der außer Ex-Premier auch Ex-Verteidigungsminister, Ex-Fleischwarengigant und Ex-Fleischesser ist, wollte bei den nächsten Wahlen einen letzten Versuch starten, sich seinen Lebenstraum zu erfüllen. Sich nach der Erringung sämtlicher Macht in Brüssel und Umgebung auch noch das Symbol der Macht selbst unter den Nagel zu reißen. Einen dreifärbigen Stoffstreifen, von Demarets Korpulenz dermaßen ausgedehnt, daß gut und gern drei Bürgemeister gleichzeitig reinpassen – was ja nach Demarets Rücktritt auch tatsächlich der Fall sein sollte.

Aber wir wollen den Ereignissen nicht vorgreifen. Wir sprachen gerade von VdB. Wirklich alles, was sich ihm auf seinem Weg zur Trikoloreschärpe in ebendiesen stellen hätte können, hatte er bereits abzuwenden gewußt. Die ach so bösen Gerüchte, die ihn mit Drogenhandel mit tiefgefrorenem Fleisch, der Bande von Nivelles, Pornopartys und sogar einem richtigen Staatsstreich in Verbindung brachten. Die Vorwürfe gigantischer Steuerhinterziehung, Urkundenfälschung und der Gründung von Tarnfirmen. Die gerichtliche Verurteilung zu drei Jahren Gefängnisstrafe und die Bezahlung einer saftigen Geldbuße. Die Entführung, von der nicht alle so recht glauben wollten, daß es eine Entfürung war. VdB überlebte es alles; und das beste daran: er wußte es sogar zu seinem Vorteil zu nutzen. Er war sogar einer der Ersten – wenn nicht überhaupt der Erste – der sich auf ein noch druckfrisches Gesetz berief, das ihm im Jahre 1992 zu gerichtlicher Rehabilitierung *und* einem blütenweißen Strafregister verhalf, das er brauchte, um für das Bürgermeisteramt kandidieren zu können. Der Weg zur Schärpe lag offen vor ihm wie die Zielgerade bei einem Radrennen. Und ausgerechnet in diesem Augenblick begann die Marionette, sich als Akteur aufzuspielen, nahm der Kasperl selbst die Fäden in die Hand: Michel Demaret gab bekannt, daß er Ambitionen hätte, sein eigener Nachfolger zu werden. Seine Tage waren praktisch schon so gut wie gezählt. Oder in der Spache der Mafia ausgedrückt: Genausogut hätte er sich selbst einen abgehackten Pferdekopf ins Bett legen können.

Der Kamikazelogik treu bleibend, lockte sich Demaret dann auch selbst in den fatalen Hinterhalt. Er gab ein Interview, in dem er, selbst belgischer Politiker und

Teil der Exekutivgewalt, nicht nur die gesamte belgische Politik und Gerichtsbarkeit aufs Korn nahm, sondern, als Christdemokrat, auch den Papst nicht ungeschoren davonkommen ließ. Die beiden erstgenannten Angelegenheiten waren uninteressant. Aber der Eilige Vater, das war's. »Der gute Mann«, sagte Demaret, »weiß nicht einmal, wie man ein Kondom verwendet. Der rollt sich das eher über den Finger als über sein Ding ...« Kurze Zeit später war Demaret nicht mehr Bürgermeister.

Man fragt sich, warum. Der Auffassung des Papstes nach zu schließen, kann man ja wirklich davon ausgehen, daß der Papst im richtigen Umgang mit Kondomen nicht vertraut ist. Angesichts seines Keuschheitsgelübdes würde er sogar einigen Argwohn wecken, wenn er es doch wäre.

Solche Argumente stießen auf taube Ohren. Demaret mußte gehen. Plötzlich fiel es allen auf, daß der Erste Bürger Brüssels durchaus öfters aus der Rolle fiel, wenn er die Ersten Bürger der Welt zu empfangen hatte. So erinnerten sich aufgebrachte Kommentatoren plötzlich an den verstörten Blick Mitterands, als dieser im Gewühl auf dem Großen Markt von einem blendend aufgelegten Demaret erst einen jovialen Schulterklopfer abbekam und dann beim Arm gepackt wurde und sich vorbeugen mußte, damit ihm Michel den neuesten aber umso letztklassigeren Witz ins Ohr brüllen konnte – als ob Demaret damit nicht einen unserer beliebtesten volkstümlichen Bräuche gepflegt hätte.

Um das Ansehen des belgischen Staates zu retten, mußte Demaret einfach zurücktreten. Und so geschah es auch.

Aber dann wurde das Ansehen des belgischen Staates erst so richtig aufs Spiel gesetzt. Jener Mann, den man als unfähigen Tölpel gebrandmarkt hatte, schien nicht einmal ersetzt werden zu können. Plötzlich gab es gleich etliche Bürgermeister. Einen Französischsprachigen mit einem flämischen Namen (Thielemans) und einen flämischen mit einem französischen Namen (Lefère), wobei die Flamen schon bald herausfanden, daß es sich bei letzterem eigentlich doch um einen flämischen Namen handelte. Es gab einen Bürgermeister und seinen Stellvertreter plus einen potentiellen (mit – Gott behüte – einem italienischen Namen). Und im Hintergrund mischte inzwischen der wahre Bürgermeister weiter mit: VdB.

Der eine gab eine Pressekonferenz, während der andere hinterher den Journalisten am Gang das genaue Gegenteil erzählte. Die Französischsprachigen wetterten, daß ein Flame nicht Bürgermeister von Brüssel werden könne. Von den Flamen kam prompt eine Welle der Entrüstung. Der Zwart Blok appellierte sogar an jene Institution, deren Gründung er vor gar nicht allzulanger Zeit noch zu überstimmen versucht hatte. Das Zentrum für Chancengleichheit und Rassismusbekämpfung. Seitens des Zentrums teilte man mit, daß man der Beschwerde des Blok ernsthaft nachgehen werde, und fügte hinzu, daß sich das durchaus zu seinem ersten großen Fall auswachsen könnte.

Das lasse ich mir nicht länger bieten. Meine Einmanngewerkschaft und ich ziehen gewerkschaftliche Maßnahmen in Erwägung. Einen wilden Streik. Denn wir betrachten diese ganze Entwicklung als eine niederträchtige Form des Mundraubs und als Bedrohung unserer Existenz. *Ich* bin es, der für Satire zuständig ist, nicht die handelnden Personen meiner Stücke.

Was habe ich denn für eine Zukunft, wenn die plötzlich die Kolumnen Fäden selbst in die Hand nehmen und sich so mehr über mich lustig machen, als ich mich über sie? Wozu soll ich mich noch groß ins Zeug legen, wenn auf der anderen Seite ein Bürgermeister schon deshalb abgesetzt werden kann, weil er die Sprache jener kleinen Leute spricht, die ihn gewählt haben? Wenn er abgesetzt wird, weil er in der Öffentlichkeit jene Witze reißt, die jeder reißt, sobald er oder sie am Tresen steht. Wenn das Herz Europas bald mehr Bürgermeister hat als das Atomium Kugeln? Wenn der Zwart Blok an das Zentrum für Chancengleichheit ... appellieren kann, wohingegen die Propaganda ebendieser Partei, die ich beinahe wöchentlich in meinen Briefkasten gestopft bekomme, noch nie auch nur zu der geringsten Verurteilung geführt hat?

Wenn die Konjunktur so schlecht steht, weiß ich, was ich zu tun habe. Dann streiche ich die Segel.

Ich könnte natürlich noch eine ganze Weile hierbleiben. Zum Beispiel, bis der Papst vorbeischaut, wie er vor kurzem versprochen hat, ohne daß wir ihn je darum gebeten hätten. Ich könnte sogar darauf hoffen, daß während seines Besuchs in Gent – wie geplant – eine Fragestunde organisiert wird, und daß da – über einige gefinkelte Umwege – dem *Heiligen Vater* die Frage gestellt wird, ob – jetzt nur als Beispiel – eine Frau das Priesteramt und in weiterer Folge jenes des Papstes ausüben darf. Und sollte seine Antwort »Nein« lauten, könnte ich mich sowohl an Direktor Johan Leman vom Zentrum für Chancengleichheit ... als auch an den Zwart Blok wenden und beantragen, man möge diesen unerwünschten und vergreisten Ausländer mit einem Frachtflugzeug außer Landes schaffen.

Aber im Ernst, ich kann nicht mehr. Ich gehe am Zahnfleisch. Die politisch-existentiellen Spannungen in diesem Land sind mir zu schwerwiegend, zu problematisch. Ich habe ein Bedürfnis nach Belanglosigkeit, nach Leichtigkeit. Ich wandere nach Südafrika aus. Sollte sich dort irgendwann mal was Wesentliches tun, in den kommenden Wochen zum Beispiel, werde ich es nicht verabsäumen, sie auf dem Laufenden zu halten.

Es tut mir leid, echt.

Der Papst bricht sich die Hüfte und kommt nicht.

Vanden Boeynants und Demaret versöhnen sich und kandidieren auf einer zweisprachigen Liste, der eine als Spitzenkandidat, der andere als Schlußlicht. CVP und VLD kandidieren gemeinsam

Nachbemerkung

Ein Buch über Brüssel muß heute geradezu ein Europäisches werden. Wie sollte man sich sonst der Hauptstadt der Europäischen Union adäquat nähern? Nicht, dass es für diese Frage eine Patentantwort gäbe, aber doch sei mit diesem Sammelband immerhin der Versuch einer Charakterisierung gemacht.

Wir möchten dann auch anhand von Romanfragmenten, Erzählungen, Tagebucheinträgen, Gedichten und Essays ein literarisches Bild eines vergangenen und allgegenwärtigen Brüssel (re)konstruieren. Das geschieht mit Hilfe zahlreicher Erstübersetzungen von zum Teil sehr bekannten AutorInnen wie Andersen, Auden, Brontë, Dürer, Engels, Hugo, Marx, Rimbaud, Verlaine und Yourcenar und unter Verwendung von Erstveröffentlichungen zweier Gedichte von österreichischen Autorinnen, Christine Huber und Adrienne Günther.

Der Schwerpunkt wurde auf niederländisch/flämische Texte aus dem 20. Jahrhundert gelegt, da gerade dieser Perspektive unserer Meinung nach bisher in den Betrachtungen zu Brüssel zuwenig Aufmerksamkeit geschenkt wurde. Diese Literatur stellt dann aber auch nur eine bestimmte Innensicht dar und selbstverständlich sind auch zahlreiche Texte vorhanden, die eine andere Sichtweise, die von Außenstehenden, wiedergeben. Die Auswahl aus acht verschiedenen Sprachen und elf Ländern repräsentiert somit einen literarischen Querschnitt der europäischen Wahrnehmungen zu Brüssel, der, keineswegs auch nur annähernd vollständig, ein differenziertes Bild zeichnen soll.

Im flämischen Teil Belgiens, sprachlich mit dem nördlichen Nachbarn, den Niederlanden, verwandt, versuchte die flämisch-nationalistische Bewegung, die »Vlaamse Beweging«, ja schon seit Beginn der Gründung des Pufferstaates Belgien 1830 die Unabhängigkeit zu erreichen. Jahrhunderte war man unter der Herrschaft der Habsburger gestanden und hatte die katholische Kirche ihren Einfluß geltend gemacht. Frei wollte und will man von der sprachlich-kulturellen Hegemonie das französisch sprechenden Südens, von Wallonien, sein. So war im 19. Jahrhundert Französisch lange Zeit die einzige Amtssprache (1898 wurde Niederländisch offiziell zweite Amtssprache) und war Wallonien vor allem mit der beginnenden Industrialisierung wirtschaftlich stärker geworden als der agrarisch ausgerichtete Norden des Landes. Ein Verhältnis, das sich vor allem nach dem Zweiten Weltkrieg zugunsten der Flamen umkehrte, die den Forderungen nach Föderalisierung und weitgehender Autonomie nun stärkeren Nachdruck verleihen und diese auch großteils durchsetzen konnten.

Brüssel ist heute die einzige bilinguale Region Belgiens mit zweisprachigen Straßenschildern als sichtbarstes Zeichen der vorgeschriebenen Pluralität. Allerdings sprechen heute unter anderem aufgrund der Zuwanderung aus Afrika rund 90% der EinwohnerInnen Französisch als Muttersprache. Um so paradoxer, da Brüssel doch geographisch vollkommen von flämischen Gemeinden umgeben ist. Für manchen Frankophonen ist das »Petit Paris«, das kleine Paris, Symbol des Sieges über Flandern und genau deshalb der flämischen Gemeinde ein Dorn im Auge. Denn sie betrachtet Brüssel nach wie vor als Hauptstadt Flanderns und man will sich auch so schnell von dieser Vorstellung nicht lösen. Dies hat sicher auch mit einem neuen Selbstbewußtsein flämischer AutorInnen zu tun, die ihre Muttersprache selbstverständlicher verwenden. Und dabei das Französische als quasi »angeborene« Zweitsprache übernehmen.

Um den Sprachkonflikt zwischen Flamen und Wallonen geht es auch in einigen in dieser Anthologie aufgenommen Texten. Vor allem von flämisch/niederländischer Seite wird auf den Umstand der selbstverständlichen Dominanz des Französischen hingewiesen (Van Istendael). Und andere AutorInnen, wie etwa die Österreicherin Günther, machen die Brüsselonische Sprachverwirrung zum Thema ihrer Lyrik und Prosa. Ob die Übersetzer Europas in der flüchtigen Melange der Kulturen für mehr Deutlichkeit sorgen können?

Nicht nur das Zusammenleben verschiedener Sprachgemeinschaften steht in Brüssel auf dem Prüfstand, sondern das ganze Konzept Belgien und letztlich auch jenes Europas. Dabei ist das Brüssel von heute gleich in mehrfacher Hinsicht Hauptstadt: die Flanderns, Belgiens und der EU. Also ist die Großstadt quasi eine europäische Hauptstadt und als solche Zentrum der Korruption, des Zentralismus, der EU Bürokratie und der »Festung Europa«. In einigen Texten werden gerade diese Mißstände mit kritischer Ironie beleuchtet. (Lanoye)

Nichtsdestotrotz bleibt der Nabel der EU, das europäische »Zentrum« freilich geographisch gar sehr dezentral gelegen. Dieser und eine Reihe von anderen Gründen machen es für viele unverständlich, was denn gerade diesen Ort so begehrenswert machen soll. Es kommt nicht von ungefähr, dass die Stadt in vielen Texten mit »Schmutz« und »Abfall« im weitesten Sinne assoziiert wird. Denn scheinbar enttäuscht der Charme des Baustellenflairs die hochgesteckten Erwartungen der BesucherInnen. Brüssels zweifellos prächtige Architektur, seine Cafés, seine Autobahnen üben Faszination aus und schrecken ab: »Stadt der neueren Zeiten: Eklektizismus, Art nouveau, Zwischenkriegszeit oder die sympathische Häßlichkeit der sechziger Jahre.« (Peeters)

Nicht wenige AutorInnen schreiben gerade über diese Haßliebe, ihre ambivalenten Beziehungen zu der Stadt, die im Dreck zu ersticken droht - wörtlich und sinnbildlich.

Die Wahrnehmung des Schmutzes wird zur dominierenden Beobachtung und in allen möglichen Facetten beschrieben. So kommen Anspielungen auf Abfall, Verbrechen, Korruption, Mafia (Lanoye, Galczyñski), üble Gerüche des Flusses Zenne (»stinkend, deshalb überdacht«), Schmutz, »schmale und dreckige« Häuser (Kaden), dunkle Wohnungen und unangenehme Gerüche (De Kuyper), Krankheiten, Diebstahl und menschliche »Gebrechen« (Boon), Galgen (Galczyñski) usw. vor. So ziemlich alle nur erdenklich dunklen Seiten einer urbanen Gesellschaft lassen sich hier finden. Und doch heißt es letztlich: »Dies ist die schönste Stadt des häßlichsten Landes der Welt.« (Peeters)

Auf dieser literarischen Reise durch Brüssel passiert man mehrere Orte städtischen Lebens. In der fiktiven

Welt wird das reale Vorbild der Großstadt zum Reiseort, touristischem Ort, Zufluchtsort und Sehnsuchtsort. Als Reiseort ist die Stadt häufig Ziel flüchtiger Besucher, die eben auf der Durchreise einen Zwischenstop eingelegt haben. Die »Stadt der einen Nacht« (Peeters), wo niemand lange bleibt, durchfährt, in Bewegung bleibt und sie auf diese Art - und nur so? – erfahren kann. Der Nordbahnhof wird oft beschrieben, wie überhaupt Bahnhöfe die Möglichkeit zum Verlassen der Stadt bieten. Sie sind Symbol für den Übergang und die Reise. Für so manchen wird der Reiseort schließlich zum Aufenthaltsort und so verändert sich auch die Wahrnehmung des/der nunmehrigen BewohnerIn. So mancher Flüchtling wählte Brüssel zu seinem/ihrem Exil. Die Geburtsstätte des Kommunismus liegt eigentlich in dieser Stadt, wo Marx sein Manifest und Victor Hugo »L'homme qui rit« geschrieben und Rimbaud, Verlaine und Baudelaire Zuflucht gesucht haben.

Beinahe kein Text kommt ohne den offenbar unvermeidlichen Platz aus, den »Großen Markt«, der touristische Ort par excellence. Er symbolisiert den Anspruch auf das Große, und nennt gleichzeitig seine Kleinheit beim Namen, den Markt. Und wer kennt ihn nicht, den Manneken Pis? Und wer war nicht über die fehlende Größe der wasserlassenden Knabenfigur überrascht?

Der »Grote Markt«, der »Grand Place« und Manneken Pis funktionieren in den Texten als Erkennungszeichen für den/die LeserIn, aber gleichzeitig auch als unbewußtes Charakteristikum einer Stadt, die sich gegen das Provinzielle verzweifelt wehrt. Die freundlich gemeinte Charakterisierung Brüssels als »Petit Paris« (Peeters) kann die ursprüngliche Beschaffenheit der aus der Sicht einer »Pariserin« »unbedeutenden Hauptstadt« nicht leugnen: Brüssel ist eine »Stadt voller Dörfer«. Sie hat alle Illusionen verloren, denn sie ist eine »Stadt, die an nichts glaubt«.

Neben dem touristischen Leben existiert natürlich der Alltag. Kindheitserinnerungen an große Boulevards, Straßen und Wohnungen (De Kuyper) formen einen Teil des urbanen Ortes, zu dem auch der kulinarische Ort gehört. Hier steht dann der Genuß im Vordergrund, wobei das legendäre belgische Bier genauso wenig fehlen darf, wie das »Eis aus Kartoffelmehl«, das »kaum schmolz«. Und wenn dann ein Café noch »Ozean« heißt, ist es zur Sehnsucht nicht mehr weit (Kaden). Und um jene geht es gewissermaßen auch in den Liebeserklärungen. Jean-Périer Odilon sieht Brüssel als seine Geliebte, und das nicht ohne Ironie, wenn er meint: »Ich liebe dich, Stadt, Domäne des Regens«. Auch in den Gedichten von Galczyñski wird der Sehnsuchtsort poetisch umworben. Mertens nennt Brüssel »eine wunderbare Stadt, in der man den Verstand verliert!« und spricht gleichzeitig von der »Illusion«, die da Brüssel heißt.

Nicht zuletzt spielt in den Texten Mystik eine gewisse Rolle. Die Stadt ist ständig im Fluß und in ihr verschmelzen Dinge miteinander. Die vielen Baustellen können auch als Zeichen der ständigen Veränderung, des nicht Faßbaren gelesen werden. Andererseits sind sie die Wunden der Stadt, die ihre Häßlichkeit betonen. Dazu der polnische Autor Kaden: »Im grauen Abendlicht verschmolzen die kleinen, graziösen Dächer zu einer langen, steifen, leblosen Welle«. Selbst die Bürokratie bringt Bewegung zustande, denn dort »wuchert die Administration«. Auch »wuchern« ist Ausdruck von Fließen und Dynamik.

Nicht zufällig wird bei Peeters über Brüssel folgender Ausspruch getätigt: »Das Leben ist eine fließende Linie.« Er ist es auch, der Autobahnen in der »Transitstadt« »verschmelzen« läßt und sie so als eine unübersichtliche Stadt erfährt, als einen »zierlichen Urwald«, als einen »Dschungel, eine besetzte Stadt.« (Peeters)

Brüssel, internationaler Brennpunkt der Kulturen und Heimat dörflicher Strukturen, das unbegreifliche Etwas? Wir hoffen, es Ihnen etwas näher gebracht zu haben – wo immer dieses »näher« auch liegen mag …

Thomas Mayer, Florian Körner, Leopold Decloedt
Die Herausgeber

QUELLENVERZEICHNIS

Hans Christian Andersen (1805–1875) *Tagebuch* Aus: Tagebücher. Aus dem Dänischen von Susanne Fischer. G.E.C. Gadsforlag, Kopenhagen 1973, S. 316–319.

Wystan Hugh Auden (1907–1973) *Brüssel im Winter* Aus: W.H. Auden Collected Poems. Aus dem Englischen von Florian Körner. (c) Faber and Faber, London 1976, S. 146. *Musée des Beaux Arts* Aus: W.H. Auden: Gedichte. Poems. Aus dem Englischen von Astrid Claes und E. Lohner. (c) Europaverlag, Wien 1973, S. 12–13.

Benno Barnard (geb. 1954) *Brüssel bei Mondlicht* Aus: Uitgesteld paradijs. Aus dem Niederländischen von Florian Körner. (c) De Arbeiderspers, Amsterdam 1987, S. 53–64.

Maurice Béjart (geb. 1927) *Im La Mort Subite* Aus: Journal intime. Aus dem Französischen von Julika Betz. (c) Séguier, Paris 1991.

Louis Paul Boon (1912–1979) *Brüssel, ein Dschungel* Aus: Reservaatjes, Boontjes verzamelde reservaten. Aus dem Niederländischen von Markus Jung. (c) De Arbeiderspers, Amsterdam 1965, S. 160–181.

Jacques Brel (1929–1989) *Brüssel* Aus: Tout Brel. Aus dem Französischen von Andrea Ugrin. (c) Robert Laffont, Paris 1982, 1986, S. 257–258.

Charlotte Brontë (1816–1854) *Ankunft in Brüssel* Aus: The Professor. Aus dem Englischen von Florian Körner. (c) John Grant, Edinburgh 1907, S. 72–81. (Erschien zuerst 1857 in Leipzig)

Philippe Cailliau (1954) *Durch Brüssel. Ein Streifzug* Aus: Kreatief. Literair en kunstkritisch tijdschrift, Nr. 1. Aus dem Niederländischen von Katja Luef und Isabella Wachtler. Wevelgem 1998, S. 78–85.

Alexandra David-Neél (1868–1969) *Brüssel ist beinahe meine Heimat* Aus: Sous des nuées d'orage. Récit de voyage. Aus dem Französischen von Isabella Wachtler. (c) Pocket, Paris 1993, S.15–16.

Bert Decorte (geb. 1915) *Brüssel.* Aus: Kruis of munt, 1975. Aus dem Niederländischen von Isabella Wachtler. Hier zitiert nach: Brussel. Poezie over een stad. (Zusammengestellt von Frank de Crits). Herausgeber: De Standaard Boekhandel, 1981, S. 9.

Rita Demeester (1946–1993) *Traumjäger* Aus: Nieuwe Vlaamse Verhalen. Aus dem Niederländischen von Isabella Wachtler. (c) De Arbeiderspers, Amsterdam/Antwerpen o.J., S. 59–62.

Albrecht Dürer (1471–1528) *Reise nach Mecheln und Brüssel* Aus: Schriften, Tagebücher, Briefe. (c) Hrsg. W. Kohlhammer: Stuttgart 1961, S. 47–49.

Willem Elsschot (1882–1960) *Das Wiedersehen* Aus: Verzamelde werken. Aus dem Niederländischen von Juliane Dünser. (c) Querido, Amsterdam 1976, S. 385–90.

Georg Forster (1754–1794) *Brüssel* Aus: Ansichten vom Niederrhein 1790. (c) Hrsg. Ulrich Schlemmer, Stuttgart/ Wien: Edition Erdmann, Thienemann (Alte abenteuerliche Reiseberichte) 1989, S. 224–231.

Konstanty Ildefons Gałczyński (1905–1953) *Sonntag in Brüssel* Aus: Siódme Niebo. Aus dem Polnischen von Agnieszka Nieszporek. (c) Czytelnik, Warschau 1970, S.172–173.

Konstanty Ildefons Gałczyński (1905–1953) *Café-Bar »Ozean«* Aus: Siódme Niebo. Aus dem Polnischen von Agnieszka Nieszporek. (c) Czytelnik, Warschau 1970, S. 192–194.

Adrienne Günther (geb. 1952) *Park of Bruxelles*, unveröffentlichtestes Gedicht 1997.

Wilhelm Hausenstein (1882–1957) *Brüssel* Aus: Europäische Hauptstädte. (c) Eugen Rentsch Verlag, Erlenbach/Zürich/ Leipzig 1932, S. 183–184, 190–196.

Stefan Hertmans (geb. 1951) *Intercity: Brüssel* Aus: Steden. Aus dem Niederländischen von Ulrike Vogl. (c) Meulenhoff, Amsterdam 1998, S. 89–95.

Christine Huber (geb. 1963) *Brüssel ist wie*, unveröffentlichtes Gedicht 1999.

Geert van Istendael (geb. 1947) *Tintin* Aus: Arm Brussel. Aus dem Niederländischen von Katja Luef. (c) Atlas, Amsterdam/ Antwerpen 1992, S. 216–220.

Geert van Istendael (geb. 1947) *Brüssel* Aus: Het Belgisch Labyrint. Wakker worden in een ander land. Aus dem Niederländischen von J. Christine Angerhofer. (c) De Arbeiderspers, Amsterdam/Antwerpen 1989 (1), 1993 (10), S. 126–43.

Juliusz Kaden (1885–1944) *In Brüssel* Aus: Proch. Aus dem Polnischen von Agnieszka Nieszporek. (c) Instytut Wydawniczy Biblioteka Polska, Warschau 1921, S.142–145 und 150–156.

Lajos Kassák (1887–1967) *Belgier und Flamen* Aus: Csavargások, 3.Bd. von Egy ember élete, Budapest: Magvetö Könyuvkiadó, 1976, (Dt. Übersetzung v. Friderike Schag: Als Vagabund unterwegs. Erinnerungen, Corvina Berlin: Verlag Volk und Welt (gem. mit: Corvina Kiadó), 1976, S. 155–163.

Eric de Kuyper (geb. 1942) *Die Brüsseler Wohnungen von Irma und Michel* Aus: Bruxelles, here I come!. Nieuwe taferelen uit de Antwerpse en Brusselse tijd. Aus dem Niederländischen von Thomas Mayer. (c) SUN, Nijmegen 1993, S. 14–17.

Tom Lanoye (geb. 1958) *Das Zentrum für Absurditätsbekämpfung* Aus: Maten en gewicht. Aus dem Niederländischen von Markus Jung. (c) Prometheus, Amsterdam 1994, S.155–160.

Karl Marx/Friedrich Engels (1818–1883,1820–1895), *Brüssel, 18. März 1948* Aus: Beschluß der Zentralbehörde des Bundes der Kommunisten,Werke, Aufzeichungen und Dokumente Band 4, S. 607, Dietz Verlag, Berlin/DDR 1972 Nach: Wermuth und Stieber,»Die Communisten-Verschwörungen des neunzehnten Jahrhunderts«, Erster Theil, Berlin 1853.

Friedrich Engels, Die Lage in Belgien Werke, Band 4, S. 541–542. Dietz Verlag, Berlin/DDR 1972. Nach der Handschrift. Alles nach: http://gutenberg.aol.de.

Pierre Mertens (geb. 1939) *Arzt und Poet* Aus: Les éblouissements. Aus dem Französischen von Andrea Ugrin. (c) Seuil, Paris 1987, S. 88–89, 148–149.

Paul Nougé (1895–1967) *Fragmente* Aus: Brüssel. Aus dem Französischen von Isabella Wachtler. (c) Labor, 1983, S. 125.

Koen Peeters (geb. 1959) *Portrait von Brüssel als Selbstportrait* Aus: Het is niet ernstig, mon amour. Aus dem Niederländischen von Juliane Dünser. (c) Meulenhoff, Amsterdam o.J., S. 134–137.

Odilon-Jean Périer (1901–1928) *Loblied auf Brüssel* Aus: Le Citadin. Aus dem Französischen von Julika Betz. (c) Orphée/La Différence 1989, S. 48–56.

Arthur Rimbaud (1854–1891) *Brüssel* Aus: Sämtliche Dichtungen. Französisch und Deutsch. Deutsche Übersetzung »Brüssel« von Walter Küchler. (c) Rowohlt Verlag, 1963 (Rowohlts Klassiker der Literatur und der Wissenschaft), Bd. 14, S. 136–138.

Willem M. Roggeman (geb. 1935) *Ode an Brüssel* Aus: Die Erfindung der Zärtlichkeit, ausgewählt und übersetzt von Heinz Schneeweiß. (c) ATE, Münster 1996, S.9.

Václav Šašek z Bířkova (um 1465) *Das Tagebuch des Herrn Lev* Aus: Denik o jízdě a putováni pana Lva z Rožmitálu z Blatné z čech až na konec světa. Aus dem Tschechischen von Katerina Penčikova. Praha 1951, S. 32–38.

Ernst Stadler (1883–1914), *Heimkehr.* Aus: http://gutenberg.aol.de/

Jos Vandeloo (geb. 1925) *E.U.I. Europäische Umweltinspektion* Aus: De vogelvrouw. Aus dem Niederländischen von Ines Gramsl. (c) Manteau/ Meulenhoff Antwerpen/ Amsterdam 1993, S.20–26.

J. J. Voskuil (geb. 1926) *Der Kongreß für Volkskultur* Aus: Het Bureau 1. Aus dem Niederländischen von Ines Gramsl. (c) Van Oorschot, Amsterdam 1996 (1), 1997 (7), S. 513–519.

Karel van de Woestijne (1878–1929) *Brüssel bei Tag* Aus: Verzameld journalistiek werk, 9de deel. Aus dem Niederländischen von Susanne Fischer. (c) Nieuwe Rotterdamsche Courant, Maart 1916–1919, Cultureel Documentatiecentrum Gent, 1992, S.319–325.

Marguerite Yourcenar (1903–1987) *Fernande in Brüssel* Aus: Souvenirs Pieux, Paris: Gallimard, 1974 (Dt.: Gedenkbilder. Eine Familiengeschichte, Frankfurt/main: Fischer, 1986, S. 265–66; dt. Erstausgabe: München/Wien: Carl Hanser Verlag, 1984).

Pressestimmen zu
EUROPA ERLESEN

Literatur ist in ihrer Anlage der Überwindung von Grenzen verpflichtet. Sie eröffnet imaginäre und reale Räume, bereitet einen neuen Blickwinkel vor. In der Literatur wird auch längst das überwunden, was die Menschem – beispielsweise im vergangenen Jahrzehnt in Südosteuropa – nicht vermocht haben: im ehemaligen Jugoslawien haben die Kriege das subtile Gefüge der Literatur zunächst zerstört. *Europa Erlesen* entlarvt geographische Versteifungen als Grenzen des Kopfes. Im Laufe der Jahrhunderte von Kriegen und Kämpfen hat sich das Denken in nationalen Kategorien mit Ballast überfrachtet, der hier von den Herausgebern einzelner Themen-, Städte- und Regionen-Bände gelassen abgeworfen wird. Diese Minimierung der Kopflast erlaubt es denn auch, eine von leisen Tönen gestimmte *recherche* anzugehen und sich von der inneren, poetischen Stimme leiten zu lassen.

Marica Bodrozic

Das alte Europa als unentdeckter Kontinent – dieses Paradox kann zumindest in einer Hinsicht Geltung für sich beanspruchen: Die literarische Landkarte des Abendlands weist gerade für den deutschsprachigen Leser noch viele weiße Flecken auf. Gerade in einer Zeit, die im Osten politische und im Westen ökonomische Grenzlinien zu Fetischen kultureller Identität macht, kommt der Aufmerksamkeit für Randregionen ein gesteigerter Wert zu: In der Schnittmenge von

Eigen- und Fremdbild entsteht das unverwechselbare Profil von Gegenden, die sich selbstbewußt in die Vielfalt Europas einpassen.

Neue Zürcher Zeitung

Eine Verführung zum Lesen sind die Bücher der Reihe Europa Erlesen des Wieser Verlags: erlesene Literatur, um sich die Besonderheiten der Regionen und Städte Europas zu erlesen. Eine Reise durch Europa, die bereits viele Stationen aufweist. Beginnen kann man gleich in Kärnten: Die Liste der Autoren ist lang, das literarische Paket umfangreich. Das Wort von Christine Lavant: »Kauf uns ein Körnchen Wirklichkeit! Wir könnten doch endlich auch Schwarzbrot essen statt eingezuckerte Engel« ist die Aufforderung, mehr von Literatur zu kosten: vom »Land des Durchzugs, der Ängste und des Stolzes, des Aufschreis und der Begeisterung«, das Land auch, das »in all den Jahrhunderten beengende Grenzen zu sprengen« bemüht war.

Kirchenzeitung

»Senza confini – Brez meja – Ohne Grenzen«, so nennt Verleger und Herausgeber Lojze Wieser einen Band seiner ebenso erfolgreichen wie verdienstvollen Reihe Europa Erlesen: eine ausgezeichnete Übung, uns zu be- und erlesenen Europäern zu machen, ein Nachhilfekurs in »Europäisch-Fühlen«. Das Olympiaprojekt »Senza confini« ist vorläufig gescheitert, Wieser dagegen hat längst alle Grenzen aufgehoben, wenn er uns mit Hilfe vieler Dichterstimmen auf literarischen Wegen durch dieses »Wortland« führt, durch den trotz mancher Gegensätze von so viel Gemeinsamem durchtränkten Raum Kärnten-Slowenien-Triest-Friaul. All diesen Landschaften sind auch Einzelbände gewidmet, in dieser Gesamtschau wird die Einheit in der Vielfalt jedoch noch viel greifbarer.

Kronen Zeitung

Laibach kennt eh jeder, vermeinen die Nachbarn im Norden – aber nein, die allerwenigsten nur kennen Laibach, die »Liebliche«. Der Band »Ljubljana« in der vorzüglichen Reihe Europa Erlesen sammelt Erfahrungen, welche Dichter mit der »Lieblichen« gemacht haben. Zu Worte kommt Fritz von Herzmanovsky-Orlando mit seiner eingetroffenen Prophezeiung eines »Reich der Tarocke« in den Grenzen des heutigen Sloweniens, mit welcher er Nostradamus an Präzision bei weitem aussticht, Johann Gottfried Seume berichtet von kulinarischen Wonnen: sogar die Franzosen wollten in Laibach »weiter nichts als essen«. Dichter aus Laibach und aus ganz Europa, lebende und tote, Valvasor und Anastasius Grün, Drago Jančar, Josip Vidmar, Edvard Kocbek huldigen der »Lieblichen«: Ein Pflichtbuch. Mitnehmen, hinfahren, träumen!

Kärntner Tageszeitung

Herzlichen Dank für das schöne Buch Europa Erlesen Dalmatien. Der Band und die Auswahl könnten nicht besser sein, in jeder Hinsicht gelungen. Ich bin zwar selbst kein Freund von Anthologien. Doch ist mir klar, daß eine »europäische« Literatur ohne solche Sammlungen noch schwerer entstehen würde. Ich bin froh, in dem Band vertreten zu sein.

Paul Parin

Die Fangemeinde kann die bemerkenswert handlichen Anthologien mit Texten berühmter Literaten und Lyriker so zielgerichtet konsultieren wie strenggläubige Christen den Katechismus.

Frankfurter Rundschau

Durch die Blicke von Außen und von Innen bieten diese kleinen Bände ein vielseitiges Porträt von Landschaften und Städten, sodaß allein schon die Lektüre zu einem buchstäblichen Reiseerlebnis wird.

Neue Zürcher Zeitung

Echte Kulturmenschen erkennt man in Zukunft daran, ob sie diese kleinen Büchlein eingesteckt haben.

ORF, Treffpunkt Kultur

Die Lücke des Wissens macht sich dei Reihe *Europa Erlesen* zu eigen und beweist einen spielerischen Umgang mit Sprache, Kultur und Tradition. Voltaires Satz »Europa kennen, Europa erkennen« hat als leitmotivische Stütze gedient und zum Namen der Reihe geführt. Wirkliche »Orte der Sehnsucht« sind das Ziel dieser literarischen Ambition.

Hessischer Rundfunk

Europa. Die alte Welt. Gemeinschaft der Völker. Ein Verleger zog aus, das christliche Abendland beim Wort zu nehmen (im späten Licht glüht der Okzident) und die römisch-katholische Welt mit der der Orthodoxen zu versöhnen und beide mit dem Reich der Muslime. Grenzen überwinden will er, Mauern einreißen, will das Zentrum mit den Rändern versöhnen, die reiche Dame Europa mit den Schmuddelkindern vom Hinterhof. Der Macht der Dummheit stellt er Bücher entgegen, entwaffnende Waffen. Stück für Stück wächst die Reihe, Stein um Stein: Wieser errichtet eine Wand aus Büchern in erdigen Farben, einen niedrigen Wall, um die Barbaren fernzuhalten von den heiligen Stätten der Kultur. Wegweiser durch unwegsames Gelände sind diese Breviere, handlichhandfeste Kompendien guten Geschmacks. Versammlung der Wortgewaltigen. Landkarten von Landschaften des Geistes, auf denen jeder Hohlweg, jeder Sommertag aus fremder Menschen Kinderzeit so verzeichnet ist, als wär's ein Teil der eigenen Kindheit.

Neues Deutschland

Eine ausgezeichnete Idee des Klagenfurter Verlegers Lojze Wieser bringt unter dem Leitwort Europa Erlesen neuartige und sehr gefällig gestaltete Landschafts- und Wanderbücher heraus, allerdings keine touristischen. Mit viel Sorgfalt und ruhigem Bedacht sind literarische Zeugnisse mehrsprachiger Herkünfte, unterschiedlicher Heimatgefühle, Erfahrungen und Blickpunkte nebeneinandergestellt.

Bücher Bord

Im Herbst 1996 startete der Klagenfurter Wieser Verlag die literarisch wie geographisch anspruchsvolle Reihe Europa Erlesen. In der Zeit von Globalisierung und Eurofizierung betonen diese Publikationen die Unterschiede zwischen den Regionen. Texte bekannter und weniger bekannter Dichter öffnen die Wunderkammern der kleinen Räume. Diese Büchlein halten ihr Versprechen: Aus den blinkenden Steinchen von Feuilletons, Gedichten, Landschaftsbetrachtungen und

Portraits entsteht als dichtes Mosaik ein Bild von Lebensweise und Kultur, wie es kein Reiseführer vermitteln kann. Handlich, mit Goldprägung und Lesebändchen, sind die kleinformatigen Büchlein wahre Kleinodien.

Die Zeit

Das Bild, das aus der Vielfalt der Textbeiträge entsteht ist sehr viel bunter als der beste Farbdruck vermitteln könnte. Die Sache ist sehr viel einwendiger angelegt, und das ist gut so, denn eine Reise, die auch den Kopf beschäftigt und nicht nur den Bleifuß am Gaspedal, eine solche Reise hat noch keinem geschadet.

Salzkammergut Zeitung

An Handlichkeit und schönem Design sind die kleinen literarischen Anthologien aus dem Wieser Verlag unübertroffen. Daß Istrien ebenso wie der Karst oder Mähren zu den weniger bekannten Regionen Europas zählen, ist ein weiterer Pluspunkt für die neue Reihe. Der Verlag hat es sich zum Ziel gesetzt, Europa auch und ganz besonders an seinen Rändern zu »erlesen«, politische Grenzen spielen in diesem Konzept keine Rolle, denn es geht nicht um das Europa der EU, sondern um den gesamten Kontinent – von Island bis zu den Karpaten.

Frankfurter Allgemeine Zeitung

Der Wieser Verlag in Klagenfurt ist auf die ebenso einfache wie einleuchtende Idee gekommen, den Europagedanken über die Grenzen der EU-Länder hinaus zu spannen. Diese Reihe verspricht eine unendliche Geschichte zu werden. Hübsch ist auch die

Ausstattung der kleinen Bücher mit Goldprägung und Lesebändchen, und man fragt sich, warum der Verlag diese Schmuckstücke fast verschenkt.

Der Tagesspiegel

Europa Erlesen heißt Wiesers Projekt, für das die verstaubten Handwerkszeuge des enzyklopädischen Zeitalters aus dem methodischen Winkel hervorgekramt wurden. Er vertraut dem genauen Hinsehen, dem geduldigen Zuhören, er pflegt die Tugenden des Sammlers, der an Plätzen, die er kennt, das Unerwartete findet und entdeckt. Europa Erlesen ist auch deshalb ein altmodisches Vorhaben, weil es dem naiven Glauben an die Erzählbarkeit der Welt treu bleibt.

Der Standard

EUROPA ERLESEN
LITERATURSCHAUPLATZ

Dragan Velikić
Via Pula
Roman. Aus dem Serbischen von Astrid Philippsen.
ca. 215 Seiten, gebunden, Fadenheftung, Lesebändchen
ISBN 3 85129 322 3

Jules Verne
Mathias Sandorf
740 Seiten, gebunden, Fadenheftung, Lesebändchen
ISBN 3 85129 287 1

Gerhard Kofler
Poesie von Meer und Erde
Poesie di mare e terra
1066 Seiten, gebunden, Fadenheftung, Lesebändchen
ISBN 3 85129 325 8

Ulrich von Liechtenstein
Frauendienst
Aus dem Mittelhochdeutschen ins Neuhochdeutsche
übertragen von Franz Viktor Spechtler
666 Seiten, gebunden, Fadenheftung, Lesebändchen
ISBN 3 85129 309 6

Wir haben uns entschlossen, innerhalb der Reihe »Europa Erlesen« einen weiteren kartographischen Beitrag zur literarischen Landkarte zu leisten, indem wir eine zweite Abteilung begründen, genannt »Literaturschauplatz«.

Lojze Wieser

EUROPA ERLESEN GESCHENKBOXEN

Das ideale Geschenk für Leseratten und Bücherwürmer.

Box 1: Berlin, Dalmatien, Dublin, Friaul, Kärnten, Karst, Venedig, Wien, Weihnachten
ISBN 3 85129 275 8

Box 2: Galizien, Istrien, Mähren, Prag, Salzkammergut, Sankt Petersburg, Triest, Zürich, In anderer Augen
ISBN 3 85129 276 6

Box 3: SENZA CONFINI/BREZ MEJA/OHNE GRENZEN
Dalmatien, Friaul, Istrien, Kärnten, Karst, Ljubljana, Triest, Venedig, Senza confini
ISBN 3 85129 277 4

Box 4: Bukarest, Island, Lappland, Moskau, München, Plovdiv, Rom, Siebenbürgen, Die letzte Reise
ISBN 3 85129 307 X

Box 5: Amsterdam, Barcelona, Niederösterreich, Wiener Einstellungen, Mein Karst, Liechtenstein, Via Pula, Poesie von Meer und Erde/Poesie di mare e terra
ISBN 3 85129 340 1

Box 6: Athos, Bodensee, Provence, Schottland, Tirol, Senza confini, Frauendienst
ISBN 3 85129 355 X

Die in hellem Holz gearbeitete Box mit den Maßen 24,2 x 17,5 x 10,6 cm wird kostenfrei mitgeliefert.